険しい山脈を越えて、
首都アルテアへ!
シエル
ソラの旅についてくる精霊。
ヒカリ
エレージア王国の元間者《スパイ》。
ソラ
異世界召喚された高校生。
この世界を見て回っている。

ミア
フリーレン聖王国の
元聖女。
ユイニ
ルフレ竜王国の
第一王女。

口絵・本文イラスト
ゆーにっと

装丁
AFTERGLOW

CONTENTS

Walking in another world

プロローグ

「ん？　主どうした？」

商業ギルドから受け取った手紙を読んでいると、買い物から戻ってきたヒカリが抱き着いてきた。

彼女は黒髪黒目の少女で、以前はエレージア王国で間者《スパイ》として活動していた。

その監視の対象となっていたのが俺で、一度は戦うことになったが、その後ヒカリの境遇を知って一緒に旅をするようになった。

首には特殊奴隷の証《あかし》である銀色の線が三本入っている黒色の首輪をしている。

ヒカリが特殊奴隷になっているのは俺の趣味ではなく、身分証を作ることが出来ないための措置だ。そろそろ冒険者ギルドで登録出来る年齢になるから、その時に奴隷契約を解除すればいいと思っている。

俺がヒカリと話していると、楽しそうに話す四人の女性が部屋に入ってきた。

「もう、ヒカリちゃん。家の中では走っちゃ駄目ですよ」

ヒカリに注意しているのはミアだ。

彼女はフリーレン聖王国の元聖女だ。

魔人の策略で命の危険に曝《さら》されたため、奴隷に扮《ふん》して聖都メッサを脱出した。

今はその誤解も解けているが、魔人に命を狙われた経緯があるため、現在は身を守るために国を離れて俺の旅に同行している。

これまでは奴隷の証である首輪をしていたが、数日前に奴隷商館に行って契約を解除したから現在はそれがなくなっている。

以前、奴隷契約の解除を迷っていたことがあったミアだけど、

「ほら、シャドーウルフと戦った時の帰り道で、ソラが一緒にいて欲しいって言ってくれたから……だからね。私もこれを理由にするのはやめたの。わ、私もソラとこれからも一緒に旅したいから」

と奴隷の首輪を押さえながら顔を真っ赤にして言ってきて、こちらも赤面したのをよく覚えている。

あの頃は、俺と一緒にいるためには奴隷じゃなくては駄目だと思い込んでいたから、シエルを口実にして解除を断ろうと思っていたらしい。

「あ、あとね。ルフレ竜王国のことを調べたら、奴隷を連れている人って嫌な目で見られるって知ったの。ソラのことそんな風に見て欲しくなかったってのもあるんだ」

色々と考えてくれた結果みたいだった。

「ヒカリちゃんは、元気さ。あ……ソ、ソラ。買い物は終わったさ」

そう言って買い物してきた食材を渡してきたのは猫の獣人であるセラだ。

ご機嫌なのか、頭に載る猫耳はピコピコと動き、尻尾《しっぽ》もゆらゆらと揺れている。

セラはボースハイル帝国との戦争で捕らえられ、戦争奴隷になっていた。

聖王国の聖都で彼女と会い、そこで彼女を金貨五〇〇枚で購入したが、ダンジョンで解放条件となるお金を貯めることが出来たから今はもう奴隷じゃない。

思わず「主様」と呼びそうになったのは、まだ慣れていないからだと思う。

「セラはもう少し慣れた方がいいよ？　ソラのことを呼ぶ度につっかえるなんて、傍から見ると恋する乙女に見えるよ？」

そんなセラの様子を見て揶揄《からか》うのは金色の瞳《ひとみ》を妖しく光らせたルリカだ。

頬を真っ赤に染めたセラが反論するのを見て実に楽しそうだ。

その二人のやり取りを見てクスクスと小さな笑い声を上げたのはクリスだ。

クリスとルリカとセラの三人は幼馴染《おさななじみ》で、ここマジョリカで再会を果たした。

また見た目人種《ひとしゅ》と変わらないクリスだが、実はエルフだったりする。

現在は魔道具のセクトの首飾りをすることで、外見を人種と変わらない姿に見せている。髪と瞳も今は金色だが、本来は銀色だ。

「それでソラ、どうしたのですか？　ヒカリちゃんも心配していましたけど、難しい顔をしていましたよ？」

クリスの問い掛けに、俺は手紙の内容を話した。

それはハウラ奴隷商会のドレットから送られてきたものだった。

ドレットにはテンス村で別れる時、エリスに関する情報を調査して教えて欲しいと頼んでいた。

それが今回手紙という形で届いたのだ。

本来なら伝言で済ますところを、手間と時間とお金が掛かる極秘扱いの手紙で送られてきたのは、その内容を読んで理解出来た。

「エルフの目撃情報……ですか……」

手紙の内容は、エリスのことではなくエルフに関しての噂話についてだった。

それはボースハイル帝国とエルド共和国の戦争で停戦協定が結ばれた後のことで、帝国で奴隷となったエルフが裏ルートで取引されたという噂が、奴隷商の間で流れたとのことだった。

それもエルフの数は複数人で、それを人間至上主義の国であるエレージア王国の人間と思わしき者が、かなりの大金を支払って購入したというものだったそうだ。

実際に目撃した人の確認は出来ていないし、取引した記録も残っていない。王国の誰が購入したというのも分かっていないが、一時期奴隷商の間で話題に上っていたらしい。

ただそれもいつしか消えてなくなり、ドレットが聞くまで聞かれた当人も忘れていたとのことだ。

「一応次に行くのはルフレ竜王国って話だったろ？　王国に戻った方が良いのかと思って。クリスたちはどう思う？」

火のないところに煙は立たないという諺《ことわざ》があるし、噂が流れた以上、もしかしたらエルフに関する何かしらの手掛かりが掴《つか》めるかもと思ったのだ。

「……私は、竜王国でいいと思います。王国の奴隷商は回ったけどいませんでしたし。それにそのお話は何年も前の話なのですよね？」

「そうだと思う」

停戦協定後となると、もう何年も前の話だ。

「なら先に竜王国に行きたいです。あそこは少し特殊な国ですし……。それにソラとヒカリちゃんは王国にはあまり近寄りたくないですよね？」

クリスの言葉には頷《うなず》くしかない。

確かに気軽に寄るには、王国は危険だと思っている。一応俺は死亡したということにはなっているようだけど。

俺たちが今後のことについて話し合っていると、アンゴラウサギのような外見をしたシエルがフラフラと飛んできた。

シエルは俺と契約している精霊で、基本食っちゃ寝の自由気ままな生活を送っている。

ただここぞという時は力になってくれる、頼りになる相棒だ。調子に乗るから、本人には言えないけどね。

シエルは先ほどお腹一杯食べたから寝惚《ねぼ》けているのか、目を擦《こす》りながら吸い込まれるようにミアの腕の中に収まった。

「はー、シエルちゃんは相変わらず可愛《かわい》いよね。けど、何でミアはシエルちゃんに触れるのかな?」

ルリカがシエルの頭をナデナデするミアを見て呟《つぶや》いた。

ルリカの言う通り、奴隷契約が解除されたにもかかわらず、ミアはシエルのことを魔道具のエリアナの瞳がなくても見ることも触れることも出来た。

一方セラは契約の解除と共に両方出来なくなっているため、エリアナの瞳を着けている。

皆が「何故《なぜ》だろうね?」と首を捻《ひね》る中、シエルは呑気《のんき》に欠伸《あくび》をしていた。

旅立ちのため、借りていた家を引き払ってノーマンたちの住む家に引っ越してからは、毎日が賑《にぎ》やかだった。

今まで離れて暮らしていたからかな? 嬉《うれ》しそうな笑顔を向けられると頬が自然と緩む。

あとは俺たちがいずれこの町から旅立つのを知っているから、出来るだけ一緒の時間を過ごしたいと思っているのかもしれない。

今日も夜遅くまで起きている子供たちを、ミアが寝かしつけていた。

その夜、子供たちが寝た後にサイフォンに手紙のことを相談した。

彼はゴブリンの嘆きというパーティーのリーダーで、王国で冒険者として活動していた時に何かとお世話になった人だ。

ここマジョリカで再会して、俺が王国で死んだと思われていたソラ自身だと告げると大層驚いていたが、それ以上に喜んでくれた。

その後一緒にダンジョンを攻略して、四〇階のボスを無事倒すことが出来た。

大きな声では言えないが、サイフォンたちはエルド共和国所属の諜報員《ちょうほういん》みたいなことをしているようで、今回マジョリカに来たのはルリカとクリスを陰ながら守るように指令を受けたからだ。

「なら俺たちが王国に行って確認してくるぞ？」

「いいのか？」

「ああ、元々王国で活動していたし、俺たちが戻っても誰も違和感は持たないだろう。共和国の方に連絡をすれば、エルフ関係のことなら調査員を他にも派遣してくれるかもだしな。それに俺たちは竜王国には行けないからよ」

「……それってどういうことだ？」

サイフォンたちのことだから、クリスたちを守るためについてくるかもと思っていたから意外だ。

「あの国は遥《はる》か昔から存在する国でな。昔はそうでもなかったらしいんだが、ここ一〇〇年の間に他国との関わりを最小限にするようになったらしい。理由は分からないがな。それ以降、あの国から俺たちのような活動をしている者たちは締め出されたって話だ」

共和国の上層部も刺激しないように、派遣を停止している状態だと言う。

だからサイフォンたちは近付くことが出来ないと言った。

「本当なら行くのを止めないといけない立場なんだが、嬢ちゃんたちは止めても無駄だろ？」

サイフォンの言葉に、クリスとルリカ、セラが力強く頷いている。

「ソラ、嬢ちゃんたちのことをしっかり守ってやれよ」

「もちろんだよ」

「なら安心だ。王国の方で何か分かったら、ギルドを通して連絡するな」

サイフォンとの話が終わると、皆それぞれの部屋に戻っていった。

シエルは、今日はヒカリと寝るみたいで、彼女の頭に乗って一緒に部屋に消えていった。

俺はベッドに横になると、ステータスを呼び出した。

名前「藤宮そら」　職業「魔導士」　種族「異世界人」　レベルなし
HP560／560　MP560／560（+200）　SP560／560
筋力…550（+0）　体力…550（+0）　素早…550（+0）
魔力…550（+200）　器用…550（+0）　幸運…550（+0）

スキル「ウォーキングLv55」

効果「どんなに歩いても疲れない（一歩歩くごとに経験値1取得）」
経験値カウンター　436927／1310000
スキルポイント　4

習得スキル
【鑑定ＬｖＭＡＸ】【鑑定阻害Ｌｖ５】【身体強化ＬｖＭＡＸ】【魔力操作ＬｖＭＡＸ】【生活魔法ＬｖＭＡＸ】【気配察知ＬｖＭＡＸ】【剣術ＬｖＭＡＸ】【空間魔法ＬｖＭＡＸ】【並列思考ＬｖＭＡＸ】【自然回復向上ＬｖＭＡＸ】【気配遮断ＬｖＭＡＸ】【錬金術ＬｖＭＡＸ】【料理ＬｖＭＡＸ】【投擲《とうてき》・射撃Ｌｖ９】【火魔法ＬｖＭＡＸ】【水魔法ＬｖＭＡＸ】【念話Ｌｖ９】【暗視ＬｖＭＡＸ】【剣技Ｌｖ９】【状態異常耐性Ｌｖ８】【土魔法ＬｖＭＡＸ】【風魔法ＬｖＭＡＸ】【偽装Ｌｖ９】【土木・建築Ｌｖ９】【盾術Ｌｖ９】【挑発ＬｖＭＡＸ】【罠《わな》Ｌｖ７】【登山Ｌｖ２】【盾技Ｌｖ５】

上位スキル
【人物鑑定ＬｖＭＡＸ】【魔力察知ＬｖＭＡＸ】【付与術ＬｖＭＡＸ】【創造Ｌｖ９】【魔力付与Ｌｖ５】【隠密Ｌｖ５】【光魔法Ｌｖ４】

契約スキル
【神聖魔法Ｌｖ６】

スクロールスキル
【転移Lv1】
称号
【精霊と契約を交わせし者】

新しく覚えたスキルは一つ。

NEW
【転移Lv1】

効果は指定したものを移動させることが出来るとあるけど、現状小さなものしか移動させることは出来ないみたいだ。あとは移動距離も五メートルと短い。

これはレベルが上がれば改善されていくんだと思う。

セリスの仲間はダンジョンのボス部屋からこのスキルで仲間たちを逃がしたと言っていたからね。

ちなみにスキルスクロールは基本的にスクロールを読むことでスキルを習得出来る。

ただ稀《まれ》にスキルを習得出来ない時もあるそうだけど、その条件は分かっていないらしい。

俺は魔石を取り出すと、転移を発動する。

右手にあったものが、一瞬で左手に移動した。

ＭＰに目を向けると、ちょうど一〇〇消費されている。スキルはレベルが上がるとＭＰやＳＰの消費量が下がる場合があるけど、それに期待かな？

余裕がある時にどんどん使って熟練度を上げていくしかない。

俺はＭＰがなくなる手前まで転移を使い、大きく息を吐いた。

異世界に召喚されて、一つのところにこれだけ長い間滞在したのは初めてだ。しかもこれ程深く人と関わったのも。

ルフレ竜王国に旅立つというのは、その人たちとの別れでもある。

寂しさはあるけど、俺にもやらないといけないことがある。

ルリカたちからは、

「無理に私たちに付き合わなくてもいいんだよ？」

と言われたけど、ルリカたちと一緒にエリスを探すという決意は変わらない。

……ま、まあ、この世界を歩いて回りたいという俺自身の願望もあるけど。

一応俺たちが旅立った後のことは、領主のウィルや冒険者のフレッドと相談してあるし大丈夫だろう。

いっそこの転移で、気軽に行き来出来るようになれば最高なのにと思う。

「それは都合が良過ぎかな？」

俺は呟き、ベッドに身を預けて目を閉じた。

閑話・1

「失敗に終わった、か……」

その呟きに、黒を基調とした服で全身を包んだ男の体が震えた。

そう、プレケスの領主から頼まれたこと……マジョリカ領主の娘の誘拐もしくは暗殺の件が失敗に終わった。

これは勇者たちがプレケスのダンジョンを使用するにあたり、便宜を図ってもらう見返りとして追加で頼まれたことだ。

急な要請で現地の者の手を借りることになったため、失敗の可能性もあるとは思っていた。

「……まあ、よかろう。別に領主の娘の件は向こうの問題だ。一応お願いを聞いたという姿勢を見せただけで十分だ」

感情を感じさせない淡々とした言葉が、静かな室内に響く。

豪華な椅子に座る目の前の男――エレージア王国の王にとってあの依頼の成否はどうでも良かったようだ。

成功したら儲《もう》けもの程度にしか思っていなかったのかもしれない。

「それで、勇者共の方はどうなった？」

「はい、ダンジョンにてドラゴンの討伐を成し遂げたとのことです」

「……第二騎士団はどうした？　奴らには護衛だけでなく、勇者の成長具合を観察させるために同行させていたはずだが？」

「勇者様が騎士団の同行を断ったそうです。足手纏《あしでまと》いになるからと。そのため騎士団はその戦いがどんなものだったかを、確認出来ませんでした」

「……なら勇者たちだけで倒したということか……」

　不意の沈黙に男が顔を上げると、主人たる王は目を瞑《つぶ》っていた。

　男も最初にその報告を受けた時は驚きもしたが、異世界より召喚された者たちなら可能ではとも思っていた。

　黒い森での戦いを観察していたが、その成長速度には舌を巻いた。

　対人戦では経験と駆け引きで騎士団の精鋭たちに軍配が上がっているようだったが。

「……それで、素材は？」

　男が次の言葉を、頭《こうべ》を垂れて待っていると質問が飛んできた。

「はい、素材の方は確保しています。ただ……」

　男はそこで言葉を切って言うか迷った。

　だけどこれを男の独断で決めることは出来ない。

　王の機嫌が悪くなる可能性はあるが、聞かないわけにはいかない。

「プレケスの領主より、ドラゴンの素材を少し分けてくれないかという要請を受けています。いかがいたしましょうか？」

　オブラートに包んで伝えたが、実際は横柄な態度で言われたらしい。

王が明らかに不機嫌になったのが、男には分かった。

息苦しい。

体が勝手に震え出すのを、どうにか我慢して堪《こら》えた。

見た目はただの中年男性なのに……これが王たる者の資質なのだろうか？

背中が汗ばんでくるのが男にも分かった。

「……少しだけ売るのを許可しよう。ただし……」

「はい！　足元を見るような値段を提示してきたり、過剰な量を要求してきた場合は代償を支払わせます」

男がすかさず返事をすると、場の空気が明らかに和らいだ。

「よかろう。それで勇者共はいつ頃戻ってくる予定だ？」

男は報告のあった日程を王に告げる。

もちろんそれは最高機密であるため、限られた者にしか共有していない情報だ。

勇者たちに何かあっては、間違いなく王の逆鱗《げきりん》に触れることになる。

それは王が勇者たちの身を案じているわけではない。

異世界人は魔王を討伐した後も、色々と利用価値があるのを男は痛いほど知っている。

「……それと各国に通達した例の件はどうなった？」

「予定通りの日時で問題ないとの返事を頂いています。ただ……竜王国からの返事がありませんでした」

「あの国か……期待せずに待とう。あそこは先の魔王討伐でも非協力的だったという話だしな」

いないならいないでどうにでもなるだろう、という呟《つぶや》き声が男に聞こえてきた。

これでやっと解放されると思ったその時、ふと思い出したように王が聞いてきた。

「それはそうと、例の実験体たちはどうなった？」

実験体……その言葉に胸の鼓動が大きく一つ跳ねたが平静を装い答えた。

「……申し訳ございません。追っ手を差し向けたのですが聖王国内で見失ってしまいました。おそらく竜王国方面に逃走したと思われますが……」

聖王国は魔人の騒動があって以来、警戒が強まり不用意に侵入することが出来ない。

「……他の実験体はどうなった？」

「……あの者たちが消えてしばらくして全員死亡しました」

「……そうか……実験結果をまとめたら施設は一時閉鎖だ。魔王を打ち滅ぼした後に再開させるのだ」

男は一礼し、今度こそ部屋から退出した。

「それじゃ今から外に出るが、兄ちゃん、姉ちゃんの言うことをよく聞くんだぞ！」

フレッドの言葉に、「はい！」という子供たちの元気な返事が聞こえてきた。

フレッドはマジョリカで長いこと冒険者として活動していて、俺たちが最初に会ったのはダンジョン内だった。そこで力を合わせてシャドーウルフと戦った縁で仲良くなった。

その後も一緒にパーティーを組んでいたけど、一五階で貴重な鉱石を発見した時にマジョリカの領主であり、レイラの父親であるウィルの依頼を受けて別れることになったが、今もこうして交流は続いている。

門番に事情を話して町の外に出ると、子供たちは立ち止まって大騒ぎだ。

子供たちのリーダーであるノーマンが注意しているけど、初めて見る町の外の景色に興奮は収まらないようだ。

「ほら、みんな。ここで騒ぐと町に入ろうとしている人たちの邪魔になるから先に進むよー」

そんな子供たちにミアが声を掛けると、騒いでいた子供たちは静かになってミアと一緒に歩き出した。

「さすがミア様だ」「ああ、俺もあんな風に注意されたい」「何で俺は子供じゃないんだ……」

その後ろ姿を羨《うらや》ましそうに見詰めるのは、白を基調とした服と装備で身を固めた一団——ミア親衛隊だ。

……いつの間にお揃《そろ》いの服を作ったんだ？

彼らが後を追うように歩き出せば、その後ろをついていくのはセラのことを姐《あね》さんと呼ぶチームセラだ。セラが楽しそうに子供たちと接する姿を見て、ただ静かに頷《うなず》いている。

また子供たちに交じって歩く人の中には、レイラたちブラッディーローズをはじめとしたマギアス魔法学園の生徒たちもいる。

ただ今回は町の外に出るということで、彼ら彼女らは学園の制服ではなく外行き用の服に身を包んでいた。

「おう、ソラ。何か凄《すご》い人数になったな」

俺が歩き出そうとした時に声を掛けてきたのはサイフォンだ。

「確かにここまで人数が増えるとは思ってなかったかな」

俺は目の前を歩いていく人の数に驚いていた。

その数は五〇人を優に超えている。さすがに一〇〇人はいないけど。

今回俺たちが町の外に出るのは、エルザやアルト、ノーマンたち子供たちとの思い出作りのためだ。

そこでマジョリカ周辺のことに詳しそうなレイラたちに、何処《どこ》か子供たちと遊べるところがないか相談したところ、今から行く場所が良いのではと教えてもらった。

何でも学園生の間で密《ひそ》かに人気な憩いの場らしい。不思議と魔物も出ないって話だ。

ただ町の外は何かと危険が多い。

そこでレイラとサイフォンに護衛を兼ねて一緒に行かないかと誘ったところ、何故かここまで人数が膨れ上がってしまったのだ。

さすがに多過ぎでは？　と最初思ったけど、子供たちの安全第一だし、マジョリカに来てから交流のあった人たちだしいいかな、と思った。

マジョリカを発《た》てば、しばらく会うことが出来なくなるからね。

そんな大きな集団に、街道ですれ違う人たちは驚いていたけど、子供たちが手を振ると笑顔で振り返していた。その無邪気さにほっこりしている様子だ。

俺は歩きながらＭＡＰを呼び出し、気配察知と魔力察知で周辺の状況を確認する。

街道には点々と人の反応が表示されるけど、魔物の反応は遠く離れた場所に数体あるぐらいだ。

それも俺たちの進行方向から外れた場所に、だ。

レイラから事前に聞いた話では、大人の足で朝に発《た》てば昼前には到着出来るということだったが、子供たちに合わせると昼過ぎになるのではと言っていた。

どうせ一泊する予定だから、急ぐ必要はないかな？

空を仰げば、燦々《さんさん》と太陽の光は降り注いでいるし雲一つない快晴。雨の心配もなさそうだ。

途中でロキアに向かう街道から外れて南下していく。

草原の中に出来た小さな道を進んでいくと、目の前には森が見えてくる。

「そろそろお昼にしようか？」

太陽も天高く昇っているし、森の中に入ると目的地以外の場所では広々とした場所がないということなので、先に昼食を食べることにした。

敷物を敷いてもらっている間に、俺はアイテムボックスから前日に作っておいたサンドイッチを各グループのリーダーに渡していく。

これは子供たちが皆で作ったもので、同行してくれているフレッドたちへのお礼をしたいということで作った。数が数だから俺たちも手伝ったけど。

食事を済ませたらいよいよ森の中を進む。

大人二人が辛うじて並んで通れるほどの道幅のため、子供組と大人組がペアを作って並んで歩いていく。

昔からマギアス魔法学園の生徒たちが利用していたお陰か、地面は踏み固められていたけど、長い年月を掛けて伸びた木の根が地面から顔を出しているため歩き難かったりする。

太陽の光は射しているけど、枝葉に遮られてところどころ暗い場所もあるからね。

「はい、シエルちゃん。あ〜ん」

最後尾に陣取る俺たちの中でも一番後ろを歩くルリカは、隠れながらシエルにご飯を与えているようだ。

その様子は見えないが、シエルの嬉《うれ》しそうに食べている姿は容易に想像出来る。

「お、そこ危ないから気を付けるんだぞ」

「疲れてないか？　疲れたら遠慮なく言うんだぞ？」

「いつもそんなことしているんだ。お姉ちゃんも村にいた時はやってたな〜」

等々、前からは子供たちがフレッドたち冒険者や、魔法学園の生徒たちと会話する声が聞こえる。

本当は森の中は静かに進むのが安全のためにもいいと思うけど、今回は仕方ないかな？

近くに魔物や野生の動物がいたら注意したかもだけど、それもいないようだからね。

それと歩くのが大変そうな子を、冒険者たちが背負う姿も見えた。

背負われた子供は視線が上がって遠くまで見えるからか喜んでいる。

「ん、何か魔力の流れが変わりました」

クリスの言う通り、ある程度森の中を進んでいたら魔力の反応が強くなった。

この魔力の感じ……、覚えがある。

「マジョリカを包んでいた結界に似ていますね」

「もしかしてこの近辺に魔物が寄り付かないのって……」

「はい、セリスさんが何かしたのかもしれません」

謎多き人だけど、また一つ謎が増えたような気がする。

実はセリスも誘ってみたけど、

「ん〜、私は遠慮しておこうかな〜。いい場所だから〜、子供たちと楽しんでおいで〜」

と言って断られたんだよな。


「ここがそうか……」

森を抜けた先には開けた空間があり、その中心には湖があった。

湖の中心辺りには大きな岩があって、あそこから水が湧いて出ているという話だ。

注意すべき点は、あの岩よりも向こう側は水深の深くなっているところがあるということだ。

子供たちには前もって注意してあるけど、夢中になったら忘れてしまうかもしれない。

だからそこは大人組が目を光らせておく必要がある。

またこの開けた場所は日が遮られずに注がれるからか、森の中と比べてかなり暖かく感じた。

「女の子たちはこっちですわ。覗《のぞ》いたら……分かっていますわよね？」

レイラの言葉に、男たちはコクコクと頷いている。

皆、その笑顔に気圧《けお》されていた。目は笑っていなかったからね。

レイラたちの張った天幕と離れた場所に、男たちも着替え用の天幕を張り出した。

俺は着替える前に別の準備をする。

「いや、本当にそれ便利だよな」

土魔法で夜にするバーベキュー用の調理場を整えていたら、サイフォンがやってきた。

「サイフォンは着替えないのか？」

「魔物が出ないとは聞いているけど、何が起きるか分からないからな。ソラもそれが終わったら着替えてきな。せっかくなんだし、お前も楽しんでこい」

俺はその厚意に素直に従うことにした。

俺は手早く水着に着替えると上着を羽織る。

この水着と上着はフロッグマンの素材で出来ていて水を弾《はじ》いてくれる。

「こら、そんなに急ぐな。まずはゆっくり入るんだぞ」

着替えを終えた男の子たちが走り出すのを、大人たちが必死に止めている。

うん、振り回されているな。

それでも注意をされたら素直に従い、ゆっくりと水の中に足を浸《つ》けていく。

俺もそれに倣って足を水に浸けると、程よい冷たさに思わずため息が漏れた。

水質は綺麗《きれい》で、底が見えるほど透き通っている。

俺が湖の畔《ほとり》で足を水に浸けながら休んでいると、男の子たちが次々と水の中に入っていき、しばらくすると水かけをして遊び始めた。

バシャバシャという音がして水しぶきが舞う。

最初に標的にされたのはチームセラの大柄の男のようで、子供たちに囲まれて集中砲火を受けていた。アルトもその中に交じって、一生懸命水を掬《すく》って飛ばしている。

だがそれに耐えた男はその大きな腕を使って水を器用に掬うと、空に向けて放った。

大量の水が子供たちに降り注ぐが、それを受けた子供たちは嬉しそうに歓声を上げている。

「もっと、もっと」

と男はせがまれていて、忙しそうに水を掬っては放って、を繰り返している。

他にも一緒に湖の中に入ったヨシュアたちも子供たちのリクエストに応えているようだ。

「あ、お姉ちゃんたちだ」

ひとしきり遊んでいると、子供の一人が指差して叫んだ。

指し示す方を向けば、天幕から次々と出てくる女の子たちの姿があった。

小さな子も落ち着いていて、男の子と違って駆け出して湖の中に入ろうとする子はいない。

「おおー」

と大人組から思わず声が漏れたのは仕方ないと思う。

冒険者服にも肌が見えて露出の多い人は多いけど、水着姿は別物に映る。

学園生の中には目のやり場に困っている者もいるし、俺も正直直視するのは恥ずかしい。けど目が離せないという矛盾に苦しんだ。

そんな俺たちの心情をよそに、女性陣は堂々としたものでこっちに近付いてくると、優雅に水の中に入っていく。

そこに男の子たちが群がり水を掛ければ、反撃とばかりに女の子たちも応戦する。

その無邪気な姿に緊張感は徐々に溶けていき、やがて楽しそうな声が広がっていった。

「ソラは遊ばないの？」

その様子を眺めていたら声を掛けられた。

振り返ればそこにはミアとエルザがいた。

ミアはビキニのスカートタイプに上着を羽織り、エルザは可愛《かわい》らしいフリルの付いたワンピースタイプの水着だった。

他の人に比べてミアの露出は間違いなく少ないけど、それでも普段と比べると多いから見ているとドキドキする。

「俺はこの後一仕事あるから休憩中……かな？」

俺は不自然にならないように、視線を湖で遊ぶ子供たちの方に戻しながら答えた。

ここまで歩いてきても疲労は一切ないけど、この後仕事が待っているのは本当だ。

「別に夕ご飯の準備なら私たちも手伝うよ？」

「はい、もちろんです。だからお兄ちゃんも遊んでください」

ミアの言葉にエルザも元気よく頷くが、正直どうやって遊んだらいいのか分からないというのが本音だ。泳ぐ？

そんな風に悩んでいたら、突然背中を押されて俺の体は湖の中に落ちた。

大きな水柱が上がり、歓声が聞こえてきた。

顔を上げて振り返ると、そこには仁王立ちしているルリカがいた。

えっと、その水着は大胆過ぎませんか？

「こういうのは勢いが大事なんだからね。何も考えずに水に浸かるのが一番なのよ！　それと……」

「それと？」

「今よ！　皆かかれー‼」

ルリカの号令で、子供たちが俺を囲むと、一斉に水を掛けてきた。

バシャバシャと水しぶきが飛んでくるけど、子供の力だから大丈夫……と思っていたけど、数が集まればそれなりの威力になる。

それに下手《へた》に反撃をして怪我をさせるわけにもいかないから、逃げ打ちをしながら距離を取るため後退するしかない。

けど子供たちは関係ないとばかりに前進しながら水を飛ばしてくる。楽しそうな笑い声を上げながら。

「いかん。ソラ殿を守れ！」

そこにチームセラの人たちが壁になって立ち塞がってくれた。

これで一息吐《つ》けると思ったら、

「あの壁を破壊してください」

とミアが物騒なことを言って、ミア親衛隊が参戦してきた。

「ふふ、私たちも行きますわよ」

続いてレイラが音頭を取って、マギアス魔法学園の生徒たちも加勢してきた。

それでも屈強な体格の男たちの守りは完璧で、相手の攻撃は俺まで届かない。

むしろ人数の差がありながら、押し返す勢いすらあるような気がした。

なんと頼もしいことか。

だがそこに、さらなる参戦者が現れた。

「な、姐《あね》さんが向こうについただと……」「ど、どうする？」「いや、だが、しかし……」

セラの登場でチームセラの面々に動揺が広がると、その鉄壁の守りに亀裂が生じた。

やがて、一人、また一人と倒れていき、俺も激しい水の弾幕の前に倒れることとなった。


水面にプカプカ浮きながら空を眺めた。

「露天風呂《ろてんぶろ》もいいよな……」

そんなことを思いながら目を閉じた。

体の力を抜いて水に身を任せていると、子供たちの楽しそうな声が聞こえてくる。

時々岩に登る子供たちを制止する声も聞こえるが、気配察知で近くに大人がいるのが分かっていたから任せることにした。

その声を聞きながら、来て良かったと思っていると影が差して光が遮られた。

何事かと思って目を開けると、目の前にはこちらを覗き込むクリスがいた。

「あ、ソラ。大丈夫ですか？」

突然の至近距離に驚いた俺は、バランスを崩して水の中に沈んだ。

あとはクリスの水着姿を間近で見たのも俺の動揺を誘った。

ワンピースタイプで上着を羽織っているから露出は少ないけど、足の付け根まではっきり見えるから目のやり場に困る。

「大丈夫だよ。ちょっと疲れたけど」

俺は立ち上がると、視線を下げないように注意しながら答えた。

「良かった。水に浮いたまま動かないから心配したんですよ」

クリスはホッと安堵《あんど》のため息を吐いていた。

「それとごめんなさい。またルリカちゃんが無茶なことをして。けど、別に悪気があってやったわけじゃないんです。ルリカちゃんなりに子供たちのことを思ってあんなことをしたんです」

クリスの話によると、子供たちは俺ともっと交流を持ちたかったそうだ。

だけど普段、何かと忙しい俺のことを邪魔してはいけないと遠慮していたみたいだ。

確かに借家からノーマンたちの住む家に引っ越してからは、自分たちの旅の準備や、俺たちが旅立った後のことをウィルたちと話し合ったりして忙しく過ごしていた。

他にもフレッドたちが獲ってきた魔物を腐らせずにしっかり保存出来るように、保管庫を作った。

これは魔道具の一種で、魔石を使うことで室内を一定の温度に保つことが出来るようになっている。

将来的には魔石を消費しなくてもいいようにしたいが、今の俺のスキルではそれは無理だった。

そのため同じ家に住みながら子供たちと触れ合う機会は殆《ほとん》どなかったのは確かだ。

「ならルリカには感謝だな。確かに心の底から笑っているのを見たのは久しぶりかもしれない」

楽しそうに遊んでいる子供たちを眺めながら言った。

「ふふ、そうですね。それでソラはこれからどうしますか？」

「……俺は少し休むよ。なんか今は邪魔しちゃ悪いような気がするし」

「皆、ソラの真似をしていますからね」

クリスが可笑《おか》しそうに笑っている。

周囲を見回すと、さっきの俺を真似して同じように水にプカプカ浮いている子たちが多い。

上手《うま》くいっていない子もいるけど、レイラたちが補助をしてあげている。

俺はクリスと別れると湖の畔まで移動して、腰を下ろした。

先ほどまでの喧騒《けんそう》が嘘のように静まり返っている。穏やかな時間が流れる。

「こういうのも悪くないな……」

帰ればいよいよルフレ竜王国に向けて出発する。

のんびり出来るのはこれが最後だろう。

「ソラさん。少しいいですか？」

誰かが近付いてきていたのは分かったが、声を掛けてきたのはケーシーだった。

ケーシーは俺の横に座ると、

「改めてお礼が言いたかったんです。ソラさん、ありがとうございます」

その言葉に思わず苦笑が漏れた。

改めてと言っているけど、会うたびにお礼を言われている気がする。

「お礼ならミアやクリスに言ってくれ。あの二人がいたから助けられたわけだからさ」

「……ミアさんとクリスさんにも同じようなことを言われました」

「そうか……」

ミアとクリスなら言いそうだ。

「……やっぱり旅立つんですか？」

俺が頷《うなず》くと、

「寂しくなりますね」

と言ってきた。

その言葉に俺は顔を上げて思わずケーシーを見た。

ケーシーは石化の治療後は雰囲気が柔らかくなった気がするが、それ以前は何処《どこ》か壁を作っていたというか、警戒されているような気がしたからだ。

もちろん俺の勝手な思い込みかもしれないけど。

「あ、いえ……レイラお嬢様が気にしていましたから……」

ケーシーは歯切れ悪く言うと俯《うつむ》いてしまった。

沈黙が流れて、気まずい雰囲気に包まれた。

そこへ救いの神が、バシャバシャと水を掻《か》き分《わ》けて現れた。

「アルトか。どうかしたのか？」

「……うん、疲れた」

「エルザはどうしたんだ？」

どうしてもアルトのことはエルザとセットで考えてしまう。

アルトの指差す方を見ると、エルザはよく料理をする子たちと一緒にいる。

アルトに目を落とすと、欠伸《あくび》をして目を擦《こす》っている。

無理もないか。今日は随分長いこと歩いたし、さらには元気に水遊びをしていたわけだし。

「アルト、とりあえず着替えるか」

ここは暖かいとはいえ、水着のままだとさすがに風邪を引いてしまう。

太陽の位置もだいぶ低くなっているし、日が沈むまでそれほど時間もかからないと思う。

俺の言葉にアルトはコクリと頷くと、湖から上がった。

俺はケーシーに断りを入れると、洗浄魔法で水気を飛ばして、着替え用に設置した天幕へとアルトを連れて向かった。


とりあえず敷物を敷いて簡易の休憩所を作ると、夕食の準備を始める。アルトは手伝いたそうにしていたけど休ませた。

準備といっても下準備は殆ど終わっているから、あとは肉や野菜を刺した串《くし》を焼くのと、カット済みの材料を鍋《なべ》で煮て調味料で味を調えるだけだ。

「ソラ、何か手伝うことある？」

料理をしていると、ミアたちも戻ってきた。既に着替えも終えているようだ。

湖の方を見ると人の姿が見えない。

「皆、遊び疲れたみたい」

俺の視線に気付いたのか、ミアが教えてくれた。

俺はミアやクリスたちに手伝ってもらいながら、料理を作っていく。

エルザも手伝うと言ってくれたけど、他の子供たち同様休ませた。疲れが見えていたからね。

料理が完成したらいよいよ夕食のスタートだ。

料理が皆の手に渡ると、フレッドの一言で一斉に料理を食べ始めた。

よく歩き、よく遊んでお腹《なか》が空《す》いていたのか、用意された料理が次々と消費されていく。

俺はそれを見ながら追加の料理を作り、その合間に自分も食事をする。

他にも周囲にいる子供たちと話したりするのも忘れない。

何が楽しかったとか、町の外は広くて凄《すご》かったなど、今日体験したことの感想を口々に言ってきた。

落ち着かせるのが大変だったとだけ言っておこう。

やがて食事が一段落すると、皆で寝転がり夜空を眺めた。

雲一つない空には、無数の星が輝いている。

基本夜になると家で過ごす子供たちは、その光景に見入っていた。

俺も同じように寝転がり空を眺めていると、隣から寝息が聞こえてきた。

横を向けばアルトが気持ち良さそうに寝ている。

どうやらお腹一杯になったところで横になったため、そのまま寝てしまったようだ。

俺は起き上がり周囲を確認し、ウルフの毛皮で作られた毛布を取り出すとアルトを始め、寝ている子供たちに掛けて回った。

夜になっても不思議と暖かいけど、夜が深まるとどうなるか分からないからね。

「ん？　ソラか。見張りなら俺たちがするぞ」

俺は子供たちの様子を見て回ったあと、そのまま散歩を始めた。

寝る前に転移の熟練度を上げるためスキルを使おうと思ったのと、シエルに食事を摂らせるため皆から離れたのだ。

シエルが早く早くと急《せ》かすのは、先ほど子供たちが楽しそうに食べる姿を見ていたからだろう。

だからフレッドが俺に気付いて話し掛けてきたのを見て、不満そうに頬を膨らませた。

『もう少し我慢してくれな』

念話で謝ると、フードの中に潜り込んできた。

「せっかくだから周囲を見て回ろうと思って。まだ眠れそうもないから」

「そっか……帰ったら、いよいよお別れか」

「……色々任せることになるけど、大丈夫か？」

俺たちが旅立った後は、フレッドたちが子供たちの面倒を見てくれることになっている。

冒険者活動もするため四六時中一緒にとはいかないが、ノーマンたちのために解体用の魔物を狩ってきてくれることにもなっている。

これはフレッドたちだけでなく、ミア親衛隊とチームセラの人たちも協力してくれるそうだ。一緒にパーティーを組むとも言っていた。

またサイフォンたちもそれを知り、四〇階で手に入れたマジック袋をフレッドたちに渡していた。

あのマジック袋は一〇階で手に入れたものよりも性能が格段に良いため、大量にものを入れられて劣化するまでの速度もかなり抑えられるとのことだった。

フレッドはさすがに断っていたが、

「なに、これがあれば便利だろ？」

と何でもないようにサイフォンは豪快に笑っていた。

あれをオークションにかければ一財産築けそうなのにね。

そしてそれを許すゴブリンの嘆きの面々も凄いと思った。

「無理せずやっていくさ。それによ、ソラたちと出会ってから俺たちも色々考えさせられたからな」

フレッドの話によると、ノーマンたちのような孤児が運搬をしてお金を稼いでいたのは昔から知っていたが、実際にどんな生活をしているかまでは知らなかったらしい。

特に子供が、自分よりもさらに小さな子のために稼いでいるなんてことは。

だから実際にノーマンたちと接して現状を知ると、今までギルド前で仕事を待つ子供たちがいるのは当たり前で、自分たちとは関係ないと思っていた考え方が変化したらしい。

「俺たちだけじゃ全ての孤児の面倒を見るなんてことは無理だけどよ。領主様も色々と考えてくれるみたいだし、実はいくつかの大手クランも面倒見るって話だしな」

なんでも【守護の剣】が動いた影響だろうとのことだ。

その後フレッドと別れたら、人気《ひとけ》のないところまで移動してシエルのご飯を用意したあと転移の熟練度を上げて、元の場所に戻って休んだ。

翌朝の食事の用意はエルザを中心に子供たちがしてくれた。

家とは勝手が違うため手古摺《てこず》っていたけど、そこはミアたちが上手いことサポートしてくれた。

森を抜けて昼食を摂った後は、小さな子たちが力尽きて寝てしまったため、大人組が背負って歩いた。

俺もアルトを背負うことになった。

途中寝息が聞こえてきたが、町が近付いた頃に目を覚ましたようで話し掛けてきた。

「……お兄ちゃん。やっぱり行っちゃうの？」

「ああ、クリスたちの大切な人を探さないといけないからな」

「……そう……だよね……」

その寂しそうな声に胸が痛んだけど、こればかりは変えることが出来ない。

だからアルトと一つだけ約束することにした。

「だけどそれが終わったら、また戻ってくるよ」

「……本当？」

「ああ、だからその間、アルトはエルザを支えてあげてくれな」

エルザは頑張り過ぎてしまうところがあるから、ミアもその働きぶりを少し心配していた。

「お姉ちゃんを？」

俺が頷くとアルトは黙ってしまった。

だけど俺は知っている。

エルザと一緒にノーマンの家に家事を教えに行った時、アルトが時々ノーマンたちに交じって身体《からだ》を鍛えていたことを。フレッドやサイフォンたちの模擬戦に参加していたことを。

会った時はエルザの背中に隠れることが多く、一人で行動することがなかった。

そんなアルトも変わろうとしているのを知って、驚くと同時に嬉《うれ》しくもあった。

「……うん、分かった……」

「頼んだぞ」

俺の言葉に、アルトが頷くのを背中越しに感じた。

◇◇◇

その日はついにやってきた。

門の前には関係者が多く集まっていた。

さらにウィルが用意してくれた豪華な馬車が停まっているから、さらに注目を集めている。

今回マジョリカの町を発《た》つのは、俺にヒカリ、ミア、セラ、ルリカにクリスの六人だ。

サイフォンたちは日をずらして別の便で出発することになっている。

「……お兄ちゃん……」

エルザの目尻に、みるみる涙が溜《た》まっていった。

それを見たミアが頭を撫《な》でて抱き締めると、声を上げて泣き出してしまった。

しばらく泣き続けたエルザだったが、我に返ると今度は顔を真っ赤にして俯いてしまった。

皆の前で号泣したのだから仕方ない。

どうにかしなさいよ！　というルリカたちからの視線がちょっと痛い。

俺はエルザと視線を合わせると、

「エルザ。遅くなったけど渡したいものがあるんだ」

と言って一枚の用紙をアイテムボックスから取り出した。

これは以前から用意していたが渡すかどうか迷っていたものだ。

「お兄ちゃん、これは？」

「俺が作ったことのある料理や調味料の作り方だ」

「えっ」

受け取ったエルザは驚きの声を上げた。

今まで口頭や実演して教えたことはあったが、このように資料として残してはいなかった。

また、珍しい料理はそれだけでお金になる。

特に人気の高いカレーはもちろんのこと、料理に振り掛けるだけで美味《おい》しくなる調味料、混ぜるだけで簡単にスープが作れてしまう調味料は冒険者にとって重宝されること間違いないだろう。

「エルザはイロハさんやミアたちに読み書き計算を教えてもらっていたよな？」

「はい」

「まだ全部は読めないかもしれないけど、勉強を続けたらきっと読めるようになると思う。そしたらフレッドたちのために色々と作ってやってくれな」

「………はい」

エルザは俺と用紙を交互に見て頷《うなず》いた。

「ただ注意点として、俺が印を付けたものは家の中で作るのはいいけど、外には出さないで欲しい」

主にカレーなど、こちらの世界では見掛けない料理に印を付けている。

この辺りはサイフォンやクリスたちに他の国で見たことがある料理かどうかを確認して作成した。

向こうの世界の料理を大っぴらに出来ないのは、王国のことを思い出したからだ。手遅れかもしれないけど……。

ま、まあクリスの話だと異世界から迷い込む人は少なからずいるという話だし、その人が広めたと言い訳も出来るかも？

「あと、俺たちがマジョリカに戻ってきた時には、美味しい料理をご馳走《ちそう》してくれな」

「……はい。任せてください」

元気よく答えたエルザの瞳には、もう涙はなかった。


「レイラ、色々ありがとう。ここで楽しく……色々な経験が出来たのはレイラのお陰だよ」

ヒカリの希望である魔法学園にも通えたし、それがあったからセリスにも出会うことが出来た。

また図書館で本を読んで、出来ることもたくさん増えた。

ゴーレムだって、きっと魔法学園に通わなければ創ることは出来なかったに違いない。

そのきっかけを作ってくれたのは間違いなくレイラだ。

「……いえ、むしろソラたちがいてくれて助かったのは私たちですわ。今こうして私たちが無事に生活出来るのは、ソラたちのお陰なのですもの」

レイラの言葉に、ブラッディーローズの面々が頷いている。

「だからソラ、どうか気を付けてください。そしてまた会いましょう」


俺たちは皆に見送られながら、馬車に乗り込み出発した。

本当は歩きたかったけど、ウィルからの厚意を断りきれなかったのだ。

ルフレ竜王国に行くには、三つのルートが存在する。

その中で選択肢に挙がったのは、エーファ魔導国家から直接行くルートと、フリーレン聖王国を経由していくルートだ。

魔導国家から行くルートは一番時間がかからないが、険しい山を徒歩で登る必要がある。

聖王国から行くルートは馬車で山越えが出来るから、ルフレ竜王国に行く人の多くがこのルートを利用する。

ただその分、人が集中するのと、山越えには専用の馬車を使う必要があり、その予約を取るのが大変らしい。

またそのルートを選ぶと聖都の南側に位置する町デサントを経由する必要があるため、そこまで行くのにも時間がかかる。

ルフレ竜王国は積極的に他国と交流することがなくなったが、そこでしか手に入らない月桂樹の実というものがあるため、商人がそれを買い求めて訪れているらしい。

ちなみに月桂樹の実は回復薬や各種解毒薬、風邪薬などを作る時に混ぜることでその効果を格段にアップさせる効果があるそうだ。

あとは食べても美味しいらしい。

それを聞いたシエルの目が光った、ような気がした。

今回俺たちが選んだのは魔導国家から直接竜王国に向かうルートだ。

以前、聖王国からマジョリカへ向かう途中で立ち寄った町であるロキアから南東方向に進み、まずは国境都市リエルに移動する。

そこから歩きで山を登り、山岳都市ラクテアを目指すことになる。

聞くところによると山の上は天候の変化が激しいらしく、かなり寒いということだからしっかりした防寒具を用意した。

俺たちはロキアへの入場手続きを済ませると、馬車から降りた。

「明日一日はロキアで過ごすんですよね？」

「はい、ここで食材の買い出しをする予定です」

俺の言葉に御者は頷き、明後日《あさって》の朝、南門で合流することになった。

御者はこのまま南門近くの、馬車を停めることの出来る宿まで移動するそうだ。

俺たちは朝市を回るため、中央通りの宿に泊まる予定だ。

現在、アイテムボックスの中の食料が大分少なくなっていた。あくまで普段と比べるとだが、それでもかなりの量を消費し、またノーマンたちの家に置いてきていた。

特に野菜が少ないが、それはロキアに寄ることが分かっていたからというのもある。

「それじゃ明日は朝市と屋台を回って過ごそう。ルリカとクリスは初めてだろうし、楽しめると思うよ」

「うん、朝市には美味しいものがいっぱい」

ヒカリはいかにこの町の朝市が凄《すご》いかを二人に語って聞かせている。

シエルもそれを聞いて神妙に頷いている。

その夜は宿で自慢の野菜を中心とした料理を頂き、早々に部屋に戻った。

ダンジョン攻略でお金に余裕があるから部屋を別々に取ろうとしたら、一部屋で泊まった方が安上がりということで一緒の部屋になった。

もしかして男として見られていない？

い、いや、エリスさんを買うために少しでも出費を抑えようとしているに違いない。

「シエルちゃん、美味しい？」

「たくさん食べる」

そんな俺の想いをよそに、並んでベッドに横になったルリカとヒカリが、シエルの食事風景を鑑賞していた。

他の三人は山登り用の装備の確認をしている。

俺は転移を使いながらスキルのリストを確認した。

使えるスキルポイント4に対して、覚えたいスキルがいくつかあって全部習得するにはスキルポイントが足りない。

現在覚えたいと思っているスキルは五つある。

【同調Lv1】

これはブラッディーローズのメンバーの一人、ルイルイが使っていたものと同じだと思う。

効果は他者と意識をリンクさせるものだ。レベルが上がると意識を乗り移らせて操ることも可能のようだが、その対象は小動物限定みたいだ。

ルイルイはこれを使って偵察をしていたんだろう。

ただデメリットもあって、使用中は使用者本人が動けなくなって無防備になる点だ。

これに関しては並列思考のある俺なら意識を飛ばしながら、体を動かすことが出来るのではと思っている。


【変換Lv1】

効果はHP・MP・SPを消費して、別のステータスを回復させることが出来るというものだ。

例えばHPならMPやSPに、MPならHPやSPに変換可能だ。

これにより転移で消費したMPをHPやSPを消費して回復させることで、スキルの熟練度を効率良く上げることが出来るようになる。

この二つがスキルポイント1を消費して習得出来るスキルだ。

次は上位スキルで、スキルを覚えるのに必要なスキルポイントは2になる。


【複製Lv1】

効果は指定したアイテムを一時的に複製出来るというもの。

これは時間制限があって、それを超えると消えてなくなる。

それでも俺が注目したのは、黒衣の男との戦闘で武器を取り落としてしまい、危険に曝《さら》されたことがあったからだ。

あの時、サイフォンが助けに入ってくれなかったら、俺たちはあの場で命を落としていたかもしれない。

あとは魔法を付与した武器をその場で複製して使えるといったところか。

使い捨てだから相性も良さそうだ。

最後が元々リストにはなかったスキルで、スキルスクロールで転移を習得したらリスト上に現れたものだ。

一つ目がスキルポイント1を消費して習得出来るスキル。


【MP消費軽減Lv1】


効果は魔法を使った時に消費するMPを減らしてくれるものだ。

レベル1で五パーセント、さらにレベルが一つ上がるごとに五パーセントずつ軽減量が加算されていくから、MAXまで上がると五割軽減してくれることになる。

これは分かりやすい。

もしかして転移を使用するのにＭＰを大量に使うから習得可能になったとか？

二つ目は習得するのに必要なスキルポイントが３のスキルだ。


【時空魔法Ｌｖ１】


効果は領域内の時間の流れを操作出来るようになるようだ。

例えば魔法使用者、俺を中心に半径何メートル以内に入ったモノの動きを遅くするといった感じで。

レベルが低いと効果時間が短いから役に立つか分からないけど、レベルを最大まで上げると短時間だけど時間を完全に停止させることも出来るようだから将来性はある。

必要なスキルポイントが３だというのも頷ける。

ただ、問題もある。

それは時空魔法を使うのに必要なＭＰ量だ。

一回使うのにＭＰが一〇〇〇必要らしい。

……これだと今覚えても使えない。それはＭＰ消費軽減を習得してもだ。

ウォーキングのレベルを上げてステータスを上げるか、ＭＰ消費軽減のスキルレベルを上げるしかないだろう。

現在の職業が魔導士だから、職業変更で魔導士以上にＭＰを増やせるものがあるとしたら、魔導士の上位職業じゃないと無理そうだ。

今回は将来を見据えて、同調と変換、ＭＰ消費軽減を習得しておこう。

これでスキルポイントが1になってしまった。

こうなると馬車移動が俺的にはマイナスに働くが……時間がある時にまた一人で歩くしかないか。


翌日、朝市で食事や食料品の買い物を済ませると、品物を買ったお店の主人に頼んで取引先の農家の農場の見学をさせてもらった。

将来的に農業をしたいというわけではなく、歩数を稼ぎたかったというのが一番の理由だ。

俺一人でも良かったが、皆も見学したいということで一緒に行くことになった。

紹介された人はとても親切で、栽培の仕方を丁寧に説明してくれた。

向こうの世界では農業なんてしたことはなかったから新鮮で、話を聞くだけでも楽しかった。

「そっかー。これを使うのにはそういう意味があったんだ」

説明を聞いていた時にミアが呟《つぶや》いた。

思わず視線を向けると、

「昔ね。まだ村にいた時にちょっとだけ手伝ったことがあったんだ」

と当時を懐かしむように話してくれた。

「まだ子供だったし、忙しい時だけだったけどね」

その後も説明を受けながら農場を見て回ったけど、とにかく規模が大きかった。

広大な土地一面を覆い尽くす様に栽培しているため、とにかく収穫が大変だそうだ。

向こうの世界と違って機械を使うわけでもないからね。

多くの人手を使っても一日に採れる量は決まっているから、日を分けて収穫出来るように調整するのが大変らしい。

一応作付けの日をずらしているけど、天候や作物自体に個体差があって成長速度が違うから、魔道具を使って調整しているとのことだ。

確かに幼少の頃、小学校の授業で同じ花の種を同じ日に植えたのに、成長の違いがあったのをよく覚えている。

ちなみにその魔道具は、マギアス魔法学園で開発されたものだと教えてもらった。

「そうだ。兄ちゃんたちは農業に興味を持っているみたいだし、ここの土と種や苗を持ってくか？」

帰り際、農夫にそんなことを言われた。真剣に話を聞いていたから？

マジョリカを発《た》つ前だったら、エルザたちが家庭菜園でもやるのに役立ちそうだからもらっても良かったんだけど……生憎と俺たちは旅の途中で農作物を育てることは出来ない。

そう思って断ろうと思ったが、農夫の期待するような瞳を前に断ることが出来なかった。

もしかして農業仲間を増やそうとしているのだろうか？

「改めて話を聞くと、野菜一つ育てるのも大変だってのが分かったわね」

ルリカの言葉に、クリスとセラが頷《うなず》いている。あ、シエルもか。

「けどミアは凄いですね。昔からお手伝いしていたなんて」

「小さな村だったからね。皆家族みたいな感じだったし。お父さんやお母さん……皆、元気にして

いるかな」

その横顔を見ながら、ミアについてどう伝わっているのか、と思った。

偽聖女の汚名は晴れたけど、世間一般的にはミアは死んだことになっている。

そのことが村に、ミアの両親に伝わっているかもしれない。

一度確認を取った方がいいのだろうか？

「それはそうと、セラたちはその、離れ離れになる前はどんな風に過ごしていたの？」

「うん、聞きたい」

ミアの言葉に、ヒカリも興味があるのか身を乗り出している。

その言葉にクリスとルリカの動きが止まった。

「ボクたちの幼少期かー」

セラがチラリと二人を見ると、二人は物凄《ものすご》い勢いで顔を左右に振っている。

何か不都合な黒歴史でもあるのかな？

けどセラは笑みを浮かべて話し始めた。

いつもルリカに揶揄《からか》われているからお返しのつもりかもしれない。

クリスはとばっちりを受けた感じだ。

「正直言うと、二人と再会した時は驚いたさ」

セラの話によると、子供の頃の二人は今と正反対だったという。

活発的なルリカは大人しく、落ち着いているクリスはお転婆だったそうだ。

「よくクリスの無茶に付き合わされたものさ」

「そうねー。それでエリス姉によく怒られていたよね」

ルリカが便乗してウンウンと頷くと、クリスは俯《うつむ》いて真っ赤になってしまった。

「ルリカ姉はどんな感じだった？」

「ルリカは泣き虫だったさ」

「うん、転んだだけでワンワン泣いていました」

ヒカリの質問に、お返しとばかりにクリスが暴露した。

「ちょっと想像つかないね」

ミアの感想に俺は心の中で頷いた。

下手《へた》に口を挟むと、こっちにも飛び火してくると思ったからだ。

シエルは堂々としたもので、「確かに」とでも言っているように大きく頷いていたが、それを目にしたルリカは顔を真っ赤にしていた。

閑話・2

一歩室内に足を踏み入れて、思わず顔をしかめた。

薬品のにおいが充満した室内は散らかり、足の踏み場を探すのに苦労する。

何度注意しても直らず、その手の仕事をしている者が片付けても数日後には元に戻っていると嘆いていた。

そして何故《なぜ》か私のところに報告がきて、注意するように言ってくれと頼まれる。

頼んだところでそれが改善されることがないことを知っているが、一応念のため言葉にはしている。

改善されない以上、それが伝わっていないことは明白だが。

「翁、戻った」

「ん？　イグニスか。それでどうじゃった？」

翁は話し掛けられても作業の手を止めることなく答えた。

「報告通り聖女の生存は確認出来た」

レーゼの能力に疑いはないが、自らの眼で確認するのは大事だからな。

それを聞くと部屋の主人である翁――三本の角を頭に生やした魔人は振り返り、頬を綻ばせた。

「そうかそうか。アドの小童《こわっぱ》が聖女を殺したなんて言ってきた時は、わしらの計画を潰されたと思ったが……そうか、生きておったか」

「……それとハイエルフの少女の情報も確認した。どうやら……」

「その顔を見れば分かる。そうか……もう魔王様には伝えたのか？」

「いや、まだだ。先に翁に報告しておこうと思ってな」

「……なら後で伝えてあげると良かろう。そうすれば少しは変わるかもしれんからのう」

翁の言う通りだ。

これで良い方向に変わってくれたら助かる。

あれを倒すには、魔王様の能力《ちから》は必要になるはずだから。

「しかし一つだけ分からないことがあるのう。確か聖女の死は大々的に発表されたままで、生きていたと訂正はされてなかったはずじゃ。わざと情報を隠しておるのか？」

確かにそれは疑問に思った。

我々の策略に乗せられた聖王国……正確には教皇への信頼は地に落ちているという話だ。

奴《やつ》らが聖女の生存を知っていれば、我々の目を欺くために一芝居打ったなどと発表してもおかしくないのにそれもないからな。

聖女を死んだことにして、我々の手から守るためにわざと隠しているというのも考えたが、あの教皇の性格からそれはありえないと思った。あの手の者は、自らの保身のために平気で他人を差し出すだろうからな。

実際今あの国では、教皇への批判が噴出していると聞く。

「……見たところ聖女本人の意思で、国とは関係なく動いているような感じだった。実際聖王国の方も探らせたが、教皇たちは本当に生きていることを知らないとの報告も受けたからな」

少年たちと過ごす聖女を観察していたが、別に無理やり一緒にいるというわけでは……なかったように私には見えた。レーゼからの報告にもそう記されていた。

「何じゃと⁉　それでは意味がなかろう」

翁の言いたいことは分かる。

歴代の聖女たちは、魔王を討伐するために勇者の仲間となって一緒にここへやってきていた。

それが勇者たちと別に動かれていては、聖女がここに来る可能性が低くなってしまう。

あれでも、そこまで介入することは不可能だからな。

ソラの話で一緒に召喚された者の中に聖女がいると聞いているが、あれは聖女であって聖女ではない……別物だからな。

「それは心配ない。聖女はここまで来るさ」

「？　どういうことじゃ？」

「聖女の同行者たちが、いずれここを目指して来るからだ」

ソラの、彼女たちの目的が分かった以上、それは間違いない。

だから真っ直ぐここには戻らずに、竜王国に一度立ち寄ったのだ。

ソラたちが次に目指すのは竜王国だという話を聞いていたから。

ただ、あの人がどういう決断をするかは分からないが……その結果次第では私がまた動く必要がある。

「……分かった。なら準備を進めておくぞ。実験のお陰で完成の目途がたったことだしのう。それに……」

「……そうか……いよいよか……」

「ああ、運命の時は近し、じゃ」

「翁から見た成功確率は？」

「……何とも言えぬが、これで終わらせたいのう……」

その言葉は、私たち全ての魔人の想いを間違いなく代弁していた。


「イグニス。聖女が生きていたってのは本当なの？」

「ああ、この目でも確認してきた」

「何だよ。ならただの怒られ損じゃないか」

アドニスは私の言葉を聞いて、頬を膨らませた。

その態度が子供だと、他の皆から言われる理由になっているのにアドニス本人は気付いていないのだろうな。

「翁が怒ったのは聖女の件もあるが、魔王様を心配させたというのもある」

アドニスも魔人の一人だ。

生きた年数は今代の魔王様よりも遥《はる》かに長い。

それでもその成長しきれていない心のため、幼さが残る。見た目も子供だしな。

魔王様は魔王に覚醒《かくせい》する前、妹の、年下の子供たちの面倒をよく見ていたということが分かっている。

それ故アドニスのような幼い子たちのことを、心配する傾向がある。

ある意味殆《ほとん》どの感情が失われている魔王様に、唯一残されたものかもしれない。

「それで、その……聖女は元気だったのか？」

その言葉におや、と思った。

「何だよその顔。別に聖女個人には恨みはないし、人種《ひとしゅ》にしては良い奴だったよ」

プイッと横を向いたアドニスの首筋は、仄《ほの》かに赤く染まっていた。

確かに聖女本人には私たちも恨みはない。

むしろ不憫《ふびん》だと思う。

本当なら一思いに殺してやった方が救いもあると思うが、それが無駄であることを私たちは知っている。

聖女は世界に必ず一人存在するからだ。

だから現聖女を殺しても、いずれ次の聖女が生まれる。

それなのに翁が怒ったのは、聖女の所在が分からなくなると不都合が生じるからと、下手に私たちが干渉してあれに警戒をされると困るからだ。

「……では私は行くぞ」

「うん、分かった」

私はアドニスと別れると、得た情報を報告しに魔王様のもとへ向かった。

第2章

「ここまでありがとうございました」

「いえいえ、こちらこそ楽しい旅でしたよ」

御者は特にご飯が美味《おい》しかったとミアたちにお礼を言っている。

「けど帰りはどうするんですか？」

「こちらの冒険者ギルドで護衛を雇って帰ります。既にウィル様が手配してくれていると思います」

国境都市リエルの規模は、同じ国境都市サイテと比べるとかなり小さい。

国境都市とは名ばかりで、魔導国家と竜王国の実際の国境線は、目の前に聳《そび》え立《た》つ山脈がそれだからだ。

そのため冒険者ギルドもかなり小さく、人の数も少ないそうだけど、

「馬車乗車可の護衛依頼は人気なんです。歩かなくていいですからね」

とのことらしく、出せば希望者が殺到するそうだ。報酬も悪くないから。

だからといって腕のない者に受けられても困るから、条件面はしっかり伝えてあるそうだ。

「それでソラ、これからどうするの？」

「山に関する情報収集をしたいな。山に出る魔物や、実際に山を登ったことがある人がいれば話を聞いておきたい」

山に関する資料があるなら、それにも目を通したい。

「なら今日のうちにギルドに行って調べちゃいましょう」

ルリカの言う通り、まだ日が暮れるまで時間があるから行くことにした。

「町を回るのは明日にしような？」

ヒカリは屋台が気になるようだったが、素直に従ってくれた。シエルは何度も振り返って見ていたけど。

冒険者ギルドに入ると、他所《よそ》から来た人が珍しいのか注目された。女性比率が高かったのも影響していたと思う。

それでもトラブルなく山に関する話を聞けたが、それは主に出る魔物についてだった。

「出来れば山岳都市ラクテアに行ったことのある人から話が聞けたら良かったんだけどな」

残念ながらそういう人はいなかった。

冒険者も魔物の素材を獲りに山に登ることはあるけど、山岳都市まで行くことはないという。

ただこの山に関する注意点はしっかり教えてもらうことが出来た。

山登りで本格的に大変になるのは中腹を越えて、雪が積もった場所を過ぎてからだという。

そこから上の領域に入ると、スノーウルフとホワイトオークが出る。

魔物単体の強さはそれほどでもないが、寒さと積雪の中での移動に慣れていないと苦戦するかもしれないと冒険者たちは口を揃《そろ》えて言っていた。

集団で出てきた時は特に注意した方がいいという助言ももらった。

「あとはある程度降雪地帯を進んでいくと一本の大きな樹が見えてくる。そこから先は天候が荒れるから気を付けな。まるで別世界だった」

その冒険者の話では、物凄《ものすご》い吹雪で目を開けていることも難しく、急激に手足が冷やされて感覚がなくなってきたためすぐに引き返してきたとのことだ。

寒さの質が全然違ったと、その冒険者たちはその時のことを思い出したのか身を震わせていた。

それがラクテアに行かなくなった理由だった。


「別ルートで竜王国に向かった方が良かったりするのかな？」

「話を聞くと勾配《こうばい》のきついところもあるという話ですから。登るのが大変なのかもです」

「聖王国ルートなら馬車で登れるって話だったさ。勾配がそれほどきつくないのかもさ」

「けどそれなら歩いて登る人が増えてもよさそうじゃない？　その話がないってことは、専用の馬車を利用しないと登るのが辛《つら》い何かがあるかもだし、専用馬車はとっても待たされるかもよ」

ルリカとクリス、セラの三人が山登りについて話している。

「それでソラ、何をしているの？」

「うん、たくさん買い物していた」

ミアとヒカリは、テーブルの上に並べた素材を見て聞いてきた。

「想像していたよりも過酷な環境みたいだからさ。少しでも快適になるようにアイテムを作ろうと思うんだ」

創造で作ろうと思っているのは、手足の指先を凍傷から保護するためのアイテム。

正確にはそれを作るために必要な素材だ。

【カルドの織物】保温性の優れた布。魔力を籠《こ》めると熱を発する。
必要素材――スノーウルフの毛皮。＊＊＊。魔石。

スノーウルフの毛皮は高かった。

ウルフの毛皮と比べても、薄いのに暖かさは格段に上だからだと思う。

服は厚みがないほど動きやすさも上がるからね。

必要素材の一つは不明だが、創造で作ることが可能だった。

俺はカルドの織物を手にしたが、まだ完成ではない。

ここから加工する必要があるけど、錬金術では……難しそうだ。

衣服類を扱っているお店で裁縫することが出来るか聞いたところ、そこの女主人が出来るということで頼んだ。

それぞれ採寸してもらい、五日後に取りに来て欲しいと言われた。


予定外の足止めとなったが、この時間を有効に使うことにする。

ウォーキングのレベルを上げるために必要な歩数が増えているから、少しでも歩いて稼ぐ。地道な積み重ねが大切だからね。

ただ町中をぐるぐる毎日歩くと変な人に見られるから、町の外にも足を延ばす。

ちょうどルリカたちが冒険者ギルドで依頼を受けたから、それに同行する形だ。

鈍《なま》った体を動かすため討伐依頼を受けたそうだが、行き先の森には薬草の群生地があることを調べてくれていた。

「ソラは好きでしょ？」

ルリカに言われて否定することは出来なかった。

「それで何の討伐依頼を受けたの？」

「ビッグボアの群れです。普段は森の奥の方にいるそうなのですが、近頃森の入り口近くまで来ることがあるそうなのです」

「森で木の実を採っていた人が襲われたって聞いたさ」

一応襲われた人は木の実を捨てて逃げたため無事だったらしい。

「ビッグボア……美味しい？」

ヒカリとシエルが気になるのはお肉が美味しいかどうかのようだが、

「ごめんな。俺も食べたことがないから分からないんだ」

としか、俺は答えられなかった。

「ウルフと比べると素早くないけど力は強いから注意してね。強い個体になると体当たりで大木を倒すほどなんだからね」

ルリカの注意に、俺たちは気を引き締め直して頷《うなず》いた。

ダンジョンで数々の強敵と戦ってきたとはいえ、油断は禁物だ。

俺たちは森に入ると、まずはゴーレムコア・タイプ影狼《かげろう》――影を呼び出す。

影を先行させながら、同調を使って視覚を共有する。

影の視線だから地面が近い。速度も出ているから景色が飛ぶように流れていく。

集中して見ていると気持ちが悪くなってきた。

車酔いになった時と似ている。

並列思考があれば大丈夫かと思っていたけど、これは慣れるまで回数を熟《こな》す必要がありそうだ。

最終的に途中で同調を切って、MAPで魔物の反応を確認した。

森の奥の方に複数の魔物の反応があるが、これがビッグボアかな？

「森の奥の方に魔物の反応がある。他にはいないから、たぶんそれがビッグボアだと思う」

俺たちは反応のあった方に向かい、影には魔物の近くに到着したら隠れて待機するように念話で指示をした。

やがてMAP上で影の動きが止まったから再度同調を使用した。

影が止まっているからか、先ほどのように気分が悪くなることはなかった。

影の視界に、ビッグボアが映った。

体躯《たいく》は大きく、ウルフの三倍以上はあるように見える。また特徴的なのは牙《きば》だ。口元から伸びている四本のそれは俺の腕よりも太い。

確かあれが討伐証明になる素材だったな。

俺たちが近付くと、ビッグボアにも動きがあった。

横になっていたビッグボアが起き上がり、鼻をひくひくさせている。

匂いを嗅《か》いでいる？

さらに距離が縮まると、明らかに警戒し出した。

また動きがあったことで、他の個体の陰になっていて見えていなかった最後の一体の姿を見ることが出来た。

その個体の体は他のビッグボアと違って色が浅黒く、足の数が多い？

通常のビッグボアの足の数が四本なのに対して、その浅黒い個体は八本ある。

また立ち上がったことでその個体の大きさも分かった。

優に通常のビッグボアの二倍はある。

「それって変異種？」

「……ビッグボアの変異種に関する話は聞いたことも、資料で見たこともありません。本当にビッグボアでしょうか？」

俺の話を聞いたルリカは首を傾《かし》げ、クリスも自信なさげだ。

けど色と足の本数以外の外見はほぼ同じに見える。

「戦闘が避けられないなら、注意して戦えばいいさ」

「セラの言う通りだな。近付いたらエクスも呼び出して、俺とエクスは防御寄りで戦うことにするよ。ヒカリとルリカとセラの三人は通常のビッグボアを先に倒していってくれ」

俺はクリスとミアには補助に回ってもらうことにした。

そして肉眼でビッグボアを確認した時、影との同調を切ってゴーレムコア・タイプ守り人――エクスを呼び出した。

それと同時にミアがプロテクションを唱えてくれた。

「主、行ってくる」

ヒカリたちは俺たちから離れていく。

俺たちがビッグボアの注意を引いたら、側面や背後から奇襲を掛けるためだ。

ヒカリは器用に枝を伝って木の上を移動し、ルリカとセラは木の間を縫って進んでいく。

それを見届けエクスを先行して走らせる。

わざと足音を響かせて走らせれば、周囲を警戒していたビッグボアの目が一斉にエクスへと向けられた。

唸《うな》り声を上げたビッグボアの一体が突進を開始した。

エクスはそれを見て立ち止まると、盾を構えて待ち受けた。

勢いをつけて突進してきたビッグボアが、その頭を盾にぶつけると大きな轟音《ごうおん》が響いた。

しかしエクスはびくともしない。

ビッグボアはそれでも尚前進しようとするが、地面を蹴る足は滑るだけで前に進まない。

そこに木の上からヒカリが飛び降りると、短剣を首の付け根に突き刺した。

ビッグボアは短い悲鳴を上げて、ゆっくりと地面に倒れた。

俺は素早くエクスに近寄りビッグボアの死体を回収すると、まるでそれが合図だったかのように他のビッグボアが次々と突進してくる。

エクスは盾を構え、俺も盾を構えながら土の壁を呼び出す土魔法のアースウォールを唱えて、相手の勢いを殺そうとした。

アースウォールに激突して止まる個体もいれば、突き破ってくる個体もいる。

動きを止めたり勢いがなくなった個体は、素早く接近したルリカたちが次々と倒していき、土の壁を突き破ってきた個体に関しては盾で止めたところを、ヒカリやクリスの魔法で確実に倒していく。

そして気付けば残りは浅黒いビッグボア一体になっていた。


【名前「――」 職業「――」 Lv「57」 種族「ブラックボア」 状態「変異・呪い」】


鑑定した結果がこれだ。

状態が変異・呪いになっている。

呪い？

俺がそれについて考えるよりも先にブラックボアが突進してきた。

体が大きいからか、その迫力はビッグボアの比ではない。

エクスが俺たちを庇《かば》うように立ち、盾を構えた。

轟音が鳴り響き、空気が震えた。

エクスの体が後方に押しやられるが、少しして停止した。

見るとブラックボアの体を、背後に回った影が特殊能力の影を伸ばして拘束している。

ブラックボアは激しく暴れるが、拘束から逃れることが出来ない。

やがて体力がなくなってきたのか徐々にその動きが鈍くなり、それを見て止《とど》めを刺そうと近付いたその瞬間、ブラックボアが唸り声を上げた。

その声に呼応するように、異変が起きた。

「皆、下がって！」

ミアが叫ぶと同時に、止めを刺そうと近寄っていた俺たちは飛《と》び退《の》いた。

「主、足元」

ヒカリの指摘で視線を地面に向けると、ブラックボアを中心に青々と茂っていた草が枯れていくのが見えた。

それは徐々に広がっていく。

ブラックボアに対峙《たいじ》している影とエクスには……影響はなさそうだ。

エクスは片手で盾を持ち直すと、空いた手で腰に差した剣を引き抜き反撃に出た。

しかし振り下ろされた剣はブラックボアの外皮を斬り裂くことが出来ず、逆に撥《は》ね返《かえ》された。

威力が足りない？

そんなことはない。エクスの素の力は、その辺の冒険者が相手にならないほど強い。

だけど攻撃が効かなかった以上、それ以上の力ある者が攻撃する必要がある。

セラなら確実だと思うけど、近付くのは危険な気がする。

ならシールドを使えて、何かあった時の対処が出来る俺が行くべきだ。

「ソラ、待って」

俺が覚悟を決めて一歩踏み出そうとしたらミアに止められた。

ミアは俺の方に駆け寄ってきて、祝福を俺に唱えた。

それが終わると今度は聖域を発動。聖域の範囲が広がっていき、辺り一面を覆い尽くす。

するとが草が枯れていくのが止まった。

俺はそれを見てブラックボアに近付くと、ミスリルの剣に光属性を纏《まと》わせて振り下ろした。

俺の剣は何の抵抗も受けずに、ブラックボアの首を簡単に斬り落とした。


ブラックボアが倒れていくのを見て、思わず安堵《あんど》のため息が出た。

そして気付いたのは、ミアから受けた祝福の効果が消えていることだ。

俺はステータスパネルを確認すると、軽度の呪い状態になっていることに気付いた。

体調が極端に悪くならないのは、状態異常耐性のスキルがあるからだけど、それでも倦怠感《けんたいかん》を覚えた。まだ呪いに対する耐性がないのも関係していると思う。

俺は自分にリカバリーを唱えると、改めて周囲を見た。

草が枯れているのは倒れたブラックボアの周辺だけで、元々いた場所では特に同じような現象が起きていない。

「ミア、もしかして呪いの効果があることを知っていてあの時止めたのか？」

「……はっきりは分からなかったけど、何か良くないものを感じて……それで……」

ミアも上手《うま》く説明出来ないようだ。

「けど助かったよ。ブラックボアを鑑定した時に、状態に呪いがついていたけど、まさか呪いによる攻撃をしてくるとは思わなかったからさ。しかもかなり強力なものだったみたいだし」

あの短時間で、さらに近付いただけでミアの祝福の効果が切れていたのだからかなりのものだ。

「ソラ、そのブラックボアというのはあの魔物のことですか？」

ミアと話していたら、クリスが聞いてきたから「そうだよ」と答えた。

するとクリスは戸惑ったみたいで、

「初めて聞く名前です。あと、やっぱりこのボアは資料でも見たことがない姿形をしています」

と言ってきた。

俺はもう一度ブラックボアを鑑定すると、状態が「死亡」となっていたからひとまずアイテムボックスに収納することにした。

「しかし呪い……俺も呪いにかかっていたからその影響だと思うけど、ここの地面はどうしたらいいんだ？」

注意してみると、草が枯れただけでなく、近くの木も腐敗し、地面の色も黒く変色している。

「聖域で侵食も止められたし、神聖魔法で浄化出来るかも？」

「……この場所はそのままにしておいた方がいいかもしれません」

「クリス？」

ミアの提案に、クリスが待ったをかけた。

「冒険者ギルドに戻って、一度報告した方がいいと思います。もしかしたら調査をすると言うかもしれませんし、私たちの話を信じてくれないかもしれません。その時証拠となるものがあった方がいいと思います」

確かにクリスの言う通りだ。

「そうね。その方が良さそうよ」

戦いの後、周囲の探索に行っていたルリカがちょうど戻ってきてクリスの言葉に同意した。

その表情は少し深刻そうで、眉間《みけん》に皺《しわ》が寄っていた。

「三人もついてきて、見て欲しいものがあるの」

俺たちはルリカに先導されるまま移動を開始し、それを見た。

ミアとクリスが息を呑《の》む音が聞こえてきた。

「主、あれ良くない感じがする」

ヒカリと一緒に行動していたシエルも、コクコクと頷《うなず》いている。

目の前には腐敗した草木と、ビッグボア……ブラックボアのなりそこない？　と思われる複数の死体が横たわっていた。足の数が六本だったり、成長途中で止まったのか短足の個体もいた。

かなり時間が経《た》っているのか、その死骸《しがい》はどれもが腐敗が進んでいた。

「近寄ったら気分が悪くなったからすぐに離れたけど。とりあえず急いで戻って報告した方がいいと思うんだ」

「そう、ですね」

「けどどうする？　誰か残って見張っていた方がいいか？」

もう何日もこの状態が続いているようだから一日、二日離れても大丈夫だと思うが、気になったから聞いてみた。

「何もないとは思うけど……そうね。私とセラの二人で戻って報告してくるよ。その方が早いと思うから」

確かに二人だけで走っていけば、その方が遥《はる》かに早い。

俺とヒカリなら問題なくついていけるが、ミアとクリスは難しいだろう。

影に運んでもらうのも一つの手だが、今回はそこまでする必要がないと思った。

一応説明しやすいように、一体のブラックボアの死体と、汚染されたと思われる枯れた草や土をアイテム袋に収納して持っていくことにしたようだ。

俺たちは二人を見送り、死体を囲むようにとりあえずシールドを張ってから、その場を離れた。

一応状況を確認出来るように、影を現場が一望出来る場所に待機させておくのも忘れない。

「こうなると今回入手したビッグボアも食べられるか分からないな」

俺の言葉に、ヒカリとシエルがショックを受けている。

俺もビッグボアの肉は食べたことがないから残念だけど、今回は我慢だな。

「けど何が原因なんだろうな」

呪いの状態異常に掛かることは、はっきり言って珍しい。

しかも魔物の姿形を変貌《へんぼう》させるほど強力なものとなると尚更だ。

可能性としては大量のアンデッドが発生してここが不浄の地になったか、リッチクラスのアンデッドの上位種が現れたかだが……魔力察知で周囲を調べたがそれらしい反応はない。

あと考えられるのは……何かあるか？

俺は頭を振り、とりあえず考えるのをやめた。

調査はルリカたちが呼んでくる人がやるだろうし、今やれることをやろう。

ということで、俺とヒカリは薪になる木材集めをしながら周囲の調査で、クリスとミアは拠点で作業だ。一応護衛としてエクスも待機させてあるし、何かあったらクリスが指示を出してくれるだろう。

◇◇◇

ルリカたちが戻ってきたのは、俺たちと別れてから二日後だった。

距離的にその翌日には戻ってくると思っていたから何かあったのか心配になったが、どうもルリカたちが持って帰った証拠を見たギルドが事態を重く見て、色々と準備をした結果遅くなってしまったようだ。同行した者の中には、錬金術ギルドの者もいると聞いた。

俺は調査員の人たちを連れて呪いを受けた場所に向かった。

そして一日かけて調査したが、結局何が原因でこうなったかは不明という謎だけが残った。

「……サンプルは十分確保しましたし、後はここを元に戻す方法ですね」

「教会から人を派遣してもらうしかないと思いますが？」

調査員たちのその会話を聞いたミアが、神聖魔法を使えると言うとお願いしますと頼まれた。

ただその口調からは、あまり期待していないようなニュアンスを受けた。

これは今のミアには肩書が何もないからだろう。

ミアもそれを感じ取ったようだが、特に気にした様子も見せずに神聖魔法の祝福と聖域を使った。

たぶんミアにとっては、呪いの状態を治すことが出来ればいいという想《おも》いが強かったからだろう。

「さすがミアね」

「これで安心さ」

「うん、さすがミア姉」

「大丈夫そうです」

仲間たちの絶賛の言葉から分かるように、ミアの神聖魔法による浄化作業は無事成功した。

「ミア、お疲れ様」

俺も鑑定で確認したから問題ないだろう。

それを見ていた調査員たちも、取ってつけたようなお礼を言ってきた。

この後俺たちは揃《そろ》って町に戻り、最初に倒したブラックボアとビッグボアの死体をギルドに渡してビッグボアの討伐依頼は終了した。

……後日談になるが、最終的に採取してきた草木や土を処分する時に、浄化する必要があるということで教会に要請して司祭を呼んだそうだ。

その司祭の神聖魔法では浄化するに至らず、最終的に困ったギルドは聖王国から高位の司教を呼ぶことになったとのことだった。

◇◇◇

頼んでいた装備が完成し、いよいよ俺たちは山岳都市ラクテアに向けて出発することになった。

改めて山を眺めれば、雄大な山脈が視界一杯に広がる。

俺はその威容に思わず息を呑んだ。

向こうの世界にいた時も、これほど大きな山を間近で見たことはなかった。

映像としては見たことがあったけど、直に見ると迫力が全然違う。

「それじゃ行こうか」

俺たちは山登りに際して、ルールをいくつか決めた。

これは実際に山に登ったことのある冒険者から話を聞いて決めたことだ。

一番は無理をしない。

特にこれは各自疲れたら申告するように言ってある。

俺の場合はウォーキングのスキルのお陰で山登りでも疲れるようなことはないと思うから、その辺りの感覚が分からないのだ。

また今回の登山では俺が先頭を歩くことになっているから、後ろにいる皆の状態を確認することが難しいというのもある。

先頭を歩く理由は、登山スキルのお陰で何処《どこ》を歩けばいいか、危険な場所があると教えてくれるから。後ろにいる人の様子が分からないのは、登山道は道幅が狭く、一列で移動しているためだ。

「クリス、大丈夫か？」

時々立ち止まり、振り返って声を掛けるのも忘れない。

山道は基本的に傾斜の緩やかな道を登っていくが、時に急勾配《きゅうこうばい》なところもある。また真っ直ぐ上を目指すのではなく、右へ左へと蛇行して進んでいく。

急勾配の道を進む時は俺が先行して一人で登り、ロープを設置してから皆には登ってきてもらった。身軽なヒカリならひょいひょいと軽快に登ってきそうだけど、そこは自重してもらった。

「結構登ったと思ったのに、全然ね」

山道の途中には、休憩するためのスペースが要所ごとにある。

一度休憩を取った時に眼下を見下ろしたが、歩いた距離の割には全然進めていない、というのが正直な感想だ。

ただここで焦って道から外れて急斜面を登ろうとすると、大事故に繋《つな》がる恐れがある。

「一日、二日で登り切れる場所じゃないし。地道に前に進んでいこう」

俺はルリカたちにそう声を掛けると、休憩を切り上げて再び歩き出した。

その後も何度かの休憩を挟み、昼食を食べることにした。

さすがにミアたちに料理をする体力は残ってなかったようで、今回は俺が一人で料理を作った。

元気なのは俺……とシエルだけか。

シエルは皆が呆《あき》れるほど大量にご飯を食べて、満足したのか俺のフードの中に入り込むとお昼寝タイムに突入したようだ。

「ふふ、シエルちゃんは変わらないな」

ルリカが可笑《おか》しそうに笑うと、それにつられるようにクリスたちも笑った。

その自由過ぎる姿を見て皆に笑顔が戻ったから、ここはシエルを褒めるべきところだろうか？

山の中腹に到着したのは、町を出て三日後だった。

これには野営出来る場所が限られているため、一日で進む距離を調整する必要があったからだ。

また途中で危険なこともあった。

落石に見舞われたのだ。

突然の地響きに顔を上げたら、いくつもの岩が転がり落ちてきていた。

避けるために急いで移動したが、どうしても避けきれない岩が一つあった。

その大きさはブラックボアと比べても遜色《そんしょく》ないほどのもの。

このままでは後ろの二人……セラとルリカが落石に巻き込まれる。

「伏せて！」

と誰かの悲鳴に似た声が上がった。

俺は一つ大きく息を吐くと、意識を集中させた。

大事なのはタイミングだ。

俺は腕を前に突き出し、イメージしやすいように構えた。

動いているものに試すのは初めてだが、練習はしてきた。

今の転移のレベルは3。スキルの有効範囲には入っている……今だ！

俺が転移を発動させると、迫っていた落石がセラたちの目の前から消え、まるで二人を飛び越えたように眼下に現れて転がり落ちていく。

俺はそれを確認すると、大きく息を吐いた。

どうやら上手《うま》くいったようだ。

転移はこれまで俺が手に触れているものを移動させることが出来ていたが、レベルが3まで上がったことで手で触れていないものでも転移させられるようになった。

ただその有効範囲はまだ狭いため、落石を近くまで引き付ける必要があったのだ。

また、消費するMPが手で触れているものの転移と比べて倍必要になるという制約もある。

「ありがとう、ソラ」

「助かったさ」

だけど二人が無事だったから良かった。

普段からスキルを使って、何が出来るかを試すのは大事だと思った。

◇◇◇

降雪地帯は、まず単純に寒かった。

吐く息が真っ白だ。

ここから雪山仕様の防寒具に着替えたが、寒いものは寒い。

「真っ白……」

「ヒカリ、雪は初めてか？」

「雪？　うん、初めて……冷たい……」

ヒカリはグローブを外して素手で雪に触れると身を震わせていた。

ヒカリの話だと、エレージア王国の方では雪が降ったことがないとのことだ。

興味深そうに雪を掬うと、その手触りを確認し、あ、ダイブした。

確かに雪を初めて見た時は俺も興奮したような気がするけど。ここまではしゃいだことはない
……はずだ。

「主、手が冷たい」

そりゃ、素手で雪を触っていたら冷たくもなる。

「ここは風が冷たいさ」

「歩きにくい」

「慣らしていたけど、動きが少し制限されそうね」

「けどソラが作ってくれたこれ、暖かいね」

「はい、手足はぽかぽかです」

そして雪の上を歩くのに慣れる必要がありそうだ。

ヒカリ以外は雪を体験したことがあったが、ここのとは雪質が違ったようだ。

ここの雪質は硬く、どちらかというと氷に近い。

「問題は魔物が出たらどうするかだね」

ルリカの言う通り、雪の上は想像以上に動きにくい。

硬いから足が埋まらなくていいが、滑らないように注意が必要だ。

一応靴底にスパイクが付いているが、あまり効いているような気がしない。

慣れてないからか？

最悪戦闘は影とエクスに頼るのも一つの手だと思ったが、呼び出してみたら重さで埋まってしまった。

しかも上に行くほど雪の層は厚くなっているのが分かった。

これでは降雪地帯でゴーレムを使用するのは無理だと思った。

俺たちはその日、時間をかけて雪の上を歩く練習をし、ついでに体を動かすために模擬戦も行った。

「駄目、息が苦しい」

「うん、疲れた」

「これはきついさ」

いつもの半分ほどの時間動いただけで、ルリカたちは座り込んでしまった。

空気が薄くなっているのもあるが、足元に神経を集中しているから余計に疲れたみたいだ。

「ソラは大丈夫なの？」

同じように動いていた俺を見て、ミアが心配して聞いてきたが俺は何ともなかった。

登山スキルの恩恵が大きい。

特に雪の上を移動する時にも、補助機能が働いてくれるから、体重の掛け方や動き方が分かるのだ。

だからといって、これをヒカリたちに全てアドバイスすることは難しい。

それに補助機能があるといっても、並列思考がなかったらここまで動くことは出来なかったはずだ。特に激しく動けば動くほど、情報が次々に押し寄せてくるわけだから瞬時の判断が必要になってくる。

これは魔物が出たら俺が基本戦うしかないかな、と思っていたが、この世界の人の身体能力が高いのか、適応能力が高いのか、何度か動きの確認をしていくうちにヒカリとセラは雪の上でも動けるようになっていた。もちろん普段通りとはいかないけど。

「何で二人ともそんな簡単に動けるのよ」

「主のアドバイスに従った」

「その通りさ」

いやいや、そんな大層なこと言ってないよ？

ルリカも最後まで頑張っていたが、結局二人のように動くことは出来ず、落ち込んだところをシエルに慰められていた。

話し合いの結果、魔物と遭遇した時はヒカリとセラが前を受け持ち、俺とルリカは後ろに下がることになった。

その後目印となる樹を目指しながら登山を再開し、スノーウルフと三回、ホワイトオークと一回遭遇し戦うことになった。

結局その日は引き返し、積雪地帯から出て休むことにした。

その理由はスノーウルフを倒すことが出来たから。解体して毛皮を手に入れたかったからだ。

ヒカリとシエルの一人と一匹は、スノーウルフの肉に興味がいっているようだったけど。


「これが冒険者の人たちの言っていた樹か……」

不思議なことに、この樹だけ雪が降り積もることなく立っている。

そしてその樹の脇を通り過ぎた瞬間、景色が一変した。

「嘘……」

その声は誰の声だったか……その言葉は皆の心境を代弁していたと思う。

樹の脇を通り過ぎた瞬間、吹雪に襲われたのだ。

この感じ……まるでダンジョンで階を跨《また》いだ時に似ていた。

実際樹の向こう側に戻ると、先ほどの吹雪が嘘のように晴れ渡っている。

太陽の光を反射する雪が眩《まぶ》しいほどだ。

それでもダンジョンとは決定的に違うところもある。

それはＭＡＰ表示で、山全体を見ることが出来るという点だ。

「……そろそろ日が沈むかもしれないし、今日はここまでにするか？」

俺はＭＡＰで近くに魔物がいないことを伝えながら尋ねた。

「……少し進んでみない？　危なかったら戻ってくればいいんだから」

「そうですね。環境に慣れるのは必要かもしれません」

ルリカの方針にクリスも賛成のようだ。

その後、樹の向こう側へ進んだが、やはり山頂に近付くにつれて天候が荒れ出した。

一度戻ろうかと思ったが、吹雪の中で野営をすることにした。

ここから先の進み方は、リエルでは教えてもらえなかったから自分たちで考えていくしかない。

それから俺は仮面を取ることにした。仮面があると吹雪の中だと見えにくかったからだ。

あとはこの山の中なら、誰にも見られることはないだろうというのもあった。

距離的には明日の朝出発すれば余裕でラクテアに到着出来そうだけど、そう簡単ではないはずだ。

でないと、リエルの人たちがラクテアに行かない理由が考えられない。

……単純に交易するような特産品がないというだけかもしれないけど。

「とりあえずカマクラを作るから、今日はそこで休もう」

「主、カマクラって何？」

俺の言葉にヒカリたちは首を傾《かし》げていた。

俺は説明するよりも作った方が早いと思い、雪に手をついて魔力を流した。

やり方としては土魔法で家を建てるのと同じ。家を造るための材料が土から雪に変わっただけだ。

形が完成したら、今度は中に入ってアイテムボックスから取り出した簀《す》の子《こ》を敷く。

さらにその上にカルドの織物を載せれば床の完成だ。

このカルドの織物は、前日に狩ったスノーウルフの毛皮を創造スキルで作ったものだ。

「暖かいです」

「本当。周りが雪だから寒いかと思っていたけど違うんだ」

クリスとミアは素直に感心している。

その後俺は一度外に出ると、カマクラの周囲に防壁となる壁を作り、さらには罠《わな》も設置する。

カマクラを囲うようにシールドを張れば、奇襲されても時間を稼ぐことが出来る。

近くに魔物の反応はないが、念のためだ。

今日は見張りをしないで、全員でしっかり休もうと話し合ったからだ。

食事を済ませたら、カルドの織物やカルドの織物で作った手袋と靴下に魔力を付与して眠りについた。


「皆、おはよう」

「……おは……」

「おはようございます」

「……おはようさ」

ミアとルリカはまだ寝ていて、クリス以外は元気がない。

ヒカリとセラは吹雪の音が気になって、よく寝られなかったという。

鑑定すると軽度の睡眠不足と衰弱表示になっている。

「二人とも疲れが取れてないだろう？」

渋々だが二人が認めたため、今日はそのまま休むことにした。

食事を済ませて二人用の寝床を作ったら、二人を囲うようにサイレンスを使用して、今回は外からの音を完全に遮断した。

残った俺たちは……ルリカとクリスの指導の下、解体の練習をすることになった。

「マジョリカじゃソラは全然解体やってなかったからね。これからはノーマン君たちみたいに解体してくれる子はいないんだから、練習しようね？」

最後は可愛《かわい》らしく小首を傾げながら言われたけど、有無を言わせない迫力があった。

俺たちはルリカに促されるままカマクラの外に出たが……うん、ちょっと寒い。

かといってカマクラの中でやるには狭過ぎるし、血で汚れるからね。

それとクリスが試したいことがあるということで、外で作業することになった。

クリスは外に出ると、杖《つえ》を構えて詠唱を開始した。

どうやら精霊魔法を使うようだ。

俺は魔力察知を使ってその様子を見ていたけど、クリスが魔法を唱え切るとクリスを中心にドーム状の膜のようなものが、カマクラの周囲に作った防壁を覆い尽くすように広がった。

するとそのドーム状の膜は吹雪が入ってくるのを防ぎ、尚且《なおか》つ周囲の外気が温かくなった。

「長時間は無理ですけど、これで作業がしやすくなると思います」

「これって……」

「はい、セリスさんから教えてもらいました。あ、ただカマクラと防壁は溶けてしまわないでしょうか？」

「魔力で補強しておくから大丈夫だよ」

それを聞いてクリスは安堵《あんど》しているようだった。

「さ、それじゃ準備も出来たことだし、始めようか？」

ルリカは実に楽しそうだ。声も弾んでいるし。

思えばこうやって解体をするのは、いつ以来になるのだろうか？

ヒカリと一緒に旅を始めてからやっていないかも？

あの頃は魔物を狩ったらヒカリが解体して、俺が料理を作ると作業を分担していたからな。

「ほら、ソラ。手を止めない」

物思いに耽《ふけ》っていたら怒られてしまった。

「けどミアは上手ですね」

「うん、ソラよりも上手《うま》いわね」

「ありがとう。ヒカリちゃんやセラに教えてもらったんだ」

ミアは何に対しても一生懸命だったからな。料理もそうだし、戦い方を学ぶのもそうだった。

ただ俺も解体するうちに、徐々にやり方を思い出していった。

駆け出し冒険者の頃、ルリカやクリスに何度も何度も教えてもらったことだ。

短い期間だったけど、それは濃密で、体が覚えていたようだ。

「ソラもやれば出来るじゃない」

と最後にはルリカが褒めてくれた。

「ミアの解体しているところは見たことがなかったけど、これならマイナス査定されることはないね。ヒカリちゃんの教え方が上手かったのかな？」

「ルリカ違うよ。教え方が上手かったのはセラの方だよ」

「そうなの？」

ミアのその言葉にルリカは純粋に驚いているようだった。

「……そうだね。二人には話しておいた方がいいかも」

ミアの話によると、セラが解体上手なのは奴隷時代に必要に迫られて覚える必要があったからのようだ。

魔物を討伐し、それを解体する。

魔物の解体が下手《へた》だと理不尽に暴力を振るわれる。

それが嫌だから必死に覚える。

それが当たり前の日常だったと、セラは言ったそうだ。

それを聞いたルリカとクリスが静かに怒っているのが俺にも分かった。

「セラはさ。それを何でもないことのように言うの。聖都メッサで……嫌なことがあって精神的に参っていた時も、セラが一番励ましてくれたんだ。泣きたくなった時とか、一緒にいてくれて」

それは聖都を発《た》って、テンス村までの道中にあったことのようだ。

その後は黙々と解体を行い、全てとはいかないがある程度の魔物の解体を終わらせることが出来た。

「それじゃ早速これを使った料理を作りましょう」

ミアの言葉に、一番喜んでいるのはシエルのようだ。

俺は料理を三人に任せて、確かめたいことがあったから防壁の外側に出た。

MAPがあるから一人で吹雪の中を歩いても迷子になることはないが、それをやると心配させてしまうから踏み止《とど》まる。

それでもこの吹雪の中、どれぐらい視界が確保出来るかを確認する必要があるから、俺は雪を大きく固めるとそれに錬金術で作った染料で色を付け、山頂の方角に向けて放り投げた。

雪の塊は一〇メートルほど離れると見えなくなった。

山頂に近付くほど吹雪は強くなるという話だし、見える距離はもっと狭まるかもしれない。

俺は何か役立つ道具が作れないか、錬金術と創造のリストを確認するのだった。

「お肉！　美味《おい》しそう」

ヒカリの目の前には、スノーウルフの肉を使ったステーキと、ホワイトオークの肉がたっぷり入ったスープの容器が置かれていた。

ヒカリは目を輝かせながらステーキ肉を頬張ると笑顔を見せた。

それを見たシエルもパクリとステーキ肉を口にすると、恍惚《こうこつ》とした表情を浮かべている。

一人と一匹のその反応を見た俺たちも食事を開始し、その美味しさに舌鼓を打った。

食事が終わると話はセラのことになった。

ミアが手放しでセラのことを褒めるから、セラが困り果てていた。

助けを求めて視線を彷徨《さまよ》わせるセラとバッチリ目が合うと、恥ずかしそうにすぐ目を逸《そ》らされてしまった。

「話はその辺にして早めに休もう。明日はここを発つ予定だからね」

俺の言葉にヒカリは眼が冴《さ》えて眠れないと言ってきたけど、そこはミアとシエルがあやしていた。

「ソラは休まないのですか？」

「アイテムを作ったらすぐ寝るよ」

今回は錬金術で作製出来るようなので早速アイテムを作る。

【マジックロープ】
必要素材――ロープ。ブラッドスネイクの皮。魔水晶。魔石。

完成したのはマジックロープ。見た目は普通のロープと変わらないけど伸縮性があり、魔力を流すことで二つの効果が表れる。

一つ目はロープが光り輝く。ただ普通に光ると魔物の注意を引いてしまうかもなので、今回は暗視効果のある魔道具を身に着けると見えるようになっている。

二つ目はロープを固くする。主な使い方は……引っ張りやすくするぐらいか？

今回は離れ離れになるのを防ぐのが主な目的だから、ロープを固くする効果はおまけと考えている。

俺は完成したロープをアイテムボックスに収納すると、ＭＡＰで周囲の状況を調べた。

吹雪地帯に魔物の姿が殆《ほとん》ど見られないのは、魔物にとってもこの環境が厳しいものだからかもしれない。

準備が整うと、俺は明日の登山に備えて休むことにした。


翌朝、魔法でカマクラを崩し、マジックロープの使い方を皆に説明して出発した。

準備を万全にしたお陰か、吹雪地帯の登山は大きなトラブルが起きることなく無事通過することが出来た。

あとは山登りをしていたから登山スキルのレベルがどんどん上がり、安全なルートをナビゲートしてくれるまで成長したからだと思う。

吹雪が止《や》んだのは、分厚い雲の中を通り過ぎてからだった。

雲の先は快晴で、日の光を全身に感じた。

視界が開けると、連なる山々がよく見えた。

「あれがラクテアですか……」

クリスの視線の先を追えば、山頂から少し下ったところに集落がある。

規模的には町というよりも村に近いように見える。集落は簡易の木の柵《さく》で囲まれているようだった。

緩やかな傾斜を下って町に近付いていくと、慌てた様子で駆け寄ってくる二人の男の姿があった。

「お、お前たち、山を越えてきたのか？」

俺たちを出迎えた門番らしき男たちは、目を丸くして驚いていた。

手に持つのは……農具？

武器のつもりなのだろうか？

彼らの話によると、魔導国家側から人が来たのは、生まれて初めてだと言っていた。

ここラクテアは、もともとは旅人用の休憩所として作られた一つの山小屋から始まり、やがて人の往来が多くなると人が集まり町となったそうだ。

またここに町を作ったもう一つの理由として、この山に生息している動物の存在がある。

羊に似たその動物——ムトンの毛皮は服や敷物など色々な用途で使われ、その肉は極上とのことだ。

しかもこの味は、この山の環境で育てないと出せないことが分かっているらしい。

それを聞いたヒカリは興味津々で、シエルは話を聞いただけで涎《よだれ》を垂らしていた。

俺たちは町唯一の宿屋に案内されて、そこでも魔導国家側から来たことを告げるとやはり驚かれた。

「竜王国側からは人がよく来るんですか？」

「頻繁に来るわけじゃないけどね。毛皮や肉を定期的に買いに来てくれる商人さんがいるわね」

その商人に頼んで、野菜を届けてもらっているとも言っていた。

高山地帯故に育てられる野菜が限られているため、ここでは野菜が貴重とのことだ。

「……俺たちでも野菜を売ることは可能ですか？　代わりにムトンの毛皮や肉を買いたいんですが」

俺の言葉に女将さんは訝《いぶか》しがっていたが、アイテムボックスからいくつかの野菜を取り出して見せたら目付きが変わった。

実際味見をしてもらったらムトンを放牧で育てている人を紹介してくれることになった。さすがロキア産の野菜だ。

そして宿の食事でムトンを使った料理が出てきたが、その味はオークロードの肉に勝るとも劣らないほど美味しかった。

俺たちはその味に満足したが、シエルだけは食べることが出来ずに不貞寝していた。


翌朝、俺たちは町の中を見て回っていた。

会う人が気さくに挨拶《あいさつ》をしてくるのは、昨夜女将さんを介して町の人たちに野菜を売ったからだ。

やはりここでは野菜はかなり貴重なもののようだ。

「さ、触っても大丈夫ですか？」

「ああ、いいともさ。ただし優しくな」

クリスが畜産農家の男性に尋ねたら、快く承諾してくれた。

「はわぁー」

ムトンに触れた瞬間、クリスが変な声を上げた。

その声に皆の視線がクリスに集まる。

自分でも気付いたのか首筋まで真っ赤にしていたけど、その手はムトンに触れたままだ。

その様子を見て皆もムトンに群がる。

俺も呑気《のんき》に欠伸《あくび》をしているムトンに近付くと、その毛に触れた。

ムトンの毛はフワフワで、手を置くだけで中に入り込んでいく。優しい肌触りで、この毛皮で寝具を作ったら気持ち良く眠れそうだ。

「あ、あの。抱き着いても大丈夫ですか？」

ムトンを触ってその心地よさを堪能していると、そんな声が聞こえてきた。

どうもミアが畜産農家に詰め寄っている？

その迫力に押されたのか畜産農家がコクコクと頷《うなず》くと、ミアはムトンに抱き着き……恍惚の表情を浮かべている。あ、頬をスリスリしている。

それを見た女性陣も真似をし始めた。

「に、兄ちゃんも大変だな」

と畜産農家の男に言われたけど、気持ちはちょっと分かる。

俺はムトンの毛皮を売ってもらえないか交渉したら、あと数日したら毛刈りをするから、それまで滞在しているようなら売ってくれると言った。

「主、変なにおい」

「ヒカリちゃんの言う通りさ、きついさ」

町の隅、山際に近付いた時にヒカリとセラが鼻を摘《つま》んでいた。

最初は何を言っているのか分からなかったが、ヒカリたちの指差す方向に足を向けたら俺にも分かった。

このにおいは……。

「お、野菜売りの兄ちゃんじゃないか。兄ちゃんも入りに来たのか？」

「もしかして温泉ですか？」

「その通りだ。疲れが吹き飛ぶぞ！」

どうやらここは露天風呂《ろてんぶろ》で、無料で自由に入ることが可能だそうだ。

温泉は三方を木の壁で囲われていて、山の崖《がけ》側が開けているため眼下に広がる景色を眺めながら入ることが出来るらしい。天井もないから、夜は満天の星を眺められるとも言っていた。

もちろん男女で分かれているから混浴ではないらしい。

「覗《のぞ》かれないのでしょうか？」

話を聞いたクリスが木の板を見ながら尋ねた。

木の板の高さは三メートルぐらいだから、確かに覗こうと思えば覗けそうだ。

「はは、この町にはそんなことをする輩はいないよ」

そう言う男の顔は引き攣っていたんだが、過去に何かあったのか？

「それでも心配なら夜入りに来るといい。夜は町のもんは基本利用しないからな」

仕事終わりに温泉を利用して、夜はお酒を……食事を楽しむからその後に温泉に入ることはしないそうだ。

なら夜に入りに来ればいいかな？

けど滞在中に一度昼間にも入りたいな。夜だと真っ暗闇になるから星空は楽しめるけど風景を眺めることは……暗視があれば出来るのか？

ま、まあいつでも利用可能だし、朝風呂もいいかもしれないよね。

「主、本当にここに入る？」

ヒカリ的にはにおいがきついみたいだ。

「温泉は気持ちいいから」

風呂はあまり好きではなかったけど、何故《なぜ》か温泉は好きだったんだよな。

「それって向こうの世界での話？」

ミアが尋ねてきたが、その横ではクリスも興味深そうにしている。

クリスは知識欲があるのか、時々向こうの世界のことを話すとよく質問してくる。

「うん、温泉には色々な効能があるって話でさ。女の人には美肌の湯？　とかいうのが人気あったのかな」

詳しくは知らないけどよく耳にした単語を口にしたら質問責めにあった。

美肌という言葉に反応したようだ。

「なら入りに来ないとだね」

「いや、ここの温泉にその効果があるとは限らないからね？」

「それでも疲れが取れるなら入る価値はあるさ」

確かに疲れが取れるって言っていた。

夜の食事を終えると、俺たちは温泉へとやってきた。

「ソラ、寂しいからってこっちに入ってこないでよね」

ルリカが揶揄《からか》ってきたけど、それに反応して顔を赤くしている人が二人いるんですが？

俺だってそんなことで信用をなくすような愚行は起こしませんよ。

俺は体を洗い流してゆっくりと温泉に浸《つ》かった。

思わず吐息が出た。

ああ、身に染みる。

体を伸ばし縁に背中を預けて寝るような姿勢を取ると、目の前には満天の星が広がる。

異世界に来てからよく見る光景だけど、高所に来ているからか星を近く感じる。

シエルも器用に仰向けになると、プカプカと浮いて夜空を眺めているようだ。

夜空を静かに眺めていたら、木の板を挟んだ向こう側から水音が聞こえてきて、続いて話し声も聞こえてきた。

「あー気持ちいいね」

「はい、本当に疲れが取れるような気がします」

「普通のお風呂とはまた違うみたいね」

「水が少しドロドロさ」

「ん、けど悪くない」

それぞれが感想を言い合い、やがて夜空が綺麗《きれい》だという話になった。

その後も彼女たちの話はどんどん盛り上がっていく。

彼女たちも普段から風呂に入るけど、こうして広々とした場所で、皆で入るのが初めてだからか、テンションが上がっているのかもしれない。

だからだろうか、徐々に話の内容が際どいものになっていった。

木の板一枚を挟んだところに俺がいることを忘れているんじゃないだろうか？

「……あー、声が聞こえています。はい」

と俺が声を掛けると、慌て出した雰囲気が板越しでも伝わってきた。

「聞いていたの！」

「聞こえてきました」

焦ったような誰かの声が聞こえたから、俺は無実を訴えるように返事をした。

もう少し入浴していたい気持ちがあったが、今日はここまでで出ることにした。

それに何時《いつ》でも入れるなら、朝にまた入りに来ればいいと思ったからだ。

『シエルはどうする？』

俺が尋ねると一度顔をこちらに向けたが、そのままプカプカ浮くことを選んだみたいだった。

俺は一人温泉から出て着替えを済ませると、皆が出てくるまで散歩することにした。地道な経験値稼ぎだ。

夜のラクテアは……宿のある方は騒がしいけど、他は静かだ。時々吹く風の音以外は殆《ほとん》ど音が聞こえない。

しばらく歩いているとシエルが俺の方に飛んできた。

どうやらミアたちが温泉から出てきたから呼びに来てくれたようだ。

俺が合流すると若干三名ほど顔を真っ赤にしていたけど、

「主、戻る」

変わらない態度のヒカリに手を引かれて、揃《そろ》って宿に戻ることになった。

ラクテアに到着して五日目。今日も朝風呂を堪能した。

女将さんから明日ムトンの毛刈りをやることを伝えられたから、ここで過ごすのもあと僅《わず》かだ。

俺とヒカリは畜産農家の男に土地の一角を借りて、そこでベーコン作りをラクテアの町の男たちに披露することにした。

ミアたちはムトンの毛皮を加工しているところを見学させてもらうとのことだ。シエルもベーコンと聞き、俺たちのもとに駆け付けた。

「それでベーコンだったか？　俺らでも作れたりするのか？」

「それほど複雑じゃないから、覚えたら簡単だよ」

俺は行商で立ち寄った村で作り方を教わったと話し、皆に作り方を教えていった。

何故ラクテアの男たちがベーコン作りに興味津々なのかというと、それは宿の料理人（女将さんの旦那《だんな》さんだそうだ）がベーコンを調理し、美味しいお酒のおつまみを作り上げたからだ。

濃い味付けされたそのベーコンは、サンドイッチにしても良さそうだったため俺も調理方法を教わったりした。

そこで今日はムトンの肉でベーコンを作るため、町の中で火を使える場所を聞いたところ、男たちが集まったわけだ。

「これで後は待つだけか……。これなら確かに俺たちでも作れそうだな」

そう言う男たちの顔には笑みが浮かんでいた。

ベーコンが完成するまでの間、俺は男たちと時間潰しの会話をした。

愚痴が多かったような気がするが、苦労しているのかな？

何故か結婚相手はよく選ぶんだぞと言われた。

「けどいいんですか？　ムトンの様子を見てなくて」

基本的にムトンは放し飼いみたいで、朝に厩舎《きゅうしゃ》から出したら厩舎内の掃除をする以外の仕事が殆どないそうだ。

「ムトンたちは賢いからな。自分たちで餌を食べに移動して、適度に運動するから手がかからないんだ。だから俺たちの仕事は厩舎の掃除と、あとは具合の悪いムトンがいないかの確認ぐらいなんだ」

ムトン担当以外の人たちも、今日のために仕事を前倒しにして時間を作ったみたいだ。

自分の担当する仕事をきっちりこなせば、文句を言われないからと頑張ったらしい。

「ただな、放し飼いにしているから時々……本当にまれにムトンの奴《やつ》らもどっかに行っちまったりするんだよな」

「ああ、あとは滅多にないけど害獣による被害な。今年は数年ぶりにあったんだよな」

俺たちがラクテアに到着するひと月ほど前に、ムトンが二頭いなくなって、農作物もいくつか駄目になってしまったそうだ。

それが何度か続いたため、見回りを強化したらしい。

「だからソラ君が野菜を売ってくれて助かったんだよ」

それであんなに大喜びされたのか。

「今は大丈夫なんですか？」

「ああ。連日警戒したからか被害はなくなった。俺たちも数年ぶりのことだったから、あの時は慌てたんだ」

「ああ、それで母ちゃんに怒られたんだよな。もっと落ち着きな、だらしないっ、てよ」

母ちゃんとはお嫁さんのことらしい。

その後も会話は続き、ヒカリ先生による各町の屋台、美味《おい》しいもののランキングが好評だった。

「あと、主の作るご飯も絶品」

ヒカリのその言葉に皆、懐疑的な反応だったため、ヒカリは頬を膨らませると俺にアイテムボックスからいくつかの料理を出すように言ってきた。

ここの人たちは野菜を売った関係で、俺が高性能マジック袋を所持していると思っているから、普通に作り置きした料理を出すことが出来た。

それを食べた男たちは驚愕《きょうがく》の表情を浮かべ、ヒカリに謝っていた。

ヒカリはそれを見て満足したようで、嬉《うれ》しそうに笑っていた。

その後も会話は続き、町長がルフレ竜王国の首都アルテアに行ったことがあるという話を聞いて、どういうところだったか教えてもらった。

「ちょっとした用事で何度か行ったことがあるんだがのう。あそこは龍神様《りゅうじん》の末裔《まつえい》が住まう場所でのう」

町長の話によると、アルテアには竜人族が住んでいるということだ。

「血を色濃く受け継ぐ者ほど、体に竜の証《あかし》である鱗《うろこ》や角が出るそうだが、かといってわしら人と何ら変わらなかったな。美味《うま》い酒を飲めば感動するし、美味い飯を食べれば喜び笑う」

気さくな良い人たちだったと、町長は話していた。


その翌日。ムトンの毛刈り体験をさせてもらった。

解体の練習をしたお陰か、手際よく出来たと思う。

六人の中では……一番出来は悪かったけど、一応畜産農家の人は褒めてくれたよ？

「そろそろ発《た》つのかい？」

「はい。長いことお世話になりました」

「寂しくなるね」

と女将さんは色々とお土産《みやげ》をくれた。

「ソラ君、じゃあな。今度来る時も野菜と……美味い酒をたくさん頼んだぞ」

仲良くなった町の男たちもそんな声を送ってきた。

実はここでは野菜以外にも、お酒の物々交換もした。

お酒はマジョリカを発つ時と、ロキアに寄った時に購入していた。リエルでは既に購入済みのものしか売ってなかったから買わなかった。

元々お酒を飲まない俺が何故お酒を持っているかというと、サイフォンから勧められたからだ。

「酒ってのはその土地で味が違うからよ。酒好きなら他の土地で作られた酒は喉《のど》から手が出るほど欲しいはずだ。それに大容量のアイテム袋持ちでもない限り、酒はかさばるから運ぶのも大変だしな」

とのことだった。

酒を勧めていると勘違いされて、ユーノに怒られていたけど。

そういう経緯もあって、ラクテアで造られている「ムトンの雫《しずく》」という酒と交換した。

五樽《たる》に対して倍以上の酒を渡したのは、生産数や生産条件が厳しくて貴重だと判断したからだ。

サイフォンに今度会ったら忘れずに渡そう。

俺たちは別れを済ませると、下山してルフレ竜王国の町……マルテを目指すことになった。

竜王国の首都は、空中都市と呼ばれているアルテアだが、マルテは三つの山岳都市と、ルフレ竜王国内にある三つの町（アルテアを含む）を結ぶ要衝になっている。

そのため竜王国内を移動する時は、必ず寄る町だそうだ。

山道はしばらく急斜面が続き、そこを抜けると山小屋があった。普段は利用する人がいないここは、商人たちが取引に来る時に立ち寄る場所のため、ラクテアの人たちが定期的に整備をしに来ているらしい。

そこから下に下る道は、道幅も広くゆるやかな道が続く。

この道は馬車での通行が可能だということで、さっきの山小屋までは馬車で移動し、そこを拠点にラクテアに荷物を運んでいくということだ。

俺たちは山小屋で休まずそのまま進んだが、日が暮れたため無理をしないで野営をした。

次の日、見晴らしの良い場所に出ると、ルフレ竜王国内が一望出来た。

一番手前に見える町がマルテで、その先の湖に浮かぶように存在するのが空中都市アルテアだ。

湖が鏡のように空を映し、街がまるで空中に浮かんでいるように見える。だから空中都市なんて呼ばれるようになったと、ラクテアの町で聞いた話を思い出した。

マルテには、それを見るためだけに塔が建てられたという逸話があるとも教えてもらった。

また上空を覆うように広がる緑色は、一本の大樹によるものだとも教えてもらった。


登ってきた時の日数を考えれば下りの日程はあっという間だった。竜王国全土が他の国と違って高所にあるため、山頂までの距離は短い。

魔導国家側からの降雪地帯や吹雪の中を通ってきたことを考えると、山を下りるのは非常に楽だった。

山道が終わり、街道を進み、日が暮れる直前にマルテに到着した。

町に到着する前に仮面を着けるのも忘れない。

山で過ごしている間は外して生活していたからね。

「歩きの旅人か？　珍しいな」

門の前で入場手続きをする時に、そんなことを言われた。

とても友好的に話し掛けてきたが、一瞬、険しい目付きになった。

けどそれは本当に一瞬で、すぐに元に戻り無事俺たちは町の中に入ることが出来た。

閑話・3

アルテア城の一室。窓から見える大樹を眺めていると、声を掛けられた。

「行かせてよろしいのですか？」

「……止めても無駄じゃろうしのう。それに良い経験になるじゃろうし」

軽鎧《けいがい》に身を包んだアルフリーデの言葉にわしは答えた。

眉《まゆ》を顰《ひそ》められたが、すぐに元に戻った。

涼しい顔をしているが、心配しているのが伝わってくる。

アルフリーデにとっても、あの子たちは大切な子なのだから。

一人で行ったのならわしも心配したが、あの子もついていったようだし、ここは様子を見ようと思ったのだ。

「誰か付けますか？」

「必要なかろう。それにあの子は勘が良いからのう。きっと気付かれてしまうじゃろうて」

それでは意味がない。

それにあの子たちには、少々この街は狭過ぎたのかもしれない。

それがあの子たちの成長を邪魔していた可能性もある。

「一応この国内ならわしの目が届くしのう。それに気になることもあるしのう」

そうは言っても、昔ほどの力はない。

年々力の衰えを確かに感じる。

だからこそあの子には、あの子たちには期待せずにいられない。

「気になることとは盗賊のことですか？」

「それもあるのう」

この感じ、ただの盗賊ではなさそうだ。

いつの時代だったか、何処《どこ》かで似たようなものを感じたことがあったのだが、思い出せない。

「では彼の言っていた者たちのことですか？」

異世界の少年か……。

彼から計画を聞いた時は驚きもしたが、果たしてこの世界の者でない者を巻き込んでいいのか迷うところだ。

彼らの願いは分かるが……わしにとっては複雑だ。

恨みと罪悪感と共に、ここ一〇〇年近く自問自答し続けているが、未《いま》だ答えが出ない。

それに……。

「悩むならご自分の目で確かめてみたらどうですか？」

「どうやってじゃ？」

「……戦ってみるとか？」

ふむ、それは確かにありかもしれない。

それに彼らの中には、聖女もいるという話だった。

それを思い出し、思わず拳《こぶし》に力が入った。

コホン、という咳《せき》を聞いて我に返った。

「すまぬのう」

「いえ……」

……試してみるか。

酷ではあるが、最早あれは避けることの出来ない運命なのだから。

ならばそれに抗うための力があるのかを、わし自らが確かめるのも一興か。

それにその時になった時、どのような答えを導くのかを知りたいと思った。

わしは……ただ見ていることしか出来なかったから……。

チラリとアルフリーデのことを見ると、

「お気になさらず」

という簡潔な答えが返ってきた。

強いな、とその態度を見て正直に思った。

第3章

「あら、もう目が覚めたのかい？　疲れは抜けたのかい？」

食堂に顔を出すと、驚いたように言われた。

他国から山越えをしてここマルテを訪れる人は、泊まった初日は遅くまで寝過ごす人が多いそうだ。

「何だか外が五月蠅《うるさ》かったので、そのせいかもです」

実際目が覚めたきっかけは、外からの大声だったような気がする。

「ああ、なるほどね。今日は船が到着するんだったわ」

「船？」

「アルテアからの定期船だよ。あ、船って分かるかい？」

俺が頷《うなず》くと、物知りだねと言われた。

ここマルテの町は湖畔にあり、アルテアからの船が行き来している。

そういえば王国、聖王国、魔導国家と回って船の話は聞いたことがなかった。

「その定期船で色々な物資が送られてくるから、その受け入れ準備をしているんだろうね」

話を聞くと、竜王国の食料の殆《ほとん》どがアルテアからの物資で賄われているということだ。

「どうも農作物が育ちにくい土みたいでね。採れる量が少ないんだよ」

それは高所という環境も影響しているのかもしれないと思った。

「その船は何時頃到着するんですか？」

「お昼頃だね。よかったら見に行くといいよ。頻繁に来るものじゃないからね」

「そうしてみます」

「それと……昨日はうちの亭主が悪かったね」

「いえ、誤解も解けたし、お陰で豪華なご馳走《ちそう》を作ってもらえましたから」

俺の言葉に、女将さんは困ったような顔をしていた。

その後起きてきた皆と一緒に食事を摂った俺は、女将さんに聞いた話を皆にして宿を出た。

向かった先は、まずは商業ギルドだ。

商業ギルドで奴隷商館が何処にあるか聞いたところ、この町、正確にはこの国にはないという答えが返ってきた。

ただ奴隷が全くいないわけではない。

ルフレ竜王国は各国で苦しむ奴隷を保護し、解放している。

その保護している奴隷は戦争奴隷や一部の借金奴隷など、理不尽な理由で奴隷落ちした者たちが対象だ。

そのため犯罪奴隷など、更生余地のない者は基本的に保護していないそうだ。

集められた奴隷が何処にいるかというと、首都であるアルテアだ。

そこで何年か過ごし、その後生まれ故郷に戻るか、この国でそのまま生活するかを決めるみたいだ。

そういう背景があるため、この国は虐げられた元奴隷だった者が多く、奴隷に関して敏感になっている。

昨日宿で一問着《ひともんちゃく》あったのは、ヒカリが奴隷の証《あかし》である首輪をしていたからだ。

「悪いが奴隷連れを泊めるわけにはいかん。出ていってくれ！」

奴隷を連れていると心証が悪くなるとは聞いていたが、まさかここまで拒絶されるとは思っていなかった。

店主に話をしようにも聞く耳もたないといった態度で、騒ぎを聞きつけて現れた女将さんに、ヒカリが魔物に滅ぼされた村の生き残りで、保護した俺を慕って行商の旅についてきたいということで特殊奴隷契約を結んだと説明したら、やっと誤解が解けた。

この設定。最初に特殊奴隷契約を結ぶ時に使ったやつなんだよな。

「すまなかった。まさかそんな事情があったとは知らなくてよ」

店主も首輪だけを見ていて、特殊奴隷であることに気付かなかったと謝ってきた。


「なら奴隷を探すにはアルテアに行く必要があるってことですか？」

「んー、それは難しいかもしれません。アルテアに行くには領主様の許可証が必要ですから。しかも現在の領主様は、その……他国民には特に厳しい方みたいですから」

対応してくれた商業ギルドの女性職員は、申し訳なさそうに言った。

その言葉に俺たちは顔を見合わせた。

結局アルテアにある商業ギルドに問い合わせてくれるということで、エリスの情報を伝えたが、

「エルフの話は聞いたことがありませんね……いたとしても必ず回答をもらえるか分かりませんけどよろしいですか？」

という答えが返ってきた。

その後、俺たちは船着き場に足を向けた。

主な理由は定期船の見学だけど、この日は多くの働き手が船着き場に集まるから、屋台の多くもそこで商売するという話だった。

「主、美味《おい》しいものあるかな？」

ヒカリは屋台巡りと聞いて浮き足立っている。

それはシエルも変わらない。

そんな一人と一匹の様子を見て、ミアたちも笑っている。

船着き場に近付くと、騒がしさが一段と増した。

ある男たちは忙しそうに駆け回り、仕事が一段落した者たちなのか、一部はのんびりと屋台を巡って食事をしている。

俺たちが屋台に近付くと、お客がまだ少ないからか激しい呼び込み合戦に巻き込まれた。

そんな必死に呼び掛けなくても、隅から順に回っていくんだけど、と思いながら屋台を一軒ずつ見て回った。

屋台の多くは試食をさせてくれたから、その中で皆に好評なものを買っていく。

俺たちが買うごとに悲鳴に似たような声が上がったのは、たぶん他のお店で料理を買われたら、自分たちのところまで来ないからだと思われたようだ。

しかも最初の屋台はムトンの肉を使った料理だったみたいで、かなり美味しかったから人数分以上の量を買ったからね。

けど残念ながら、うちの買い物はそんなんじゃ終わらないよ？

一軒、二軒と回り、明らかに食べられない量の料理を買っていく俺たちを見て、屋台の人たちはいつしか呼び込みをやめて、今か今かと待ち構えている。

どうやら俺たちが順番に屋台を回っていることに気付いたようだ。

ただ俺たちも全ての屋台で料理を買ったりはしない。

そこには非情の裁定者がいるからだ。

ヒカリが首を縦に振らないと、残念ながら次の屋台へと移る。

それが分かったからか、屋台の店主たちは息を呑《の》みその動向を見守っている。

何故《なぜ》ならヒカリは料理に関しては、美味しいと素直に笑みが零れるからだ。

一口食べて顔色一つ変えないと絶望し、笑みが浮かべば歓喜する。

その異様な光景に船着き場で働く人たちの何人かも注目し始めたが、そんなことは関係ないとばかりにヒカリは次の屋台へと歩を進めた。

が、そこでヒカリの足がピタリと止まった。

それは屋台に鎮座する串《くし》の群れを見たからだ。

ただそれはいつもの肉串とは違った。

「これ、何？」

「ああ、嬢ちゃんたちは初めて見る顔だな、この国には初めて来たのかい？」

その言葉にヒカリはコクリと頷いた。

「なら初めて見るんだろうな。これは……」

「魚……だよな？」

「そう、魚って、兄ちゃん知っているのかい？」

「ああ」

それは間違いなく魚の串焼きだ。

俺は一つ購入して一口食べたが、塩焼きだった。

その味……抜群に美味しいかと言われると、この世界ではもっと美味しいものを口にしていた。

だけどその懐かしい味に、思わず涙が出そうになって天を仰いだ。

それを見たヒカリは物凄《ものすご》く美味しいと勘違いしたようで、一口食べたけど期待している美味しさではなかったようだ。

「普通……けど……悪くない？」

その微妙な表情に売れないかと思った店主は肩を落としたが、俺が大人買いすると大層喜んだ。

ちなみに魚料理は珍しいみたいで、ルリカたちの話だとラス獣王国で見掛けたぐらいで、食べるのは今回が初めてとのことだ。

全ての屋台を制覇した俺たちは、屋台の人たちに教えてもらった高みの塔に上った。

船を見るなら何処がいいか尋ねた結果、教えてもらった場所だ。

そこは船だけでなく、空中都市アルテアを堪能出来るスポットでもあるらしい。

俺たちは塔の最上階まで上がり、そこから湖に囲まれたアルテアを見た。

見るのと聞くのとは大違いと言うが、まさにそれだった。

「綺麗《きれい》。本当に空の中に浮いているみたい」

ミアの呟《つぶや》きに、クリスもウットリとした表情を浮かべていた。

基本食べ物にしか興味のないシエルも、目を丸くして驚いている。

「あの樹も凄《すご》いわね。まるでアルテアを包み込むように大きいし」

ルリカの言う通りここから見えるアルテアの街は、街を囲う防壁以外には防壁よりも遥《はる》か高くまで伸びている巨大な樹しか見えない。

その樹は枝葉が広がり、傘のように見える。

しばらくその景色を眺めていると、遠くに見えていた防壁がゆっくりと開いていった。

そしてそこから現れたのは一隻の大型船だ。

その船はゆっくり動き出すと、こちらに向かって進んでくる。

帆船ではないし、櫂《かい》のようなものを使っているようにも見えない。

どうやって動いているのか疑問に思いながら、船がマルテの港に到着するのを眺めていた。

船が停泊すると渡り板が設置され、荷物が次々と運び出されていく。

量が量のため、この作業は二日間続くという話だ。

「主、お腹空《なかす》いた」

作業を見ていたら、ヒカリに袖《そで》を引かれた。

言葉通りお腹が空いたようで、お腹をさすっている。

屋台の試食で結構な量を食べたはずなのに、あれだけではヒカリのお腹を満たすには至らなかったようだ。

少しお昼には早いが、午後には冒険者ギルドに行く予定だからお昼にすることにした。

「ヒカリちゃんのお勧めはやっぱ美味しいね」

「さすがです」

「うん、間違いないさ」

ルリカたちに褒められて、ヒカリも嬉《うれ》しそうだ。

「これ、本当に食べられるの？」

逆に俺の選んだ魚の串焼きを持ったミアは、警戒しながら口に持っていった。

結果は……不味《まず》くはないけど、ということみたいだ。

やはり良質の魔物肉の味を知っているのと、塩焼きというシンプルな味付けだから物足りなさを感じるのかもしれない。


食事を終えて食休みを挟んだら、俺たちは冒険者ギルドを訪れた。

ギルド内は閑散としていた。

お昼時だからかな？

ルリカたち三人が受付に行って話を聞いている間、俺たち残りの三人は壁に貼られた依頼票を見ていたが、依頼自体が少ない。

「依頼、少ない」

「本当ね。それに魔物の討伐依頼がないなんて珍しいね」

確かに魔物の討伐依頼が一切ない。

現在あるのは薬草採取に護衛依頼と……盗賊の討伐依頼だけだ。

この盗賊の討伐依頼だけは紙が真新しい気がする。

「あ、ルリカ。どうだった？」

「商業ギルドで聞いた以上の情報はなかったわ。あ、ただ」

「ただ？」

「ソラが見ているそれ、盗賊の討伐依頼は領主様から出されているって話よ」

俺は改めて盗賊の討伐依頼の依頼票を見た。

この依頼主のサッドというのが領主の名前なのかな？

ルリカの話によると、ここ最近商人たちが襲われる事案が増えてきたそうだ。

「死人こそ出てないみたいだけど、かなりの数の被害が出てるみたいなのよ。しかも近頃は怪我を負う人も増えてるって話ね」

そこで事態を重く見た領主も騎士団を討伐に向かわせたけど、神出鬼没のため発見出来なかったそうだ。

「被害に遭った商人に共通しているのは、マルテから山岳都市ラクーチカ、クロワとフォルクに向かう商隊みたいなんです」

ラクーチカは聖王国と国境を接している山岳都市で、ルフレ竜王国に来る人の殆《ほとん》どが利用する。

クロワは湖の西に位置する町で、フォルクは東に位置している町だ。

クリスの話によると、盗賊はかなり広範囲にわたって活動していることになるな。

しかし、他の町からマルテに向かう商隊には一切被害が出ていないとのことだ。

そうなるとマルテから運ばれる商品を狙っているということか？

特に一番被害を受けているのは、マルテから山岳都市ラクーチカに向かうルートという話だ。

商人が被害に遭っているなら、商業ギルドの方に盗賊に関する情報があるのかもしれない。

「さっき行ったばかりだけど、商業ギルドに寄ってもいいか？　少し盗賊について聞いておきたい」

「……ソラ、無理してない？　盗賊のことは騎士団や他の冒険者に任せてもいいと思うよ」

ルリカが心配して聞いてきた。

盗賊……対人戦は正直言って苦手だ。特に殺し合いは出来ることなら避けたい。

思い出すのは黒衣の男たちとの戦い。

人を傷付けると思った瞬間。体が動かなくなった。

それでクリスを危険な目に遭わせてしまった。

「大丈夫だよ。別に自分たちで盗賊を討伐しようなんて考えてないから」

それは本当のことだ。

一番は盗賊の被害に遭った商隊の規模や状況が分かれば、回避出来る方法が分かるかもしれないと思ったからだ。

荷物が狙いなら、それこそ俺たちみたいな荷物を持っていなそうな者は襲われないかもしれないとかね。

「そうね。私たちがこの町を出るまでに盗賊の問題が解決してるか分からないものね」

俺の説明に、ルリカも納得したようだった。

「あら、貴方《あなた》たちは先ほどの」

再び商業ギルドを訪れたら、先ほど対応してくれたお姉さんに驚かれた。

日に何度も訪れるようなところでは……ないのか？

あまりギルドを利用していないからそこのところは分からない。

「盗賊の話を小耳に挟んだので、詳しく知りたいと思いまして」

理由を話したら納得したといった顔をされた。

「そうですね。盗賊の被害が出始めたのは今からひと月前ぐらいでしょうか？　あくまで被害の報告が上がってきたのは、ということになりますが」

商業ギルドの人はそう言って話を始めた。

「盗賊の被害に遭った方たちの共通点は、マルテから他の町に移動している途中だったということ。奪われた荷物に関しては主に食料品と薬品類。これはポーションなども含みます。ただ貴金属などの金品には殆ど手が付けられなかったようです」

他にも武器関係も盗られているけど、それは商品ではなく、護衛に当たっていた冒険者の装備品だそうだ。

「……何が目的なんでしょうか？」

それが話を聞いた素朴な疑問だ。

「正直言って困ってはいるんです。それに襲われた人たちも、実は詳しく状況を把握出来ていないというか、証言が曖昧《あいまい》なんです。盗賊の特徴を聞こうにもはっきり覚えていないらしくて……」

まるで記憶に靄《もや》がかかったように、その時のことを忘れてしまっているらしい。

そのため盗賊が何人いるのか、その規模も不明とのことだ。

「他には何かありませんか？」

「そうですね……襲われた人たちは皆馬車で移動している人たちですね。不思議と徒歩で移動している人は襲われていません。もっとも徒歩で移動している人たちは大して荷物を持っていないと判断されたのかもしれません」

荷物が少ないとはいえ、アイテム袋持ちの可能性はある。

むしろ荷物が少ない行商人なら、アイテム袋を持っていると考えるのが普通だ。

だから俺も移動する時は、偽装用のバッグを背負っている。

「あと、そうですね。万が一盗賊に遭遇して襲われた場合ですが、抵抗をしないでください。どうも向こうの要望に従うと危害は加えられないそうですから」

「冒険者ギルドで負傷者が出たような話を聞いたんですが？」

「あー、それは抵抗した冒険者の方たちですね。その、かなり腕に覚えのある方たちみたいで抵抗したみたいなんですが、あっさり負けたと言っていました」

その冒険者の中にはCランクのベテランもいたそうだ。

他に何か商業ギルドですることがないかと考えて、二つほど思い出した。

「月桂樹の実を購入したいのですが、何処《どこ》で買うことが出来ますか？」

月桂樹の実はルフレ竜王国でしか手に入らない特産品みたいだし、錬金術で回復薬を作れば高い効果を引き出せる。

「月桂樹の実ですか？　申し訳ありません。購入希望者が多くて順番待ちになっています。元々流通量が少ないものでしたが、盗賊の被害が増えてさらに価格も上がっています。それに月桂樹の実は商業ギルドだけでなく、錬金術ギルドにも卸していますから」

価格が上がっても、買い手が尽きないということはそれだけ価値のあるものだということか。

シエルをチラリと見ると、絶望的な顔をしていた。

「あとお酒を売りたいのですが……」

「！　お酒ですか‼」

身を乗り出すように聞いてきて驚いた。

「え、ええ、お酒です」

「コホン。どちらのお酒になるのでしょうか？」

今更取り繕っても遅い。

てか、この人もサイフォンみたいなお酒好きの人なのか？

「魔導国家のお酒になります」

俺がアイテムボックスの中に入っている銘柄を読み上げると、職員の目がキラリと光った……ような気がした。

「魔導国家ですか。もしかしてあの山を越えて……ラクテアを経由して来たのですか？」

俺が頷《うなず》くと、

「ラクテアのお酒を……ムトンの雫《しずく》を持っていたりしますか？」

と聞いてきた。

あれはサイフォンへのお土産《みやげ》でもあるんだよな。

俺がそんなことを考えていたら、

「ど、どうなんですか？」

と物凄い勢いで聞いてきたから、つい目を逸《そ》らしてしまった。

その動きでどうやら持っていると判断されたようで、さらに大きな声で詰め寄ってきた。

ただそれを聞きつけた他の職員によって、彼女は何処かに連行されていった。

「すまないね。彼女はお酒のことになるとちょっと」

苦笑して謝罪してきたのは、ここの商業ギルドのギルドマスターだった。

「それで先ほどの話だけど、魔導国家のお酒はもちろん、ムトンの雫もあるようなら売ってもらえると嬉しいのだが、どうかな？」

何でもムトンの雫の流通はほぼゼロに等しく、龍神《りゅうじん》への貢ぎ物としてアルテアに奉納される以外は、ラクテアの町から外に出ることは滅多にない一品とのことだ。

町長がアルテアに行ったことがあると言っていたけど、奉納のために行ったのかな？

「ここの領主様も無類の酒好きで、問い合わせが凄《すご》いのだよ」

商業ギルドもラクテアの人に交渉を持ち掛けているけど、色好《いろよ》い返事をもらったことがないとのことだった。

俺は考えた末、魔導国家のお酒のいくつかを売ることにした。

しかし普通は取引をしないお酒を、よくラクテアの人は譲ってくれたよな。

俺たちは商業ギルドを出ると、その後はお店に色々と寄って商品を見て回った。

もちろんここでは竜王国産のお酒を購入した。

他の国のお酒も売っていたけど、値段の桁《けた》が違った。

さっき売ったお酒の倍以上の数の竜王国産のお酒を買ったのに、魔道国家のお酒を売った額より安く収まったのは、それだけ他国のお酒が貴重だからなんだろう。


夕食を終え、部屋に戻るとベッドに横になった。

先ほどまで今後の予定を話し合っていたが、アルテアに行けない以上、商業ギルドからの返事を待つしかないという結論になった。

「ムトンの雫を使って領主と交渉？」

そんな考えが浮かんだが、現実的ではないとすぐに打ち消した。

いくら酒好きとはいえ、それでアルテアに渡る許可が出るとは思えない。

宿を利用している人たちにも話を聞いたが、マルテの住人でさえ、アルテアに行ったことがあるのは一握りの限られた人だけということも教えてもらった。

船で湖を渡ってアルテアに行けないかと思ったけど、それも無理だということが分かった。

何でも、ある程度は船で近付くことは出来るけど、ある地点を境にそれ以上進めなくなるという話だ。

それでも無理に進むと天罰が下るという話だ。

だからアルテアに行くには、あの定期船に乗って行くのが唯一の方法らしい。

ならいっそ潜り込むか？

けど今日の作業を見ている限りその隙はない。警備を専門にしている人の姿もあったから無理だろう。

一番現実的なのは盗賊を捕まえて手柄を立てることかもしれないが……。

俺はこれ以上一人で考えても駄目だと思い、ステータスを確認して寝ることにした。

名前「藤宮そら」　職業「魔導士」　種族「異世界人」　レベルなし
HP570／570　MP570／570（＋200）　SP570／570
筋力…560（＋0）　体力…560（＋0）　素早…560（＋0）
魔力…560（＋200）　器用…560（＋0）　幸運…560（＋0）

スキル「ウォーキングLv56」
効果「どんなに歩いても疲れない（一歩歩くごとに経験値1取得）」
経験値カウンター　89017／1360000
スキルポイント　2

習得スキル
【鑑定LvMAX】【鑑定阻害Lv5】【身体強化LvMAX】【魔力操作LvMAX】【生活魔法LvMAX】【気配察知LvMAX】【剣術LvMAX】【空間魔法LvMAX】【並列思考LvMAX】【自然回復向上LvMAX】【気配遮断LvMAX】【錬金術LvMAX】【料理Lv

ＭＡＸ】【投擲《とうてき》・射撃Ｌｖ９】【火魔法ＬｖＭＡＸ】【水魔法ＬｖＭＡＸ】【念話ＬｖＭＡＸ】【暗視ＬｖＭＡＸ】【剣技Ｌｖ９】【状態異常耐性Ｌｖ８】【土魔法ＬｖＭＡＸ】【風魔法ＬｖＭＡＸ】【偽装Ｌｖ９】【土木・建築ＬｖＭＡＸ】【盾術Ｌｖ９】【挑発ＬｖＭＡＸ】【罠《わな》Ｌｖ８】【登山Ｌｖ７】【盾技Ｌｖ５】【同調Ｌｖ３】【変換Ｌｖ２】【ＭＰ消費軽減Ｌｖ３】

上位スキル
【人物鑑定ＬｖＭＡＸ】【魔力察知ＬｖＭＡＸ】【付与術ＬｖＭＡＸ】【創造Ｌｖ９】【魔力付与Ｌｖ６】【隠密Ｌｖ６】【光魔法Ｌｖ４】

契約スキル
【神聖魔法Ｌｖ６】

スクロールスキル
【転移Ｌｖ４】

称号
【精霊と契約を交わせし者】

山歩きのお陰でウォーキングスキルのレベルが上がったが、時空魔法を習得するためには、さらにもう1レベル上げる必要がある。

習得スキル関係でいうと、念話と土木・建築スキルが遂にMAXになった。他には山登りをしたからか登山のレベルが大きく上昇している。

俺はそこまで確認するとステータス画面を消して眠ることにした。

◇◇◇

船がアルテアに戻って一日経った。

港に移動していた屋台は町の中央広場に移動し、マルテにはいつもの日常が戻るはずだった。

そう、戻るはずだった。

「ギルドはどうだった?」

「たくさんの商人の方が押し掛けていました」

俺が尋ねると、クリスが答えてくれた。

そう、荷物の積み込みが終わり、さあ出発だという段階になって、盗賊の件が問題になった。

そのため冒険者への護衛の依頼と、盗賊の討伐はどうなっているかの問い合わせで冒険者ギルドはその対応に追われているそうだ。

「腕利き冒険者が敵わなかったってことで、皆及び腰になっているのよ」

抵抗しなければ命は保証されるという話だけど、それがいつまで続くかは分からない。

それに冒険者としては、積み荷が奪われた時点で、護衛依頼の失敗になる。

だから誰も引き受け手がいないということのようだ。

「こないだ見た時よりも、報酬が倍になっていたさ」

セラの言葉に、ルリカとクリスも頷いていた。

「盗賊の規模も不明だし、難しいところだよな」

実は少しだけ盗賊について調べていた。

正確にはＭＡＰを使って盗賊の拠点や人数を調べようとした、と言った方が正しい。

その試みは失敗に終わったから成果はなかった。

俺のＭＡＰの表示範囲は魔力を籠《こ》めれば広がるとはいえ、それでも限界がある。

そうなると盗賊の拠点はＭＡＰの届かない山中の奥深くか、クロワとフォルクの二つの町のどちらかの近くにあるということになる。

「主、どうするの？」

「とりあえずご飯にするか」

俺の言葉に、ヒカリとシエルが屋台の方へと元気良く駆けていった。

それを見たルリカたちも、先ほどまで深刻そうに眉間《みけん》に皺《しわ》を寄せていたけど笑顔になった。

「ふふ、ヒカリちゃんはいつも通りね」

「そうね。シエルちゃんも変わらず可愛《かわい》いし」

ミアの言葉にルリカはシエルを褒め称える。

それが聞こえたのかどうか分からないけどシエルが一度こちらに振り向き、すぐに食欲に負けたのかヒカリの後を追った。

別に後についていくのはいいけど、シエル、君は人前で食べられないからね。

「おう、兄ちゃんたちか。今日も買っていくか？」

「買うのは今食べる分だけだよ」

そう毎日大人買いはしない。

残念がる店主からサンドイッチを購入する。

店主が笑顔で渡してきたその時、隣の屋台から叫び声がした。

「お金がない⁉」

その声に横を見れば、そこにはヒカリぐらいの身長の子供が二人いた。

二人の服装はこの世界では見たことがなく、元いた世界で言う中華風で、店主と言い合いになっているのは水色の髪の男の子だ。ピンク髪の女の子はその様子を呆《あき》れた表情を浮かべて見ている。

「これはくれたのだろう？」

「いや、あげてないよ！」

「何故《なぜ》だ？　これをくれ、と言ったら渡してきたじゃないか」

その子供は心底分からないといった感じで首を傾《かし》げている。

それを見た店主が顔を真っ赤にしたところで、ミアが間に入った。

「ごめんなさい。いくらになりますか？」

「お、ミアちゃんか。いや、しかし……」

店主はミアと少年の顔を見比べて、諦《あきら》めたようにミアからお金を受け取った。

というかミア、名前覚えられているのか。

そんなどうでも良いことを考えながら、ひとまず屋台から離れることにした。

「お馬鹿なお兄様を助けてくださり、ありがとうございました」

移動した後、まず謝罪を受けた。

その綺麗《きれい》な所作に思わず感嘆の声が漏れた。

謝罪をしてきたのはピンク色の髪の毛をした少女で、その横には膨れっ面をした薄い水色の髪の毛の少年がいた。

瞳の色は二人とも紫色で、何となく他の人と雰囲気が違うなという印象を受けた。

また二人の顔立ちは凄く似ていた。兄妹《きょうだい》かな？

「な、何だよ。僕は別に変なことは言ってないだろ？」

「お兄様……お店ではお金を払って物を買うのですよ？　ご存じありません？」

心底呆れたように、女の子が言っている。

「いつも普通にくれるだろう？　それよりもサハナこそ食べてるじゃないか」

男の子の指摘通り、少女——サハナと呼ばれた女の子の手には肉串《にくぐし》が握られている。

「これはお店の方にもらったのです。現に私は注意されていないでしょう？」

「あの店主は優しい」

サハナの言葉に、ヒカリがサンドイッチを食べながら頷《うなず》いている。

……そういえばあの店主。女の子に、特に小さな子に優しかったな。

「な、何だよそれ。不公平だろ！」

言いたいことは分かる。

けど世の中そういうこともある。

「はあ、とにかくお兄様はもう少し常識を覚えた方がいいです。帰ったらユイニお姉様に報告させてもらいますからね。それと私はしっかりお金を持っています」

その言葉に、少年は大層慌てていた。

怖いお姉さんなのかな？

「さて、お馬鹿なお兄様の相手はこれぐらいにしておいて……改めて自己紹介をさせていただきます。私の名はサハナと申します。こちらはお馬鹿なお兄様、サークです」

隣で涙目になっている少年——サークを無視して、サハナが名乗った。

その流れで俺たちもそれぞれ自己紹介をすることになった。


「そうですか。ソラさんたちは人探しの旅で世界を回っているのですか」

俺たちは人が増えてきた広場から移動し、先日まで騒がしかった港へと来ていた。

アルテアを眺められる塔の上でお昼を食べるためだ。

二人はその景色を初めて見たようで、長い時間見入っていた。

ただそれもサークのお腹の音が鳴ったことで終了し、お昼タイムに突入した。

二人はとにかくお腹が減っていたのかよく食べた。

その様子をシエルが羨《うらや》ましそうに見ていた。

『ごめんな』

俺の念話での問い掛けに、シエルは力なく頷いた。

ふと、その時視線を感じた。

見るとサハナがこちらを見ていた。

どうしたのか声を掛けようとしたら、その前にミアが二人に話し掛けた。

「二人はマルテに住んでいるの？」

「いえ、私たちは違う街から来ました」

サークが口を開いて何か言おうとしたのを遮って、サハナが答えた。

うん、口に何か入れて喋《しゃべ》るのはやめた方がいいね。

「それで何しに来たの？」

「悪者退治だ！」

食べ物を呑《の》み込み大声で宣言したサークを、

「五月蠅《うるさ》いです、お兄様。もっと静かに話せないのですか？」

とサハナがきつく叱っている。

叱られたサークは再び涙目になっていた。

二人と話して分かったことは、二人が双子の兄妹であり、暴走する兄の手綱を握るしっかり者の妹という構図だ。

あとはサハナが厳しいのはサーク限定みたいで、他の人に対しては至って丁寧に接してくる。

最初の頃は俺たちのことも何々様と呼んできたほどで、さすがにそれはやめてもらった。

なんか背中がむず痒《がゆ》く感じたからね。

ただそれ以外のことは正直分かっていない。

何度かサークが口を滑らせそうになっていたようだけど、サハナがそれを巧みに阻止している感じがする。

「その悪者退治ってのは何なんだ？」

「そんなことも分からないのか？」

あ、なんかサークから蔑《さげす》むような視線を向けられたが、サークはサハナにまた怒られている。

懲りないな。

「と、盗賊退治だ、です。はい」

余程サハナに睨《にら》まれたことが恐ろしかったのか、言葉遣いが変になっていた。

「盗賊退治ね。どうやってするの？」

ルリカが興味深そうに聞いたけど、返事はなかった。

特に計画があるわけではないようだ。

「た、確か冒険者ギルドに行けば情報が手に入るんだった、よな？」

サークが助けを求めるようにサハナに聞いている。

「その通りです」

「なら冒険者ギルドに行こうではないか！」

勢い良く立ち上がったサークは一人歩き出したが、すぐに戻ってきた。

「と、ところで冒険者ギルドは何処《どこ》にあるんだ？」

その時ばかりはさすがに恥ずかしかったのか、小さな声で聞いてきた。

「ここが冒険者ギルドか！」

勇ましく入っていくサークの後に、俺たちは続いた。

今日のギルドは大盛況で、多くの商人がいて、冒険者たちは部屋の隅で肩身の狭い思いをしているようにも見えた。

「本日はどのようなご用件でしょうか？」

皆の注目が集まるなか、サークは物怖じせずに言い放った。

「盗賊の情報が欲しい！　僕が奴《やつ》らを討伐する！」

その一言で騒がしかったギルド内は静まり返り、瞬間笑い声が上がった。

それは商人たちだけでなく、冒険者たちの方からも聞こえてきた。

「な、何が可笑しい！」

「……ここは子供の遊び場じゃないんだ。帰ってお家の手伝いでもしていな」

一人の冒険者が言葉を放てば、周囲にいる冒険者も「そうだ、そうだ」と声を上げた。

商人の中には笑いを堪《こら》えている者もいた。

サークはそれを見て、冷ややかな視線で冒険者を射抜いた。

「ならそなたたちは何をしている？　盗賊討伐の依頼があり、それを求める多くの人たちがいるというのに」

その言葉を聞いて、商人たちのサークを見る目が変わった。

逆に冒険者たちは言葉に詰まり、多くの者がサークの視線から逃げるように顔を背けた。

「それで、盗賊の情報が欲しいのだが？」

「……失礼ですがギルドカードはお持ちですか？」

その言葉に今度はサークが狼狽《うろた》えた。

あ、冒険者ギルドに登録していないのか。

ヒカリと同じ年ぐらいだし、まだ登録可能な年ではないのかもしれない。

「何だ、ただの餓鬼《ガキ》が冷やかしに来たのかよ」

サークのその反応に冒険者が再び罵声《ばせい》を浴びせると、サークも口汚く口撃をし始めた。

「ふん、餓鬼に冒険者の何たるかを教えてやる！」

やがて罵《のの》り合いは終了し、決闘する流れに至った。

何故？　と思われても仕方ないが、サークが弱いからとか、意気地がないとか、とにかく低レベルな挑発を繰り返した結果、冒険者も我慢の限界に達したようだ。

受付嬢はオロオロするばかりで、冒険者たちはサークを連れて模擬戦の出来る鍛練所へと向かった。

それに興味を持った商人たちも後を追う。

「止めなくていいのか？」

あまりの急展開についていけなかった俺は、皆が鍛練所へ消えた後、サハナに尋ねた。

「ふふ、どうでしょう？　まあ、無様にお兄様が負けたら罵……、慰めてあげるのもいいかもしれませんね」

君、明らかに今罵るって言いそうになったよね？

「ソラ、とにかく私たちも行こう。怪我したら治療してあげないとだし」

ミアはサークのことが心配なようで、俺の袖《そで》を引いて歩いていく。

俺たちが鍛練所に到着すると、既に戦いの準備が整っているのか、お互いに武器を構えている。

サークの相手はかなりの高身長で、サークは相手を見上げている。

ただその体格差に臆《おく》することなく、その目は真剣そのものだ。

「へえ、あんな顔もするんだ」

「怯《ひる》んでないさ。それにサークの方が自然体で強そうに見えるさ」

ルリカとセラの二人が、サークの構えを見て褒めている。

そして開始の合図が鳴り……勝負は一瞬でついた。

開始と同時、跳び込んだサークに対して、冒険者は上段から渾身《こんしん》の一撃を振り下ろした。

サークはそれを模擬刀で弾《はじ》くと、その反動で冒険者の体が流れ、体勢の崩れたところをサークが一撃を食らわして倒した。

サークの目の前には、腹を押さえて悶絶《もんぜつ》している大男がいた。

ちょうど鎧《よろい》のないところに当たったんだよな。

偶然か狙ったか、それはサークにしか分からないと思う。

「ふん、大口叩《たた》いてこの程度か。次は誰が教えてくれるんだ？　その冒険者の何たるかを」

サークの挑発に乗った冒険者たちは、敵討ちだと次々と戦いを挑んだが、結果は最初と変わらない。

挑んでは倒れた冒険者が仲間によって回収され、を何度も繰り返している。

俺はその戦いを見て、ふと気になり鑑定を使った。

【名前「サーク」 職業「――」 Lv「38」 種族「竜人」 状態「高揚」】


「竜人?」

思わず声が出た。

その瞬間、視線を感じたような気がしたが……気のせいか?

俺は再びサークに視線を戻し、次に対戦相手を見て鑑定を使った。

レベル差が十以上ある。

さらに注意して戦いを見ると、相手が模擬刀でサークの模擬刀に打ちつけた瞬間、顔を歪《ゆが》めたのが分かった。

ビクともしない反動が、手に伝わっているのかもしれない。

結局戦いはサークの圧勝で終わり、冒険者たちは何処かへ運ばれていった。

ミアは治療しなかったのかって?

小さな子供を罵倒《ばとう》する人たちに使う神聖魔法はないそうだ。かなり怒っていた。

ちなみに戦いを見守っていた商人たちは、サークの活躍を素直に驚き称賛していた。

それには年相応に笑い、喜ぶサークの姿があった。

「ふん、どうだ。強いだろう」

商人たちが去った後、俺たちに近付いてきたサークは、俺と目が合うと、胸を反らしてドヤ顔で自慢してきた。

改めてサークを見た時、最初に感じた他の人と違うものが何だったのか分かった。あの爬虫類《はちゆうるい》のような細い瞳だ。

もしかして竜人の特徴なのだろうか？　サハナも似たような瞳をしているしその可能性は高い。けどそれに水を差す者がいた。ヒカリだ。

「あんな弱い奴ら倒しても自慢にならない。主の方が強い」

「……ご飯を食べている時から気になったが、二人はどういう関係だ？」

「？　主は主。それ以上でもそれ以下でもない」

ヒカリはサークの言っていることが分からず首を傾《かし》げると、首に巻いていたスカーフが緩んでいたのかはらりと落ちた。

「……それは……奴隷の首輪！」

サークはそれを見ると、目を吊《つ》り上《あ》げて怒ってきた。

「貴様、ヒカリを奴隷にしているのか！」

「五月蠅い。ヒカリは別に構わない」

「……こんなことを言わせるなんて、良い奴だと思った僕が馬鹿だった。勝負だ！」

サークの突然の激昂《げきこう》に、ミアは困ったようにオロオロしている。

ルリカたち三人は、生暖かい目でサークを見ている。

俺がどうすべきか悩んでいたら、

「主が戦うまでもない。私が戦う」

とヒカリがまるで俺を庇《かば》うように立った。

それを見たサークがまた何か言おうとしたが、

「黙る。主と戦いたいなら私に勝てばいい」

と挑発されて渋々ヒカリと戦うことにしたようだ。

「ヒカリ、別に俺が戦ってもいいんだぞ？」

正直小さな子供と戦うのは気が引けるが、勝負を挑まれたのは俺だから。

「大丈夫。主は優しいから手加減する。だから私が現実を教える」

ヒカリはそう言うといくつかの模擬刀を手に取り振ると、サークの前に立った。

「戦う以上、手加減はしないからな」

「いらない」

こうして二人は戦い、先ほどまでの圧勝が嘘のように、サークはあっさりとヒカリに負けた。

ヒカリの勝因はその素早い動きだ。

サークの斬撃をヒラリヒラリと躱《かわ》し、一度も剣を交えることなく、大振りで隙が出来たところを脇腹に一撃を入れたのだ。

結構良い一撃が入ったような気がしたけど、特に痛がっていないのは体が頑丈だからなのか？

勝負に負けたサークは、その結果に唖然《あぜん》としていた。

その顔は、信じられないと物語っていた。

「主はもっと強い」

ヒカリはそんなサークに、止《とど》めとばかりに宣言する。

ヒカリと本気で戦ったのは、初めて対峙《たいじ》した時だけだから、どっちが強いのか正直言って分からない。

俺個人としては、ヒカリはルリカやセラと一緒によく模擬戦もしているし、経験の差でヒカリの方が強いのではと思っている。

サークはその言葉を受けてフラフラとヒカリに近付くと、頭を一度下げたと思ったら勢い良く頭を上げ、

「惚《ほ》れた！　俺の嫁になってくれ⁉」

と叫び、倒れた。

「はあ、馬鹿なお兄様ですみません」

その倒した張本人は、額に手を当てながら深々とヒカリに頭を下げて謝罪していた。

◇サハナ視点・1

「ハッ、ここは？」

「ソラさんたちが泊まっている宿ですよ」

やっとお兄様が目を覚ましました。少々きつく殴り過ぎたかと心配しましたが、見る限り大丈夫そうです。

「……俺は確か冒険者ギルドで……」

「覚えていませんか？　ヒカリさんと戦って無様に倒されたことを？」

本当は最終的に私が倒したのですが、覚えていないなら好都合です。

無様という言葉にピクリと反応しています。

「そ、そうだったか？」

お兄様、声が裏返っていますよ？

「ええ、手も足も出せずに負けました。挙句ワンワン泣いて、泣き疲れて今の今まで寝ていましたね」

「……な、泣いてはいないだろう？」

さすがに言い過ぎでした。

お兄様でも嘘だと分かったようです。

「とりあえずソラさんに会ったら今度お礼をしっかり言ってください。ここまでお兄様を運んでくださったのはソラさんなのですから」

嫌な顔をしていますが、その辺りはきっちりしないといけません。

「それでお兄様」

「何だよ」

何でお兄様は身構えているのでしょうか？

「本気で盗賊を討伐したいと思っていますか？」

「そんなの当たり前だろう」

こういう真っ直ぐなところは好ましいのですが、もう少し考えてから行動してもらいたいものです。

「ですが私はお兄様だけでは無理だと思いますよ？　もちろん、私が手伝ったとしても」

「じゃあ、あの腰抜け冒険者共に頼むってのかよ」

冒険者の方々はいても邪魔になるだけでしょう。

「違います。ソラさんたちに頼むのです」

「……確かにヒカリは強かった……ような気がするが……」

倒されたと認めたくないのでしょうか？　それとも頭の打ちどころが悪くて本当に覚えていない？

「けど強いのはヒカリだけじゃないのか？」

「そんなことはありません。あの後皆さんが模擬戦をしているところを見学させてもらいましたが、正直お兄様が戦ったらボロ雑巾《ぞうきん》になっていました。確実に」

私の言葉に酷く傷付いたような表情を浮かべましたが、事実ですからね。

現実をしっかり教えておくのも私の仕事です。

実際、ミアさんとクリスさんは魔法を専門としているので近接戦闘は苦手みたいでしたが、動きは悪くありませんでした。

ソラさんも商人と名乗っていましたが、少なくともお兄様の敵う相手ではないと思いました。

ヒカリさんとルリカさん、セラさんの三人も腕は確かで、親衛隊と良い勝負が出来そうだと思いました。その中でもセラさんは突出していると感じました。

あとはソラさんですが、お兄様を見て「竜人」と呟《つぶや》いていました。

あれはたぶん鑑定のスキルを持っているのだと思います。

お父様以外の方で、使える方に会うのは初めてなので少々驚きました。

「だけどどう頼むんだよ？　そもそもあいつらにやる気があるなら、もう盗賊の討伐依頼を受けているだろう？」

それは確かにそうかもしれませんが、ソラさんたちがマルテに到着したのはつい最近とのことです。

ここの冒険者の力量も……、鑑定が使えるのならある程度分かるのでしょうか？

盗賊の規模が分からない以上、普通の思考の持ち主なら受けるのを躊躇《ちゅうちょ》しても仕方ありません。

ランクの高い冒険者が撃退されているわけですからね。

ただソラさんたちを動かすことが出来る方法が一つだけあります。

……アルテアへの入場許可。少々卑怯《ひきょう》かもしれませんが。

話を聞いた時、ソラさんたち……正確にはルリカさんたちですが、あのボースハイル帝国とエルド共和国の戦争で行方不明になった幼馴染《おさななじみ》を探しているということでした。

そのために世界各国を回っているという話でしたから、この国に来たのもそれが目的でしょう。

そこから導かれるのはアルテアへ行くことです。

何故《なぜ》なら世界各国で保護されこの国に来た奴隷の方々は、一度アルテアに集められるのですから。

実際あの戦争で奴隷にされた方を保護していると聞いたことがある気がします。

「その点は私に考えがあります。あと……ここの領主に騎士を借ります」

そう言うとお兄様は嫌な顔をされました。

お兄様の頭の中では、領主に会うとアルテアを勝手に出てきたことを報告されて、帰った時にユイニお姉様に叱られると思っているのでしょう。

ただ残念ながら、もう私たちがアルテアを出たことはバレていると思うので、そんな心配するだけ無駄です。

むしろ何故バレていないと思っているのか、そう考えている方が驚きです。

「け、けどよ……」

「盗賊を討伐したいのですよね？」

私が笑顔で聞くと、快く賛成してくれました。

ふふ、そんなに何度も頷《うなず》かなくてもいいのに。面白いお兄様です。

では早速準備を開始しないとですね。

それとお兄様には、しっかりヒカリさんが特殊奴隷ということを教えました。

「特殊奴隷？　何だそれ？」

と言われた時は、思わず手が出るところでしたが、今回は我慢しました。

ユイニお姉様に報告して、叱ってもらった方が良いと思ったので。


その後領主と冒険者のギルドマスターに頼んで、ソラさんたちに盗賊の討伐依頼を受けてもらうことが出来ました。

領主の方は最後まで私たちのことが心配なようでしたが、説得が成功したのか何も言わなくなりました。

ソラさんたちは不思議がっていましたが、冒険者たちに圧勝したお兄様をボロ……倒し、その後の鍛練所で行われた模擬戦の動きを見てお願いに来たというギルドマスターの言葉に、納得したようでした。

それと商人に泣きつかれて、領主が破格の報酬を用意したというのも利いたのでしょう。

破格の報酬とは、もちろんアルテアへの入場許可証。

それと腕の良い騎士を冒険者として参加させるということ。

ただしこれに関しては極秘にする必要があります。

なんでもマルテの騎士団が盗賊の討伐に向かった時は、隠れて出てこなかったということでしたから、内通者がいる可能性もあるからです。

しかし……強いことは分かっていましたが、ルリカさんたち冒険者登録している三人が、まさかCランクの冒険者だったことには驚きましたね。

◇◇◇

「リチャードと言う。今度一緒に護衛依頼を受けた冒険者だ。早速で悪いが実力を知りたい」

リチャードと名乗ったその冒険者……実際はマルテの騎士団所属の人らしいのだが、ギルドで顔合わせをしたら早々に模擬戦に誘われた。

冒険者と名乗ったのは、騎士であることを隠すためらしい。

「いいだろう。相手になってやる！」

横からサークが返事をしたら、大層驚いていた。

騎士団からの参加者は五人のようで、俺たちは順番に模擬戦を行った。

これにはミアとクリス、サハナも参加した。

同行する者の実力を把握することは、確かに大切だ。

たぶんリチャードとしては、ある程度の水準に達しなければ同行を許可しないつもりだったのかもしれない。

特にサークとサハナ、ヒカリを心配そうに最初は見ていた。

結局、リチャード以外は三人に手も足も出ずに惨敗。リチャードは頭を抱えていた。

「貴様ら、その体たらくはなんだ！」

「た、隊長～、仕方ないっすよ。俺たちは盾を扱って戦うのが主流なんすから」

「言い訳はいらない。それとセット、その言葉遣いはなんだ。直せといつも言っているだろう！」

そんな二人のやり取りを見て、他の騎士団の者たちは笑っている。

「笑い事じゃない。お前らその性根を叩《たた》き直してやる！」

リチャードの怒号に、すぐに顔を引き攣らせていたけど。

俺はリチャードたちの模擬戦、というには少々激し過ぎる戦いを横目に見ながら、サークとサハナと手合わせした時のことを思い出した。

サークは剣を、サハナは槍《やり》を使って戦うのが戦闘スタイルみたいだ。

二人は同レベル帯の人と比べて力が強いようで、特にサークはそれを前面に出した戦い方をしてきた。逆にサハナは速度重視の戦い方で、聞けば魔法も使えるとのことだ。

サークは余程力に自信があるのか、俺に正面から攻撃を受け止められた時は心底驚いていた。

その隙を突いたらあっさり負けて、卑怯だと叫んでいたが、模擬戦とはいえ、戦いの最中に動きを止めるのが悪い。

ただその力は本物で、サークの攻撃をまともに受け止めることが出来たのは俺以外ではセラとリチャードだけだった。

戦って思ったことは、獣人のセラのように、人種《ひとしゅ》よりも基本能力が高いような印象を受けた。竜といえば、俺の中では最強種族ってイメージがあるしな。

「確かに強いけど動きが直線的過ぎるんだよね」

「うん、読みやすい」

声のする方を見ると、ルリカとヒカリに酷評されているサークがいた。

「ふふ、もっと言ってやってください」

その傍らには嬉《うれ》しそうなサハナがいる。

それを受けてサークは今日も涙目だ。

「実際いやらしさならサハナの方が上さ。戦い方が上手《うま》いさ」

「あ、ありがとうございます」

突然セラに褒められて、サハナは最初戸惑っていたけど嬉しそうに微笑《ほほえ》んでいた。

「まったく不甲斐《ふがい》ない。これでは我々の方が足を引っ張りそうだ」

「慣れない戦い方で戸惑っているんでしょうね。けど何で盾を使わないんです？　別に冒険者の中にも盾を使う人はいますよ。珍しくはあるけど」

「我々の使う盾は少し特殊で目立つからな」

それを持っていると、騎士団所属だと見破られる可能性が高いため使えないとのことだ。

「なら移動中はアイテム袋に入れておけばいいんじゃないかな？」

戦う時だけ出せばいいわけだから。

俺がそう言うと、人数分を入れることが可能なアイテム袋が用意出来ないと言われてしまった。

この国ではアイテム袋は貴重品なのかな？

ひとまず俺が預かろうかと聞いたら、お願いしたいと頼まれた。

「ただ盾だけあっても今のままだと駄目だと思うよ」

リチャードと話していたら、ルリカが寄ってきた。

「どういうことだい？」

「普段は鎧《よろい》を装備しているんじゃないかな？　だから軽打の時とか無意識に体で受け止めようとしていたの。確かに鎧があれば防げると思うけど、今の装備でその感覚で戦うと危険だよ」

ルリカの指摘にリチャードは何度も頷き、他に気付いたことがないかを聞いていた。


模擬戦が一段落したら今回の依頼の作戦会議を、冒険者ギルドの会議室の一室で行った。

本来の目的は盗賊の討伐だが、表向きは護衛依頼ということになっている。

今回進むルートはマルテを出発してクロワを目指す。

襲撃された回数の多い山岳都市ラクーチカを目指すのかと思ったが違うらしい。

一応何か考えがあるということだから、俺たちはそれに従うことにした。

「出発は二日後だ。それまで各自準備をするように。あと討伐とは言っているが、可能なら生け捕りにしたい。普通の盗賊と様子が違うということで、上からそのように命令された」

リチャードがそう言うように、彼らの盗賊行為は、温《ぬる》いのかもしれない。

普通の盗賊なら荷物は全部奪うし、目撃者を残すようなことをしない気がする。

被害が大きくなって、本気で潰しにかかられるのを防ぐのが目的なのかもしれないけど、実際に騎士団が乗り出している。

「それと同行する商人だが、ある程度自衛が出来る者を選んだが、相手の力量が分からないから注意して守ってやってほしい」

よくこんな危険な仕事を請け負ったなと思ったが、足止めが続くと宿代ばかりが嵩《かさ》むため名乗り出たそうだ。

あとは扱っているものに食料品が多いということもあったようだ。

「一応こちらでも回復薬などの消耗品は用意するが、各自用意するように！　それでは解散だ」

こうして俺たちは解散し、二日後クロワに向けてマルテを出発した。

◇◇◇

「特に何も起こらないんだな」

「はは、何も起こらないならそれが一番っすよ」

サークの言葉に、セットが答えた。

いや、それだと目的が達成出来ないと思うのだが？

ここに隊長のリチャードがいたら頭を抱えたに違いない。

選ばれた商人にすれば嬉しいことだと思うけど、俺たちにとっては具合が悪い。

「しかし美味《うま》いっすね。まさか町の外でこれだけ美味い飯が食えるとは思わなかったっすよ」

「それは確かにそうですね」

セットの言葉に、商人も頷く。

大袈裟《おおげさ》だ。今日の夕食は屋台で買ったサンドイッチに、ウルフ肉のステーキと簡単なスープをミアと一緒に作っただけだ。

きっと温かい料理だからそう感じているのだろう。

「そうなのか？　普通だろう？」

とサークが尋ねると、二人は驚いていた。

「お兄様は世間知らずですね。明日はお兄様だけ保存食を食べるといいです。分からないなら体験するのが一番ですからね」

サハナの言葉にセットたちは笑っているが、サハナは冗談で言っているわけじゃないはずだ。

事実、次のお昼でそれは実行され、サークは泣きながら保存食を齧《かじ》ることになった。

その日の夜。まずは最初に俺たちが見張りに立った。

基本見張りはサークとサハナと商人たちを除いた俺たちパーティーメンバーと、リチャードたち騎士団の面々で行うことになった。

ヒカリも見張りをやることにリチャードが難色を示したが、ヒカリが頑なにやると言うから結局リチャードが折れた。

何故リチャードがこういう態度を取ったのかというと、セットの話だとヒカリぐらいの年頃の子供がいるため、重なって見えているんじゃないかということだった。

それでサークたちにも気を遣っていたのか。

「俺もやるぞ！」

とサークはやる気を見せたが、サハナによってこれは却下された。

「お兄様は邪魔になるだけです。黙って寝ていた方が役に立ちます」

その辛辣《しんらつ》な言葉に、リチャードたちも苦笑していた。

「それでどうなの？　私の方では気配を感じられないけど」

「俺の方でも反応はないよ」

ルリカの言葉に俺はＭＡＰに目を落とす。

今もＭＡＰを使っているが、人どころか魔物の反応もない。

密かに影を呼び出して山の方に走らせたけど、そちらも収穫はなしだ。

「……ねえ、ソラ。ソラは良かったの？」

「何がだ？」

「この依頼よ。ソラ苦手でしょう？」

その問い掛けに言葉が詰まった。

アルテアへの入場許可証に釣られて依頼を受けたのは確かだ。ルリカたちが受けようと言った時にも反対しなかった。

「不安はあるよ。けど……いつかは向き合わないといけないと思っているから」

黒衣の男たちと対峙《たいじ》して、こちらから危険を回避しようとしても、向こうから近付いてくることがあることを知った。

よくよく考えれば、旅をしてきた間に悪意を向けられたことは一度や二度じゃなかったと思う。

「そう。なら私からはこれ以上何も言わない。ただ、一人じゃないってことだけは覚えておいてね」

俺が頷くと、ルリカは笑顔で「ならいい」と言ってきた。

「けど本当に盗賊は見つからないいね」

「そうだな」

「もしかしてラクーチカの方に出ているのかな?」

「向こうは騎士団の討伐隊だからな……」

俺たちが出発する一日前。マルテの騎士団がラクーチカ方面に向けて大々的に出発した。

目的は盗賊の討伐ということで、町の人たちの多くがその姿を見に集まった。

騎士団は一〇〇人からなる集団で、一糸乱れぬ動きで行進していったのを覚えている。

ただ探索で山の中に入るかもしれないのに結構な重装備だな、とは思った。

リチャードの話では、途中で装備を変えるのだろうと言っていた。

これこそがリチャードたちがアイテム袋を用意出来ない原因だったようだ。

アイテム袋はあるにはあったが、既に使う先が決まっていたというわけだ。

結局その日は何事もなくリチャードたちと途中で見張りを交代し、その後二日間は平穏な旅を過ごすことになった。

「ん？」
一瞬だがＭＡＰに反応があった。
それはすぐに消えたが、フードの中に動きがあった。
『シエル、どうかしたのか？』
旅が始まってからというもの、シエルは一日の殆《ほとん》どをフードの中で過ごしていた。
他の人がいるから相手にしてもらえず、暇を持て余しているのだ。
活発になるのは基本夜中で、俺たちが見張りをしている時間帯だけだったりする。
そんなシエルが目を覚まして、フラフラと飛び上がる。
キョロキョロと左右を見回すと、逆毛立てて警戒の姿勢を見せた。
突然のシエルの行動に驚いていたその時、彼らは現れた。
「な⁉」
それは誰の声だったか分からないが、間違いなく俺たちの驚きを代弁していたはずだ。
「か、囲まれているっす」
セットの言葉通り、いつの間にか包囲されている。
ただ完全には囲まれていない。
逃げる方向はある。
けどそれは難しかった。
馬車に乗り込んでそちらに走らせるには、向きを変えるために反転させる必要がある。

きっと彼らはそれを許さないだろう。

「こちらからの要求は食料及び、ポーション類だ。要求を呑《の》みさえすれば危害は加えない」

目の前でそう言葉を発したのは、声から判断するなら男だと思う。

性別がはっきり分からなかったのはそのちぐはぐな服装と、お面のような仮面を被《かぶ》っていたからだ。

手に持つ武器は盗んだものかな？

立ち居振る舞いから、隙がないのも分かった。

ただの盗賊ではないかもしれない。

その時、盗賊たちの後方にいた一人が突然倒れた。

ドサリと鳴った音に盗賊たちの顔がそちらを向いた。

「皆配置につけ。奴らを捕縛する！」

その一瞬の隙に、リチャードが指示を出した。

商人たちは慌てて馬車の荷台に逃げ込み、セットともう一人が荷台の前後を挟んだ。

手にはしっかり盾を持っている。

サークは前に出ようとしたところをサハナに襟を掴《つか》まれていた。

「お兄様、私たちは防衛ですよ」

防衛には俺とミア、クリスも回る。

戦いの状況次第では俺も前に出る予定だが、ルリカから最初は皆を守るように言われた。

「動きは良いですが、相手の統制は取れていないようです」

「そうっすね。けどヤバイっすね。押されているっす」

軽い口調だから緊迫感は伝わらないけど、確かに見ていると戦況はこちらに不利だ。

最初は押していたのに、徐々に押し返されている。

特にリチャードたちマルテの騎士三人が劣勢だ。

三人で背中を合わせて死角を作らないように対応しているけど、それ以上に相手の動きが良い。

俺は速まる鼓動を抑えるために一つ大きく深呼吸をすると、まずは相手を知るために鑑定することにした。


【名前「トウマ」 職業「盗賊」 Lv「29」 種族「人間」 状態「凶暴化・疲弊」】

【名前「スミレ」 職業「盗賊」 Lv「33」 種族「＊＊」 状態「凶暴化・衰弱」】


最初に話し掛けてきた者と、動きが良いと思った者二人を鑑定して驚いた。

それほどレベルが高くなかったのと、片方の種族欄が読めなかったからだ。

あとは表示された状態も、初めて見る単語がある。

ここから見る限り獣人には見えないし、人種《ひとしゅ》だと思うが……。仮面が邪魔ではっきり分からない。

「ミア、大丈夫ですか？」

その時背後からクリスの焦ったような声がした。

振り返ると杖《つえ》をつき、クリスに体を支えられたミアの姿があった。

「う、うん。大丈夫」

「何を言っているのですか。顔色が悪いですよ」

確かにミアの顔色が悪い。真っ青だ。

そしてその背後で、こめかみを押さえるサハナの姿もあった。

「大丈夫か？」

「は、はい。少し魔力にあてられたというか……」

サハナの言葉に、シエルもコクコクと頷《うなず》いているがいつもの元気がないような気がする。

「魔力？」

集中して魔力を感じようとすると、確かに何か引っかかるものを感じた。

俺が魔力察知を発動させると、魔力の波に押し流されそうになった。

特にあのスミレという名前の者から強く放たれていて……人というよりも魔物の魔力に酷似しているように感じた。

「クリスは大丈夫なのか？」

「はい、精霊が守ってくれているのかもしれません」

クリスが声を潜めて言ってきた。

「……俺も援護に回るよ」

胸騒ぎを覚えて俺は決断した。

あとミアがかなり辛《つら》そうなのも気になったからだ。

圧倒的な人数差で苦戦しているが、かといって商人から離れるわけにもいかない。

自衛が出来るという話だったが、相手のあの動きを見た後だと無理だと思った。

下手《へた》したらセットたちでも歯が立たないかもしれない。

「な、なんすかそれは⁉」

俺がゴーレムの影とエクスを呼び出すと、それを見たセットが騒いだ。

「ゴーレムだよ。エクス、お前はここを守れ。影、お前は敵を無力化しろ」

影ならそのスキルで拘束することが出来るから、殺さず捕まえることも可能なはずだ。

それに問答無用で殺しにかかってこなかったのも気になる。

何の能力かは謎だけど、俺たちは全く気付くことが出来なかったから、それこそ奇襲を掛ければ殺すことも出来たはずだと思ったからだ。

何より黒衣の男たちの時と明確に違うことがあった。

敵意が、殺意が、彼らからは全く感じられないのだ。

俺は魔力が付与されたナイフを投擲《とうてき》した。

簡単に躱《かわ》されたが、そのナイフは小爆発を起こして相手の混乱を誘った。

俺と影の参戦は、劣勢を覆した。

「どうする？」

「……あの弱い三人を先に無効化するんだ」

混乱して慌てて指示を出しているけど遅い。

その頃には俺たちの方も戦い方を変えている。

無理に攻めないで、ヒカリの援護優先で戦う。ヒカリによる麻痺《まひ》攻撃で動きを鈍らせる作戦だ。

そしてそれは時間の経過と共に効果が表れた。

いつもより少し時間がかかったようだが、鑑定するとしっかり状態に「麻痺」と表示されている。

ただ鑑定して分かったことだが、状態が凶暴化となっている者が多い。

一人、また一人と順調に行動不能にしていくが、その時に異変が起こった。

獣のような叫び声がしたと同時に、リチャードたちが吹き飛ばされた。

「い、いけない⁉」

誰かの焦ったような声が上がったが、気にしている余裕がない。

何故《なぜ》ならそれは、次なる攻撃を……無差別にしてきたからだ。

仲間であるはずの盗賊たちも吹き飛ばされている。

いや、まるで率先して止めようとそれに向かっていっている。

そしてよく見れば、無差別に攻撃しているその者は先ほど鑑定した一人だった。

【名前「スミレ」 職業「盗賊」 Lv「33」 種族「半魔＊」 状態「凶暴化・暴走」】

種族が半魔＊と表示され、状態から衰弱が消えて、暴走が追加されている。

スミレという名のその半魔＊は体の向きを変え、次なる標的を俺に定めた。

スミレは勢いを利用して突撃を仕掛けてくる。手に武器は持っていないが、殴打用のグローブを装備している。

振り下ろされた拳《こぶし》が当たる瞬間、俺は盾を構えてそれを受け止めた。

激しい衝撃が盾を通じて伝わってくる。

この威力、ダンジョンで戦ったボスクラスだ。

暴れているのを見ていなかったら、間違いなく吹き飛ばされていた。

俺が攻撃を止めると同時に影による拘束攻撃がスミレを襲う。

一時は成功したと思われたその攻撃は、スミレが暴れると引き千切られてしまった。

俺から距離を取ったスミレは、今度はその攻撃の矛先をミアたちに向けた。

セラがそれを止めようと斧《おの》を振り下ろしたが、スミレの拳がそれを防ぎ、セラが吹き飛ばされた。

「だ、駄目だ。それ以上は」

セラが稼いだその時間でスミレを止めようとしたのは、盗賊の一人、トウマだ。

背後から羽交い絞めにし、その隙に他の盗賊たちが押さえにかかったが、それでも彼女の暴走は止まらない。

吹き飛ばされた盗賊たちはもんどりうって倒れるが、息はあるようだ。

もしスミレが剣などの殺傷能力の高い武器を持っていたら、あの程度では済まなかっただろう。

「おい、あれを止める方法がある……のか？」

ちょうど俺の近くにトウマが吹き飛んできたから尋ねようとして、その顔を見て驚いた。

正確にはお面とかつらが取れたその顔を見て、だ。

黒髪に黒目……そして顔には歌舞伎の隈取《くまどり》のような文様が浮かんでいた。

「……ああなったら拘束して落ち着くのを待つしかない。だが、いつもよりも酷い。暴走しているんだ。あのままだと彼女が……それと俺たちにも影響が……」

うわごとのように呟くその言葉を聞き、俺は考えるよりも先にトウマに回復魔法を使っていた。

「ヒール。リカバリー」

ヒールは負傷していたから。リカバリーは咄嗟《とっさ》に。

ただそれが功を奏した。

鑑定で見たトウマの状態から、凶暴化の文字が消えた。

それと同時に、顔から隈取のような文様も消えた。

凶暴化はリカバリーで治る？

顔を上げてスミレを探すと、スミレが今度こそミアたちを攻撃しているのが見えた。

その攻撃はエクスが抑えているが、それは抑えているように見えるだけだ。

盾の上からでも構わず殴打するごとに、エクスから魔力が減っていくのが分かった。ダメージが入っている証拠だ。

距離があるとリカバリーが届かない。

「ミア、リカバリーだ。彼女にリカバリーを！」

俺は駆け出しながら声を張り上げた。

俺の言葉を受けてミアがリカバリーを唱えた。

俺は鑑定を発動しながら走ったが、スミレから凶暴化が消えた……と思ったら再表示された。

その瞬間、彼女から感じる魔力の反応が強まった。

変化はそれだけではない。

スミレの背中が膨れ上がり、服が破れると同時に黒いナニカが見えた。

それは小さいが、羽のように見える。

さらに鑑定内容にも変化が見えた。種族が半魔＊から半魔人に表示が変わった。

何が起こっているか分からないが、彼女から感じる反応が禍々《まがまが》しいものに変化したように思う。

違う。この感じ、覚えがある。

「ミア、聖域を！」

俺はスミレの足元を見て叫んだ。

そう、彼女の足元の草だけが枯れている。

それはあの時のブラックボアと同じだ。

ミアが咄嗟に聖域を唱えたが、それはスミレの発する魔力と反発し、ミアたちを馬車ごと吹き飛ばした。

俺は辛うじて踏《ふ》み止《とど》まったが、目の前には静かに佇《たたず》むスミレしかいなかった。

そして彼女を中心に、地面が黒く変色していく。

このまま彼女を野放しにするのは危険だ。

本能がそう訴えかけてきている。

止める方法は……殺すしかない？

スミレがこちらを向くと、お面が半分割れていて顔が見えた。

苦しみに歪《ゆが》むその顔を見て、目を見て、覚悟を決めた。

俺は手に持つミスリルの剣に魔力を籠《こ》め、光属性を纏《まと》わせた。

俺の勘違い、ただの思い込みかもしれないが、彼女の目は救いを求めているように見えた。止めてもらいたいように見えた。死を覚悟しているように見えた。

俺はアイテムボックスからフェエルの加護を取り出すと一歩を踏み出し、決心が鈍る前に決着をつけようと一気に駆け出した。


【フェエルの加護】呪いから身を守ってくれる。耐久値100。


背後からトウマの声が聞こえたような気がしたが振り返らない。

一度止まったら次はないと思ったから。

振り下ろす剣に対して、スミレは拳を突き出してきた。

剣と拳が正面からぶつかる。

魔力を籠めて切れ味が増しているはずなのに、彼女のグローブを斬れない。

それどころか彼女から感じる魔力がさらに強まる。

その中でも特に強く感じるのが彼女の首筋。痣《あざ》のようなものがあり、そこから黒いものが噴き出しているように見える。

そしてその黒いものは、俺を呑《の》み込むように覆《おお》い被《かぶ》さってきた。

フェエルの加護が砕け、俺は慌てて自分の体を光属性で包む。

魔力がどんどん減っていくのが分かる。

反撃したいが、俺の攻撃はスミレに届かない。

ＭＰがなくなる寸前。俺は変換のスキルを使ってＳＰをＭＰに変換した。

ただこれはMP切れまでの時間を先延ばしにしたに過ぎない。

焦る俺の視界に、シエルがフラフラと入ってきた。

シエルは苦しそうに見えたが、俺と目が合うと声が聞こえてきた。

それは弱々しい小さな声だったが、不思議と懐かしさを覚えた。

俺が見返すと、シエルはコクリと頷《うなず》いた。

俺は先ほどの結果を思い出し躊躇《ちゆうちよ》したが、他に手がない以上信じてみようと思った。

俺は剣でスミレの攻撃を受け止めながら、

「リカバリー」

と唱えた。

瞬間、スミレから噴き出していた黒いものは掻き消えた。

が、すぐにまた首元から噴き出し始める。

ただその弱まった一瞬でシエルが背後からスミレに近付くと、首筋の、黒いものが噴き出している場所に噛《か》み付いた。

「シ、シエル？」

突然のことに驚いたが、シエルは噛み付いたまま微動だにしない。

一分、二分と時間が経《た》ち、徐々にシエルの体が膨らんでいく。

やがてシエルの体が二倍近くになったと思った瞬間、その体が光り輝いた。

眩《まぶ》しさに思わず目を閉じそうになったが、辛うじて耐える。

その光はスミレの全身を包み込むと、さらに一際強く発光したと思ったら消えた。

それと同時に剣に伝わっていた力も消えた。

ドサリ、とスミレが倒れ、黒く変色していた地面も元通りに戻っている。

そして俺の目の前で、シエルが地面に落下していった。


戦いが終わってからが忙しかった。

まともに動けるのが俺を除いてルリカとセラと……トウマぐらいしかいなかった。トウマが動けるのは、俺がヒールをして回復させたからだろう。

それだけの被害を出した張本人であるスミレは、穏やかに眠っている。

トウマはスミレが生きているのを確認したら、抵抗せずに黙って捕まった。

俺は影とエクスを使ってまずは盗賊たちを集め、マジックロープで拘束した。

もっとも他の者たちも抵抗するつもりはないようだった。

ひとまず状態に凶暴化の症状が出ている者にはリカバリーを唱えておいた。

「それで今後のことですが、どうしますか？」

俺はリチャードに指示を仰ぐと、予定通りクロワに行くのがいいだろうと言われた。

ただ問題がある。

一番はトウマたち盗賊。今は抵抗していないが、今後どう出るか分からない。

二つ目は馬車だ。俺たちは二台の馬車で移動してきたが、そのうちの一台が大破してしまって使い物にならない。馬は命に別条がなく、負傷したようだったがミアのヒールで今は元気だ。

「なら俺たちで盗賊を監視してますから、リチャードさんたちは商人を連れてクロワに向かってください。それで護送用の馬車を用意して戻ってきてくれると助かります」

トウマたちは全員で一八人いるし、マルテに連れていく必要がある。

「その間、君たちは野営をすることになるが大丈夫なのかい？」

「……なら簡易の牢屋《ろうや》を作りましょう」

俺は少し考えたあと、街道から少し離れた場所に移動して土魔法で建物を造った。

「ゴーレムもそうだが、君は一体何者だい？」

「ここに来る前にダンジョンの探索をしてたんです。そこで色々と手に入れたんですよ」

事実、ゴーレムを作るための素材は、ダンジョンで手に入れたからあながち間違いではない。

リチャードはダンジョンのことを知っていたのか、一応納得してくれた。

最終的にリチャードとセットの二人が馬を使って、先触れでクロワの町に向かうことになり、商人たちは無事な馬車で騎士三人に護衛されて移動することに決まった。

サークとサハナは結局サハナの希望で残ることになったようだ。

「君たちのことだ。大丈夫だとは思うが、気を付けるんだぞ」

リチャードはサークたちをチラチラ見ながら言ってきた。

俺たちはリチャードたちが出発するのを見送ると、一度建物に入った。

建物の中にはトウマたちが男女に分かれて、一応牢屋っぽい感じの部屋に入れている。

「何か困ったことがあったら言ってくれよな。それとトウマ、ちょっと話せるか？」

「ああ、聞きたいことがあるなら何でも聞いてくれ」

「ふん、盗賊な……」

「お兄様。少し黙っていてくださいますか？　ソラさん、私もその話し合いに参加しても良いでしょうか？」

サハナが笑顔でサークを見る。

その雰囲気に、サークだけでなく盗賊の一部も震えていた。

結局サークは建物の外に出ることになり、ヒカリたちと模擬戦をするそうだ。せっかくなのでゴーレムも参加させることになり、魔力付与で魔力を補充してからミアに任せた。

「こってり絞ってください」

というサハナの言葉にミアは苦笑していたけど、「任せる」とヒカリは胸を叩《たた》いていた。

サーク、頑張れよ。ヒカリは加減を知らないから……。

残ったのは俺とサハナ、クリスの三人になった。

本当はサハナもいない状態で話したかったけど仕方ない。

「それで盗賊行為をしたのは、スミレの暴走と関係があるのか？」

「……ああ、そうだ。治療法を求めてこの国に来た」

「あてがあったのか？」

俺の問い掛けに、トウマは首を横に振った。

「確信があったわけじゃない。ただ月桂樹の実ならもしかしたらと思ったんだ」

今はいない仲間の一人が、万病に効くという月桂樹の実の話を耳にしたことがあったらしい。

それで藁《わら》にも縋《すが》る思いでルフレ竜王国に来たとのことだ。

実際、月桂樹の実は効果があったため、それを狙って商人を襲っていたそうだ。

「けど何だってこんな状態になったんだ？」

「……俺たちは実験体だ」

トウマは一度仲間たちの方を見て、口を開いた。

トウマの話は、耳を覆いたくなるような酷い内容だった。

首筋についた痣のようなものを見せ、

「これがその烙印《らくいん》だ。確か奴《やつ》らは奴隷紋って言っていた。今は失われた技術らしい」

あくまでその施設にいた者たちが話す言葉を聞いて覚えているだけで、詳しいことは一切分からないらしい。

「ただ、強い戦士を作るためとは言っていた」

確かにトウマたちはレベルに比べて強かった、と思う。

傍《はた》から見た動きで判断しての感想だから、実際にどうかは分からない。

もし凶暴化が影響していたら、今はそれも消えているからな。

もっとも奴隷紋というものが残っているから、同じ状態異常がまた出るかもしれない。

逆にスミレは奴隷紋が完全に消えているから大丈夫だと思うが……これも経過を観察する必要があるかもしれない。

それにトウマの話では、個人差があるようなことも言っている。

「それで、トウマさんたちは何処《どこ》から来たのですか？」

「……王国だ」

サハナの言葉に、トウマがゾッとする怖い声で、吐き出すように言った。

もしかしたらと思ったが、予想は当たった。

何故《なぜ》なら仮面とかつらを外したトウマたちの外見は、黒髪黒目の者が多かった。そうでない者も、髪の毛か瞳のどちらかが黒色だった。

黒色は珍しいが、全くいないわけではない。

けどこうも集団でいると、違和感を覚えるレベルだ。

それに何より、エレージア王国ならそういうことをしていても不思議ではないと素直に思った。

これはヒカリの境遇を知っていることと、俺が異世界召喚された時の王国からの扱いも影響していると思う。

「信じてくれるのか?」

俺が素直に信じたことにトウマは驚いていた。

俺は仮面を外し、トウマたちと向き合った。

「俺も王国には色々と思うところがある。実際に仮面をしているのもそのせいだから」

異世界人というのは伏せて、俺は王国から追われていることを話した。

追われている原因は複数のスキルを使えるためということにして、空間魔法をはじめいくつかのスキルを使ってみせた。

「あの、一ついいですか?」

話が一段落したところで、それまで黙って話を聞いていたクリスが口を開いた。

「あちらに寝ている方を、ここまで連れてきてもらってもいいですか?」

クリスの指差す先には、一人だけ今も寝ている子がいる。

それはスミレではなく、襲撃された時に最初に倒れた子だ。

クリスの目の前に横たわる彼女は、一見すると静かに寝ているように見える。

「……このような状態にはよくなるのですか？」

「あ、ああ。その、スキルを使ったあとによく倒れる」

時間が経《た》つと目覚めるとトウマは言った。

「あまり良くないかもしれないです」

クリスは呟《つぶや》くと、あの聞き取れない言葉を紡いだ。

すると寝ている彼女から魔力反応が飛び出てきて、クリスの目の前で止まった。

「やっぱりそうです。彼女は精霊と契約しているみたいです。それも極めて強い精霊、です。たぶん、彼女の使っていたスキルは精霊の力を借りたものだと思いますが、だからといってこのような状態になることはないと思います。想像ですが……その、奴隷紋ですか？　それが何かしら影響しているのだと思います。本当は危険なので契約を解除するのが一番なのですが、離れるのを嫌がっているようでしたので力を一部使えないように封印させてもらいました」

「そんなことが出来るのか？」

「……私も精霊と契約していますから」

その言葉に俺は思わずクリスを見た。

クリスは目が合うと微笑んだ。

それを聞いたトウマたちは頭を下げてクリスに感謝の言葉を伝えてきた。

どうもトウマたちは仲間意識がかなり強いみたいだ。

その後、トウマたちに食事を渡して別れた。

魔法で作ったこの建物は、いくつかの部屋に分かれる造りにしてある。

大丈夫だとは思うが、一応何かあってもいいようにだ。

「あの、クリス様は精霊様のことが分かるのですか？」

部屋に入るなり、サハナが興奮してクリスに詰め寄った。

その目はキラキラと輝いている。

あれ？　名前の呼び方が変わっている。

「精霊魔法士？　いいえ、もしかしてエルフ様だったりしますか？」

その言葉に俺は息を呑《の》んだ。

クリスも動きを止めてサハナを見た。

「ああ、やっぱりそうなのですね！　あ、あの、握手してもらってもいいですか？」

クリスが思わずといった感じで手を出すと、

「ああ、感動です！」

とサハナは一人、かなりはしゃいでいた。

今までサークをコントロールする大人びた少女といったイメージだったが、その姿は年相応の少女そのものだった。

しばらくして落ち着いたのか、サハナは恥ずかしそうにしていた。

「それで、何でクリスがエルフだと思ったんだ？」

「ソラさんと同じです。私も使えるのです。鑑定というのでしたか？　それと似たようなスキルを」

言うとサハナのあの特徴的な瞳孔《どうこう》が、さらに細くなった。

ちなみに俺が鑑定のスキルを使えると思ったのは、最初に二人と会った時に「竜人」と呟いたのを聞いたのと、先ほどのトウマたちとの会話で、名前が出ていないのに「スミレ」と普通に名前を呼んでいたからと言われた。

「表示される情報は『人間』となっているのですが、時々その文字が歪《ゆが》んでいました。それでお父様から教えてもらったことを思い出したのです。そのような現象が起きるのは、何かが鑑定を阻害している時か、偽装している時だということを」

サハナの言う通り、クリスとミアには、鑑定された時のために偽装効果のある魔道具を持たせてある。

「あとは精霊様と交信出来るということで、まさかと思ってエルフ様かと思ったのです」

「あ、あの……」

「大丈夫です。エルフ様ということは内緒にします。あ、けどもしかして、クリス様たちの周囲でよく魔力の動きを感じたのですが、それって精霊様だったりするのですか？」

それってシエルのこと、だよなきっと。

俺はクリスと顔を見合わせて、サハナの問いに頷《うなず》いた。

「そうですかー。時々不思議な魔力を感じることがあったのですが、やはりあれは精霊様だったのですね。いずれはそのお姿を拝見したいです」

何だろう。サイフォンたちの時も感じたけど、この世界ではエルフって凄《すご》い種族なのかな？

エリアナの瞳を渡してシエルを見せてもいいと思ったが、シエルは今元気がないからそれはやめておいた。

その後、外から戻ってきたサークは……力尽きていた。

ただそれはヒカリが厳しかったのではなくて、サークが何度も何度も挑んだからみたいだ。

「彼らに襲われた時に何も出来なかったのが、悔しかったみたいよ」

「あと影とエクスに何度も挑んでいたさ」

ルリカとセラの言葉を肯定するように、ヒカリとミアも頷いた。

そんな四人の話を聞いて、サハナはちょっと嬉《うれ》しそうにサークを見ていた。

◇◇◇

リチャードたちが戻ってきたのは、別れてから五日後だった。

馬車が四台用意されていて、そのうち二台はトウマたちの護送用に使うみたいだ。

俺は建物を魔法で解体すると、馬車に乗り込んだ。

この五日間は、サークはほぼ模擬戦で体を動かし、サハナはクリスにべったりだった。

その様子にサークは驚き、ちょっと嫉妬《しっと》しているようにも見えたが。サハナの楽しそうな様子を見て何も言わなかった。

俺はトウマたちの様子に注意しながら、とにかく歩いた。意味もなく行ったり来たり街道を歩いた。

それがサークとサハナには奇行として映ったようで、皆に何をしているのか質問していた。

直接聞かないのは俺への優しさですか？

他にはトウマたちからどうやって王国から竜王国まで来たのかを聞いたりしたが、驚いたことに聖王国から魔導国家に入り、俺たちと同じようにあの山を越えて竜王国に来たと言った。

もしかしてリエル近くのあの異変は、トウマたちの……スミレの暴走による余波だったかもしれない。

また大した装備もなく山を越えたことに関しては、仲間のスキルによるところが大きかったみたいだ。

こうして俺たちの盗賊討伐は終了し、晴れてアルテアへの入場許可証をもらえることになった。

閑話・4

私がここに来たのは物心が付く前だった。

ここには私のような子供がたくさんいた。

ある日。私は何でここにいるのか大きな人に聞いたことがある。

「君たちはね。お父さんとお母さんに捨てられたんだよ」

と教えてくれた。

「なんで？」

「無能《スキルなし》だからだよ。けどここで生活していたら、それが治って帰れるようになるよ」

そう言われたけど、意味が分からなかった。お父さんとお母さんって誰？

それから私は大きな人たちに色々なことをされた。

痛いこともされたし、辛《つら》いこともあったけど、我慢すると良いことがあると言われた。


痛い、熱い、痛い。

首筋がズキズキする。

私は目を覚ました。

小さかった私は、いつの間にか大きく成長していた。

あの見上げていた大きな人たちと、目線が大分近くなっていた。

その頃になると、昔言われて分からなかったことが分かるようになっていた。

私たちの世界にはスキルという不思議な力がある。

そしてそのスキルは誰もが持つものだと教わった。

けど、私にはそれがないから、親から捨てられた。

名前もないから、番号で呼ばれている。

今私たちが生活している場所は、そのスキルを習得出来るようになる施設だそうだ。

実際一緒に生活している子の中には、スキルを使えるようになった子がいた。

またスキルを覚えたから親が迎えに来たと言って、施設からいなくなった子もいた。

でも……それは全て嘘だった。

真実を知った時、私たちはそこから逃げることを決心した。

どうやって逃げたか、私は覚えていない。

ただ嫌なことがあって、暴れた夢を見た。


施設から逃げたのは全員で一九人。

王国を飛び出し、南を目指した。

私も含めて体調が悪い子がいるから、確か竜王が治める国を目指すことになった。

詳しいことは私には分からなかったけど、トウマがそう言うから信じてついていくだけ。

その頃になると私にも名前が出来た。

番号だと変だからと、「スミレ」という名前を皆が付けてくれた。

理由は分からなかったけど嬉しかった。

ただ旅はきつく大変なものだった。

悪いこともした。

人の物を盗んだ。

でも生きるため。私たちにはそれしか選択肢がなかった。

ごめんなさい、と心の中で何度も何度も謝った。

途中、私が体調を崩して寝込んでしまった時、目を覚ましたら一人いなくなっていた。

トウマに聞いたら体調を崩して死んだと言われた。

その時、硬い表情をする子が何人もいたけど、理由は分からない。

それでも旅は続き、山を登った。

寒い場所だったけど、友達の一人が使うスキルがあったから越えることが出来た。

山の上で人がいる場所が遠くにあったけど、私たちは寄らずにそのまま進んだ。

けどお腹《なか》が空《す》いていて、食べ物を盗んだ。動物も……殺して食べた。

美味《おい》しいっていう子がいたけど、その頃には私は何を食べても味がしなくなっていた。けど空腹感はなくなった。

体がおかしくなっているのが、自分でも分かった。

それからは時々人を襲い、食べ物と薬品を奪った。

その中に体が楽になるものがあったから、それを繰り返した。

人を傷付けた。

そこまでやるつもりはなかったのに、体の制御が利かない。

意識がなくなる時間も増えてきた。

それから道を通る人がいなくなった。

ううん。一回だけ見掛けたみたいだけど、その人たちは荷物を持っているように見えなかったこと、あの山を下ってきたから襲わなかった。

私たちが欲しいものは持っていないだろうから、と。

食糧が尽きそうになった頃、商人が町から出てきた。

トウマは罠《わな》かもしれないと言ったけど、襲うことにした。

人数も多くないし、これを逃すと次がいつになるか分からないという不安から私たちは動いた。

結局。それはトウマの予想通り罠だった。激しい抵抗を受けた。

私は相手をどうにかして無力化しようと動いていたけど、首筋に痛みを覚えて、意識が朦朧《もうろう》としてきた。

そして……私が次に意識を取り戻した時、私は目の前にいる仮面をした人を攻撃していた。

止めようと思っても体が勝手に動く。

意識が戻ったのは一瞬で、また闇に沈んでいくのが分かった。

けどその瞬間。私は誰かに受け止められたような感覚を覚えた。

重く感じた体が軽くなり、私は温かいものに包まれた。

次に目を覚ました時、私の首筋にあった痣《あざ》が消えていた。

トウマたちが教えてくれた。

それ以来痛みに悩まされることがなくなった。

トウマたちも今は体が安定していると言っていた。

私たちを助けてくれた少年はソラ君というそうだ。

仮面を外してその顔を初めて見た時は、親しみを感じた。

何でだろう？　黒髪黒目だから？

また夜中に一人、ピンク色の髪の毛のあの小さな女の子が来て、

「皆様のことは悪いように致しません。どうか今はゆっくりお休みください」

と言って去っていった。

私たちはその言葉を聞いて半信半疑に戸惑っていたけど、その言葉通り、悪いことをしたのに、私たちは咎《とが》められることなく、湖に浮かぶあの街に行くことになった。

第4章

「ソラ、シエルちゃんの様子はどう？」

目が覚めて枕元にちょこんと横になるシエルを見ていると、ルリカが尋ねてきた。

「症状に変化なしだ。ただ今は動くのも大変そうだ」

ルリカの声に反応したのか、一瞬だけ目を開けるとまた閉じてしまった。

宙を元気良く飛び回っていたのが正直言って懐かしく感じるほど、今のシエルには元気がない。

最初の頃は自分で飛ぶこともあったが、今はそれすらも辛そうだ。

日に日に元気がなくなり、帰りの馬車に乗っている時は自分で飛ぶのが辛いのか俺のフードの中でずっと休んでいた。

朝食を摂る前に何か食べるかシエルに尋ねたが、耳を振っていらないとの返答をもらった。その耳も心なしか元気がなかった。


「次の定期船が来るのは一〇日後なのか……」

盗賊討伐依頼から戻ってきた翌日、サハナが訪ねてきて教えてくれた。

サークとサハナの二人は現在、宿ではなく、マルテの領主の館に宿泊している。

サハナは不満そうだったが、領主の使いに泣きつかれてしぶしぶ首を縦に振っていた。

領主とどのような関係かは分からないけど、この国にとって竜人というのはそれなりの地位にあるのかもしれない。

「すみません。最速でもそれだけの日数がかかるとのことです」

俺が考え込んでしまったからか、サハナが突然謝ってきた。

「ああ、別に不満があるわけじゃないんだ。むしろ好都合というか……」

俺はリエルで見た枯れた草木や黒く変色した土のことと、今回スミレの暴走で草木が枯れた話をサハナにした。

「それでトウマたちに同じような現象が起こってなかったか聞いたんだが、心当たりがあるって言ったんだ。それで出来れば一度確認に行った方がいいかもなって二人と話してたんだよ」

「……それで、サハナちゃんたちも一緒にどうかなって思っているんです」

「えっ、私たちですか？」

クリスの突然の誘いに、サハナは驚いたみたいだったけど口元を綻《ほころ》ばせていた。

これは何かとサハナと話す機会の増えたクリスが、口ではサークが心配でついてきたと話しているけど、サハナもアルテアの外に興味があると感じたということで、それなら誘ってみようかと話していたのだ。

「あ、その、行きたいです。けど……邪魔になりませんか？」

サハナが不安そうにチラチラと視線を送ってきた。

「私もついていくだけです。作業をするのは基本的にミアになりますから、決して邪魔になんてなりませんよ」

クリスが安心させるように言うと、サハナは嬉《うれ》しそうに頷《うなず》いた。

「あ、サハナじゃない。今日はサークと一緒じゃないの？」

そこにルリカたちが戻ってきて、サハナを見るなり開口一番尋ねてきた。

言いたいことは分かる。なんとなく二人でワンセットってイメージだから。

「わ、私も四六時中お兄様のお世……一緒にいるわけではありません」

「そうなの？　それで何しに来たの？」

俺はルリカたちに、サハナが次の定期船の来る日時を伝えにきてくれたことを話した。

「そうなんだ。それじゃ確認しに行くの？」

「その予定だよ。出来れば明日発ちたいけど、サハナは大丈夫か？」

「も、もちろんです！」

「そ、そうか。なら少し買いたい物があるから探しに行こうと思うけどどうする？」

ルリカたちに尋ねると、一緒に行くと言ってきたから買い物に出掛けた。

「それで何を買うの？　食材とかはまだ余裕があったよね」

「あー、ちょっと試したいというか、やりたいことがあってそのための材料集めかな？」

ミアに聞かれて、何処《どこ》まで話していいか迷った。

正直上手《うま》くいくかも分からないし、期待させて出来なかったらガッカリさせてしまうと思ったからだ。

その後お昼を食べに屋台を回り、その後は大量の木材や鉱石、ゴムなどを購入した。

それを見たルリカたちは、錬金術でまた何か作るのかなと話していた。

サハナはそれを聞いて、俺が錬金術を使えることに驚いていた。

「それじゃ明日の朝、門の前に集合ってことで大丈夫か？」

「はい、それと本当にお兄様も一緒で良いのですか？」

「本人が来たいと言うなら構わないよ。ただ今回は馬車移動じゃなくて歩きだけど」

「ふふ、それは大丈夫です。きっとお兄様も行くと言うはずです」

そう言うと、サハナはスキップするように領主の館に入っていった。


「ヒ、ヒカリ。また今日から一緒だな」

上擦る声で話し掛けるサークを見て、サハナはため息を吐《っ》いていた。

ヒカリは特に気にした様子もなく、コクリと頷いていた。

「それじゃ行くか」

「お、お前が仕切るな！」

出発しようと声を掛けたら、サークが文句を言ってきた。

「五月蠅《うるさ》い」「五月蠅いです」

すぐにヒカリとサハナから怒られてしょんぼりしてたけど。

それを見たミアたちはただただ苦笑していた。

トウマたちの話によると、問題の場所は三個所あるということだった。

クロワ方面に二個所、フォルク方面に一個所ということで正反対にある。

この九日間で回りきれなかったら、アルテアから戻った時にやるか、サハナから領主に伝えてもらうしかない。

道中は平和そのもの、のように見えたが、実は前回と違うところがあった。

盗賊の脅威がなくなったことで、馬車の行き来が見られるようになったことと、ＭＡＰに魔物の反応が現れたことだ。

後者はもしかしたら、トウマたちがいたため何処かに退避していたのかもしれない。

動物や魔物は、危険を察知する能力は人よりも優れてそうだしね。

「しかし二人ともよく喋《しゃべ》るね」

ミアは後ろをチラリと見て言った。

街道を歩く隊列は俺とミアを先頭に、クリスとサハナ、ヒカリとサーク、ルリカとセラの順番で並んで歩いている。道一杯に広がって歩くと邪魔になるからね。

サハナはクリスと楽しそうに話しているが、サークはヒカリに色々と話し掛けているけど、そちらは会話が弾んでいるように見えない。

ちなみにこの並び順はサークとサハナの希望を聞いて決まった。

「ねえ、ソラ。シエルちゃんは相変わらずなの？」

「うん、変化なしだよ。食欲もないみたいだし……」

ミアが俺のフードの中で眠っているシエルを心配している。

これはミアだけでなく、皆も心配している。

ルリカは顔を合わすたびに様子を聞いてくるし、ヒカリもいつもより食べる量が少ない。

クリスがよく話し掛けているけど、返事をするのも辛《つら》いのか反応も薄いそうだ。

スミレの奴隷紋を消したことが関係していると思うんだけど……俺とミアがリカバリーをかけても変化がないんだよな。ミアは他にも祝福や聖域を試してくれたけど駄目だった。

こんな時鑑定で調べられたらと思うけど、シエルには残念ながら鑑定が効かない。

トウマの話では奴隷紋の影響で体が辛い時、月桂樹の実を食べたら幾分か症状が収まったと言っていた。

シエルの今の状態を治療するには、月桂樹の実しかないのだろうか？

元々エリスを探すためにアルテアを目指していたが、目的がもう一つ増えたことになる。

「そろそろ休憩を入れるか。お昼の時間だしさ」

俺の言葉に今日もシエルの反応は薄い。

ミアが言うには一瞬だけど目が開いたらしいから、俺たちの声は届いているみたいだ。

「二人とも疲れてないか？」

「ふん、このくらい何でもない」

「はい、大丈夫です」

前回の移動は馬車だったからサークとサハナに聞いてみたら、大丈夫との返事が返ってきた。

「ふん、そんな軟弱な鍛え方はしてない」

サークは相変わらず俺に厳しい。というか、何かと張り合ってくる。

お昼は俺のアイテムボックスに入っている出来合いのものを食べ、休憩を取って再び歩き出した。

「ここで寝るのか？」

日が暮れたこともあって、俺たちは街道から少し離れた場所で野営することにした。

今回はテントを張って、見張り以外の人はそこで寝ることになる。テントはあまり使わないけど、さすがに寒いからね。

料理を作る人以外はテントを張る人と周囲の見張りをする人に分かれて作業した。

「美味《おい》しいです」

「明日は一緒に作ってみる？」

ミアがサハナに聞いたのは、調理しているところをチラチラ見ていたのに気付いたからみたいだ。

「……きっと失敗してしまいます」

「そんなの気にしなくていいよ。最初から上手に出来る人なんていないんだから。私もよく失敗したな」

「興味があるならやってみるといいですよ」

サハナは腰が引けているようだけど、ミアとクリスに誘われて迷っているようだ。

食後はサークとサハナが聞きたがった旅の話を少しして、休ませた。

二人はもっと話を聞きたそうだったけど、さすがに寝ないと明日持たないだろう。馬車なら寝てもいいけど、歩きだとそうはいかないからな。

見張りは二つの組に分かれた。

最初が俺、クリス、ミア、サハナの四人で、後が残りの四人だ。

俺は影を呼び出し、周囲の警戒を頼む。

ＭＡＰで周囲には人も魔物もいないのを確認したが、念のためだ。あとは俺が少し作業をしたいというのもあった。

俺がアイテムボックスから色々道具を出し始めると、

「やっぱ何か作るんだね」

とミアに言われてしまった。

「上手く出来るか分からないけどな」

「何を作るのですか？」

クリスも興味があるのか聞いてきた。

「馬車を作ろうと思ったんだ」

何でそこで呆《あき》れ顔《がお》をするかな、お二人さん。サハナなんて目をキラキラさせて見ているよ。

俺はとりあえず錬金術を発動して基となる箱を作る。材料は木を中心に、あまり重くならないように気を付ける。

天面は幌《ほろ》になるが、そこはフロッグマンの素材を使って雨にも強くする。

その後車輪を作って、これを組み立てる。

部品ごとに作り分けたのは、良いところだけを集めて最高の馬車を作りたかったからだ。

とりあえずこれでガワは完成だ。

俺は消費したＭＰを変換で回復させる。

「す、凄《すご》いです」

サハナは純粋に褒めてくれる。

「問題は中の作りなんだよな」

一応どういう風にするかは考えてあるが、ミアとクリスに相談する。

「そうですね。椅子を設置するなら壁側に椅子を寄せて中央を空けた方が、何かあった時にすぐに外に出られるのでいいと思います」

普通の乗合馬車は、運賃が安いものだと椅子もなく床に直に座るものが多い。

これは商人に貸し出す時があるため、椅子があると荷物があまり積めなくなるという事情もあるみたいだ。

俺たちはその点荷物の心配はいらないから、あとは椅子のクッションを良いものにして快適に移動出来るようにする。

他にはブレーキを取り付けるのも忘れない。三人は初めて見るようで、何か分からず首を傾《かし》げていた。

完成したら三人にはひとまず座り心地を確認してもらう。

俺はMAPで周囲に怪しい反応がないことを確認すると、エクスを呼び出して馬車をアイテムボックスに回収する。

エクスにはテントの見張りを指示して、影と一緒に街道まで移動すると、馬車を出して影に引いてもらう。

この時クリスたちには座席に、俺は御者台に座る。

「乗り心地はどうだ？」

「悪くないね」

「はい、揺れが少なくていいです」

「この前乗った馬車と全然違います」

三人には好評のようだ。

影の力でも問題なく動かせることも分かった。

ただまだ遅いからね。

「それじゃ少し速度を上げるぞ」

俺が指示を出すと、影は徐々に速度を上げていく。

ある程度進んだら反転し、元の場所まで戻ってきた。

「で、どうだった？」

「は、速くなると体が揺れたかな？」

ミアの言葉にサハナもコクコクと頷いている。

やはり速度を上げると振動を殺しきれなかったようだ。改善が必要だな。

「そうですか？　このぐらいなら私は平気です。特に問題もないと思います」

平然と言うクリスに、ミアとサハナは信じられないものを見る目を向けていた。

「これで明日から移動するんですか？」

「昼間は周囲の目があるから難しいかな？　夜なら他の人たちも休むから、使えると思うんだ」

実際ＭＡＰで動いている反応はない。

「そうですね。ゴーレムは目立ちますからね」

その後戻った俺たちは、交代の時間がくるまで馬車について色々話して休んだ。

「今日はここで料理するの？」

ルリカが疑問に思うのも仕方ない。

いつもならもっと街道から離れた場所を野営地にして、そこで料理をするからだ。

その反応にミア、クリスにサハナの三人は意味ありげに笑みを浮かべて頷《うなず》いている。テントも用意しなくていいと言った俺の言葉を、ルリカは怪しんでいたけど。

ちなみに昨夜作った馬車の件は、ルリカたちに話していない。

俺は馬車を作ったことを話してもいいと思ったけど、三人に驚かせてやりたいと言われたからだ。

ただ料理が始まると、サハナが緊張した様子でナイフを手に握る。反対の手には野菜を持っている。

今から野菜をカットしていくんだろう。クリスの説明を真剣な表情で聞いている。

緊張しているのが離れていても伝わってくるけど、それ以上にサークが緊張しているのが分かった。

落ち着きなく貧乏ゆすりをしている。

「サハナは大丈夫。サークとは違う」

ヒカリの容赦のない一言に、胸を押さえていたけど。

サハナは野菜を切り終えると、それを鉄板の上で炒《いた》め始めた。今回は純粋な野菜のみを使った炒め物を作っている。肉料理はミアが作っているからだ。

野菜に火が通ってきたら、最後に調味料で味付けだ。

今回サハナが選んだのはコンソメ風の調味料だ。それを少しずつ振り掛けながら、味を調整していた。

結局料理は通常の倍以上の時間がかかって完成した。

「ソラ、どうですか？」

「うん、美味しいよ」

クリスの言葉に、俺は褒めることを忘れない。

それを聞いたサハナはホッとしているようだった。

多少野菜の大きさが不揃《ふぞろ》いだけど、火はしっかり通っているし、味付けも最初にしては上出来だ。

サークは……凄い勢いで食べているけど、もっとよく噛《か》んだ方がいいぞ？

けどそれを見たサハナは嬉《うれ》しそうだ。

もしかしたらサークの好みに合わせて作っていたのかもしれない。

「それで、テントの用意もしてないけど、これからどうするの？」

ルリカの言葉に、クリスたちは俺を見てきたから、街道の方に移動する。

ＭＡＰで周囲の確認をして影を呼び出し、続いてアイテムボックスから馬車を取り出した。

「主、馬車？」

「ああ、馬車だ」

「ソラ、これどうしたのさ」

「昨日作ったんだよ」

「はあ、これがテントを用意しなくていいって言った理由なのね？」

ルリカの言葉に、俺は頷く。

ヒカリは興味が惹《ひ》かれたのか一番に乗り込むと、サークもヒカリを追うように続いた。

さらにセラ、ルリカが乗ると、最後にミアたち三人が続いた。

俺は御者台に座ると、影に進むように指示を出した。

四人増えたけど、影は問題なく馬車を引いていく。

速度は……少し抑えておくかな？

「皆は寝ていてくれていいよ。さすがにその人数だと横になれるスペースはないけど」

四人ぐらいなら寝ることも出来そうだけど、さすがに七人となると難しい。

あとは寝る場合は中央の空いたスペースに台を設置する必要がある。もちろんそれは作製済みだ。

「クリスに聞いたわよ。横になった方が疲れは取れるから、ソラ、寝台の準備してよ」

「いや、七人だと辛いぞ？」

「それなら大丈夫さ。ボクとルリカは御者台の方に座るさ」

ヒカリたち小さい子三人なら、五人でも詰めれば寝られるか……うん、サークがちょっと苦しそうだけど大丈夫そうだな。

「ソラ、途中で私たちが代わるから起こしてくださいね」

クリスとミアが先に休むのは、俺に代わって影に指示を出すためのようだ。

一応仲間なら誰でも指示を出せるようになっているけど、ミアとクリスが一番慣れているからね。

俺は並列思考があるから大丈夫だと言ったけど怒られた。しっかり休むようにと。

結局途中でクリスとミア、ヒカリが起きてきて交代した。

ヒカリが一緒なのは、索敵が出来るからだ。

俺は日が上がる前に起こしてくれと三人に頼んで寝ることにした。

交代する前に進んだ距離を考えると、そのぐらいの時間帯で目的の場所に到着出来ると思ったからだ。他にも街道を利用している人たちに目撃されるリスクを回避するためというのもあった。

「だからクリス、速度は今のままでいいからな？」

と速度を上げないように注意した。


馬車をアイテムボックスに回収し、少し早い朝食を終えたら移動を開始した。

トウマたちに聞いていた地点の一つがここの近くにあるはずだけど、正確な場所は分からないから最終的には手分けして探す必要があるかもしれない。

街道から外れ、山の方に向けて歩き出す。

草原地帯を抜けると次は森だ。

最初は平たんだった道だけど、徐々に傾斜がついていく。どうやら山の中に入ったようだ。

「止まる」

歩いていると、突然ヒカリが立ち止まった。

サークとサハナは首を傾げていたが、俺たちには分かった。

「魔物いる」

その言葉に、二人は武器を構えて周囲をキョロキョロと見ている。

「落ち着く。まだ離れてる。それと魔物はたぶんウルフ、数は五体」

ヒカリの言葉に、二人は大きく深呼吸した。

俺が盾を出して前に行こうとしたら、それをルリカに止められた。

「なら私、セラ、ヒカリちゃん、サークにサハナで一体ずつ倒しましょう」

俺がルリカの方を見ると、「任せて」と言われた。

「二人は戦ったことない？」

「は、はい。ウルフはありません」

「大丈夫よ。二人の強さなら落ち着いて戦えば楽勝よ」

ルリカの言葉に、二人の肩から力が抜けたように見えた。

俺が初めて魔物を前にした時よりも落ち着いている。

俺の場合は突然戦闘に巻き込まれたから、あの時は無我夢中で余裕がなかったんだけど。

「ウルフは素早い。サークは大振りしないように注意する」

「ここは森の中です。魔法を使う時は注意が必要です。ただサハナちゃんの実力なら、槍《やり》で十分倒せると思います。ただ槍で戦う場合は、木に引っ掛けないように注意してください」

さらにヒカリとクリスが二人にアドバイスしている。

ミアがプロテクションを使ったので、俺も二人にシールドを使っておく。

「ねえ、ソラ。ウルフをこっちに誘導することって出来る？」

「……大丈夫そうだ」

俺は影の位置をＭＡＰで確認してルリカに答えた。

「なら少しサハナが戦いやすい場所まで移動しましょう」

俺たちは木が少なく、ある程度広いスペースのある場所まで移動すると、早速影を使ってウルフを誘《おび》き寄せる。

その間にこちらも準備を始める。

ヒカリとルリカ、セラの三人は森の中に隠れ、そこでウルフを仕留めるつもりらしい。

ヒカリは木の上に飛び乗っている。

サークはそれを見て「俺も！」と叫んだが却下した。

物凄《ものすご》く不満そうな顔で見てきたが、サハナにすぐ叱られた。

「来るぞ」

武器を構えること数分。影が近付いてきたのが分かった。

俺の声に応えるように、木の間を縫って駆けてくる影の姿が見えた。

追っているのは二体。三体の反応は既に消えている。仕事が早い。

影は広場までやってくると、跳躍して俺たちを飛び越えた。

続いてウルフが現れて、前に立つ二人に跳び掛かった。

戦闘は、元々動きの良かった二人に敵うわけなく、呆気《あっけ》なく終了した。

サークがコンパクトに剣を振り抜けば、ウルフはその刃を躱《かわ》すことも出来ずに絶命し、サハナは攻撃を躱すとすれ違い様に槍を一突きして仕留めていた。

「ん、終わった？」

戦闘が終わって間もなくして戻ってきたヒカリに、サークは胸を張って自慢げにしていたけど、

「減点。それじゃ報酬が減る」

と言われて戸惑っていた。

「サハナは上手。高く売れる」

俺は二人にヒカリの言いたいことを伝えた。

ギルドに素材を売る場合は、出来るだけ毛皮など、素材を傷付けずに倒すことが大事だということを。

「けど良かった。普段から大振りしないで戦えば、もっと強くなれる……と思う？」

サークはヒカリに褒められてデレデレしているが、最後の言葉は聞こえてないのかもしれない。

サハナは少し呆《あき》れ顔《がお》だけど、同じようにクリスに褒められたら頬を綻《ほころ》ばせていた。

その後再び移動を開始したけど、やはりはっきりとした目印がないから探すのは難航した。

「皆で分かれて探した方がいいかな？」

俺が思わず呟《つぶや》いたその時だった。

俺のフードの中で休んでいたシエルが動いた。

フードから這《は》い出て俺の肩にちょこんと乗ったシエルは、しばらくして右方向に耳を傾けた。

「シエル？」

思わず呟いてシエルを見ると、一瞬だけ目が大きく見開かれた。

「そっちに行けってことか？」

小さくコクリと頷くのを見て、俺は歩き出した。

途中途中に耳で軌道修正されるが、それに従って歩く。

ミアたちも突然歩き出した俺の後を、黙ってついてきてくれている。

シエルの指示通りに進んでいくと、徐々に空気が重くなったような変な感じを受けた。何かが腐ったような臭いもしてきた。

そして行き着いた先には……草木は枯れ、黒く変色した地面があった。

「シエル……」

俺がシエルの方を見ると、フードの中に戻っていくのが見えた。

辛《つら》いのを我慢して、俺たちに場所を教えてくれたみたいだ。

『ありがとう』

と念話を送るともぞもぞと一度だけフードが揺れた。

「シエルちゃんが？」

「ああ」

「……まずは浄化するね」

ミアが魔法を唱えようとしたら、サハナが止めに入った。

「待ってください」

「サハナちゃん？」

「出来れば少し持って帰りたいです」

ミアは困ったようにこちらを見た。

確かにここ一帯は、リエルの近くで見たものよりも状態が酷い。魔力察知を使うと、魔力に歪《ゆが》みのようなものを感じた。

俺はどうしようかと思って……ふと思い付いて鑑定してみようと思った。

【エロオスの土】呪いに感染した土。アンデッドを生み出す。


リエルの時はここまではっきり表示されることはなかった。

俺が鑑定結果をサハナに告げると、

「……図書館で調べれば？　ううん、それともお父様に聞けば……？」

とぶつぶつ呟いていたが、持って帰るのは危険だと判断したのか、

「危ないので諦《あきら》めます。ミアさん、よろしくお願いします」

と頭を下げて頼んできた。

ミアは頷《うなず》くと、聖水を撒《ま》いて祝福を唱え、さらに聖域で変色した土一帯を囲った。

しばらく変化が見られなかった土は、黒い蒸気を上げると徐々に黒色が抜けていった。

俺がそれを見て鑑定すれば、先ほど見えた【エロオスの土】という表示は現れなかった。


すっかり日が暮れたということもあって、今日は森の中で一泊することになった。

先ほどウルフと戦った場所まで戻り、そこに魔法で家を建てた。

「解体するのか？」

「うん、サークとやる」

どうやらヒカリはウルフの解体の仕方をサークに教えるようだ。

そこで解体班と料理班に分かれることになった。

解体はヒカリとルリカ、セラにサークの四人で、解体用の一室を作ったのでそこで作業してもら

う。

「……あの、一つ聞いてもよろしいですか？」

「ん？　何だ？」

「シエルっていうのは誰なのですか？」

料理を開始してしばらくすると、サハナが思い出したように聞いてきた。

「何処《どこ》でその名を？」

「……さっきソラさんとミアさんが呼んでいるのが聞こえました。それにソラさんは一人でぶつぶつと名前を呼んでいましたよ？」

冷静に考えると、念話を使わずに口に出していた。

俺は料理をする手を止めて、ジッとサハナを見た。

既に色々な事情を知っている子だ。精霊に対する憧れもあるようだし、話してもいいと思った。

本当はシエルが元気な状態で紹介したかったというのもあるが仕方ない。

「シエルというのは、俺が契約している精霊の名前なんだ」

「えっ、ソラさんもエルフ様なのですか？」

この世界では精霊と親しいのはエルフという構図が一般的だから、サハナはそう思ったのだろう。

「違うよ。何というか変わった精霊で、理由は分からないけど契約出来たんだ」

普通の精霊がどういう感じか分からないし、実際俺が見ることが出来る精霊はシエルだけだから変わってはいると思う。

「そ、そうなのですか？」

「ああ、論より証拠って言うし、これを身に着けてみてくれ」

俺がそう言って渡したのはエリアナの瞳だ。

サハナは首を傾《かし》げながらそれを受け取ると、大きく目を見開いた。

その視線は俺の首元、フードに注がれている。

「えっ」

驚いたのか、手に持ったエリアナの瞳を落として、慌てて拾い上げた。

「その、白い子がソラさんのフードの中にいます！」

その声にフードが揺れたが、すぐに収まった。

「あの、元気がないような気がします」

「ああ、実は……」

俺はスミレの一件を話し、その時シエルが何をしたのかを予想も交えながら説明した。その際エリアナの瞳――精霊を見ることが出来る魔道具についても話した。

「そのようなことが……」

サハナはそれを聞いて驚いていた。

「力を使い過ぎて元気がなくなることは前にもあったんだ。けどすぐに回復して元気な姿を見せてくれたんだけど、今回は何日もこの状態でね」

「……大丈夫なのですか？」

「それでサハナに聞きたいんだけど。マルテの商業ギルドで月桂樹の実の話を聞いたんだが、アルテアだと手に入りやすいということはあるのか？」

「月桂樹の実、ですか？」

俺はトウマから聞いた、月桂樹の実を食べて体調が少し良くなったという話をした。

その時は仲間の半数以上が体調が悪かったため、分けて食べたから一人あたりの量も少なかったらしい。

それなら一個丸々食べたらどうかと思い、試す価値はあると思っている。

……違うな。それしか手が思い付かないんだ。

「すみません。その辺りは私には分かりません。ただ、お姉様に聞けばどうにかなるかもしれません」

「そういえばお姉さんがいるって言ってたね」

「はい、自慢のお姉様です」

ミアの言葉に答えるサハナの声は弾んでいた。

「それじゃ悪いが聞いてもらってもいいか？　俺たちもアルテアに行ったら商業ギルドで聞いてみるつもりだけど」

「分かりました。あ、それでその、説明する時に精霊様の……シエル様の話をしてもいいですか？あとお父様にも話すことになるかもしれません。お父様も精霊様は大切にしていますから、悪いようにすることはないと思います」

「お願いしていいか？」

それで月桂樹の実が手に入る確率が上がるなら俺は構わないと思った。

料理の準備が終わり、のんびり話していたら隣の部屋からヒカリたちが出てきた。

ヒカリから解体した素材をいくつか受け取ると、

「おい、これも預かっておいてくれ。アルテアに着いたら忘れずに返してくれ」

と言って今度はサークから素材を受け取った。

ルリカに後で教えてもらったのだが、あれはサークとサハナが狩ったウルフの素材らしく、帰ったら家族に渡すと言っていたらしい。

その日は影とエクスに見張りに立ってもらい、皆で休むことになった。


翌日は少し早めに起きて出発すると、お昼前には街道近くに到着した。

料理の準備をする間、何故《なぜ》か俺はサークと模擬戦をすることになった。

初めて模擬戦をした時と比べて動きは格段に良くなっているけど、まだまだ俺の方が強い。

お昼を食べて休憩を挟んだら、クロワ方面に向けて街道を歩いた。

途中何台もの馬車に抜かれ、向かいからやってくる馬車ともすれ違った。

日が暮れるまで歩いたら夕食を食べて、ＭＡＰを確認して影の引く馬車に乗った。

「少し距離があるから、速度を出すぞ」

一言断って走らせると、俺の隣に座るミアが驚いて俺の腕に抱き着いてきた。

柔らかいものが当たったが、ここは平常心だ。

結局影が頑張り過ぎたのか、日が昇るかなり前に目的の場所まで到着出来たから、そこで皆を起こして移動した。

朝食後に少し仮眠を取ることになったけど、シエルの助けもあってその日のうちに目的の場所に到着した。

そこは一つ目の場所と比べて被害は小さかったようで、鑑定しても【エロオスの土】という表示は出なかった。

ミアも浄化するのが楽だったと言っていた。

その足で街道まで戻ると、次は来た道を戻ってマルテを通り過ぎ、フォルク方面に向かう。

日数的に厳しかったらマルテに寄って、サハナに事情を領主に話してもらって定期船の出向時間を調整出来ないか頼む予定だったが、このままのペースなら間に合いそうだ。

定期船は積み荷を運び出す関係で一日は必ず滞在するという話だからね。


「くそう、また負けた」

マルテを旅立って七日目。サークと模擬戦をした日以来、毎日一回はサークと模擬戦をすることになった。

今日も戦い、サークは悔しそうにしている。

「それじゃ今日も反省会でもしようか？」

倒れたサークに水を差し出しながら、ルリカが言った。

それを受け取ったサークは一飲みすると、素直に頷いて立ち上がった。

俺との模擬戦が終わると、ヒカリたち三人による指導が入る。

俺も昔、よくルリカに鍛えられたものだ。サイフォンも参加して、酷い目に遭った記憶がある。

「何遠い目をしているの？」

ミアが不思議そうに聞いてきたが、事情を知っているクリスは苦笑している。

「ソラさん、お兄様はどうですか？」

「日に日に強くなっていると思う」

俺の答えに、サハナは頬を綻《ほころ》ばせた。

口では辛辣《しんらつ》なことを言っていても、やはり兄の成長は嬉《うれ》しいのだろう。

「そうですか……けど調子に乗るので、ソラさんにはこのまま頑張って欲しいです」

それは負けるなということですか？

俺が微妙な顔をしたせいか、ミアとクリスに笑われてしまった。

その日も昼間は歩き、夜は影の引く馬車で移動する。

翌朝は街道から外れて山の麓《ふもと》にある森を目指した。

トウマの話ではその森の中に木が密集していて、枝葉がちょうど屋根になっているようなところがあり、そこを一時期拠点にしていたとのことだ。

「魔物の反応があるな」

「ん、これウルフじゃない」

シエルの指し示す方向とは違う場所にいるけど、これは狩っておいた方がいいな。

俺は進路から外れることを皆に話し、魔物を倒すため反応のある方に進む。

見えてきたのは猪《いのしし》のような巨体。ヒカリはそれを見てちょっと喜んでいる。

「ミア」

振り返り、ミアにシエルを渡した。

「俺が引きつけるから、仕留めるのは頼んだ」

俺はアイテムボックスから盾を取り出した。

「ん、サークは主が止めた個体を倒す」

ヒカリはそう言うと器用に木の枝に飛び乗った。

俺はヒカリの動きが止まったのを確認すると、挑発を使った。

するとビッグボアの目が一斉に俺を捉《とら》えると、唸《うな》り声を上げて突進してきた。

この辺りが縄張りになっているのか、木と木の間はビッグボアの巨体が余裕で通れるほどの間隔が空いている。

俺はリエルの時と同じように土魔法のアースウォールを使用する。

数は三体だから、そのうちの二体の足を鈍らせれば、その間にヒカリと……ルリカが仕留めてくれるだろう。

セラは今回残ったようだ。ミアたちの護衛兼、サークが仕留められなかった時の補助要員といったところかな?

そんなことを思っていたけど、模擬戦の成果か、俺が突進を止めたビッグボアをサークは一突きで仕留めた。

アイテムボックスでビッグボアを回収してルリカ、ヒカリの順に回る。

ヒカリの足元には、虫の息のビッグボアがいた。

「主、このビッグボア大丈夫?」

俺はヒカリが何を知りたいのか分かったから、横たわるビッグボアを鑑定した。

「特に変なところはないし、大丈夫だな」

鑑定しても呪いの表示はなかった。

それを聞いたヒカリは止《とど》めを刺した。死んでいると状態が見えなくなるからな。

「今すぐには無理だけど、後で解体しような」

「うん」

ヒカリは満面の笑みを浮かべた。

リエルの時、ビッグボアを処分することになって落胆していたからな。

「お兄様、どうしたのですか?」

サハナの声でサークを見ると、彼は呆《ほう》けたようにヒカリを見ていた。

ヒカリもそれに気付いたようで、小首を傾げてサークを見た。

サークは顔を真っ赤にして、視線を逸《そ》らしていた。

「ふふ、ヒカリちゃんの笑顔は破壊力抜群ね」

ミアがそれを見て楽しそうにしている。

昔に比べれば笑うようになったとはいえ、それでもレアだからな。

俺はヒカリの倒したビッグボアを回収すると、来た道を戻って、再びシエルの指示に従い森の中を進んだ。

一時間ほど歩いた頃だろうか、俺の足が止まった。

「どうしたんですか?」

「いや、何でもない。先を急ごう」

クリスに声を掛けられて我に返った俺は、歩き出した。

薬草の群生地らしき場所を見つけたが、今は我慢だ。

さらに一時間ほど歩いたら、トウマたちの言っていた場所に到着した。

「ミア、頼んだぞ」

「うん、任せて」

ミアの作業を見守りつつ周囲を警戒する。気配察知で何もいないことは分かっているが、何が起こるかは分からないからね。

ただ浄化による作業は何事もなく終わり、これで三個所全ての浄化が完了した。

「少し休むか？　それともすぐ帰るか？」

「……戻りましょう」

クリスが目配せすると、サークを除く他の面々が頷《うなず》いた。

俺は歩いている以上疲れないからいいけど、クリスたちもタフになったな。ダンジョンで鍛えられたというのもあるに違いない。

そんなことを思いながら歩いていると、

「ソラ、少し待ってください」

と途中でクリスに呼び止められた。

「やっぱり休憩した方がいいか？」

と聞くと、

「そうね。あそこで休憩しようか？」

とルリカが言ってきた。

その指差す先は……薬草の群生地らしき場所。

「さっきのソラは、行きたそうだったさ」

セラの言葉に、ルリカとクリス、ミアの三人が笑った。

サークとサハナはよく分かってなさそうだ。

ヒカリは……たぶん頭の中はビッグボアの肉が大半を占めてそうだ。

「どうせ今日中に街道まで戻れないんだから、少しぐらい寄り道してもいいと思うよ？」

その言葉に少し迷ったが、皆の厚意を素直に受けることにした。

スキルの熟練度を上げるため、実は結構な量のポーションを個人的に消費していた。

だから薬草の群生地を見つけた時は、採取したいと思っていたのだ。

クリスたちもそれを分かっていたから、きっと寄っていかないかと提案してくれたんだと思う。

「それじゃソラはいつも通り採取を頑張って。サークはヒカリちゃんに、サハナは……クリスに薬草の見分け方を教わりながら採取するといいよ」

ルリカの言葉に、サークとサハナは素直に頷いている。

どうやら俺だけのためでなく、二人に薬草採取を体験させる目的もあったようだ。

そうと分かれば俺は薬草採取に励む。採取された形跡がないということは、ここまで採りに来る人はいないのだろう。

結局二時間近く採取をしていたので、この日は森の中で一晩過ごすことにした。

森の中の方が家も建てられて、快適に過ごせるからね。

「主、解体する」

ビッグボアは大きいから、とりあえずヒカリの倒した一体を解体するようだ。

それと誰もやったことがないから、解体の仕方を本で読んで知っているクリスが立ち会うようだ。

「サハナも向こうに行くか？」

クリスを目で追っていたサハナに尋ねたら、

「料理を作ります」

との返事が返ってきた。

なら今日は少し今まで作ったことのない料理を作ってみるか。

俺は新たに石窯を魔法で作ると、ピザを作ることにした。

サハナは初めて見る料理のようで驚いていたが、すぐに切り替えて真剣に俺の説明を聞き始めた。

その後は解体したビッグボアの肉を焼いて欲しいとヒカリから頼まれ、さらに希望する味付けで調理した。

その美味《おい》しそうに食べる姿にまたサークが見惚《みと》れていたが、あの幸せそうな顔を見せられたら仕方ないかな？

見張りを影とエクスに任せて、俺たちは休むことにした。

ただ俺はすぐには寝ないで、ステータスを呼び出す。


名前「藤宮そら」　職業「魔導士」　種族「異世界人」　レベルなし

HP580／580　MP580／580（＋200）　SP580／580
筋力…570（＋0）　体力…570（＋0）　素早…570（＋0）
魔力…570（＋200）　器用…570（＋0）　幸運…570（＋0）

スキル「ウォーキングLv57」
効果「どんなに歩いても疲れない（一歩歩くごとに経験値1取得）」
経験値カウンター　158171／1410000
スキルポイント　3

影の引く馬車を利用して移動していたけど、日中の移動は徒歩だから経験値を稼げた。

昨夜ステータスを確認した時に今日上がるな、と思っていたけど、予定通りウォーキングのレベルは57になった。

これでスキルポイントが3になった。時空魔法は気になるが、これを習得するとスキルポイントが0になってしまう。

ウォーキングのレベルを上げるのも大変になってきたし、ここは保留しておくか。急に必要なスキルが現れるかもしれないし。

それに今覚えても時空魔法は使えないし、MP消費軽減のレベルが上がって使えるようになっても、時空魔法でMPを消費すると、転移や他の魔法を使う余裕がなくなってしまうからね。

閑話・5

「今……、何と言った？」

その声には、明らかな怒気が含まれていた。

男は頭《こうべ》を垂れながら、息を呑《の》み……もう一度同じ言葉を述べた。

必ずこのことは王の耳に入るのだから、ここで嘘を言っても仕方がない。

「勇者たちの乗る馬車が、魔人に襲撃されました」

ミシッという音がした。

長い沈黙が続き、男の喉《のど》がカラカラに渇いていく。

「……それでどうなった？」

いつもよりも低い声に、体が震える。

「……はい。帯同していた第二騎士団は半壊。多くの死傷者が出ました」

「……勇者共は？」

「剣王、剣聖は無事です。聖騎士は負傷。聖女と魔導王は魔力枯渇により意識不明……そして精霊魔法士は魔人によって連れ去られたそうです」

一応魔人にも被害を与えたという話だが、倒してまではいないと報告を受けている。

個人的には今の装備で魔人を撃退したことに称賛を与えてもいいと思っているが、王はそれを許さないだろう。

「……何故《なぜ》そのようなことが起こった？　勇者共のことは極秘事項だったはずだ」

案の定、明らかに機嫌が悪い時の声音だ。

「……仮説になりますが、プレケスに滞在する者からドラゴンの素材に関する情報が出回っていることが確認されました。ドラゴン討伐の件も一部の者しか知らないはずです。それが……」

「それが出回っているのは、誰かが話したということか？」

「……はい」

「ドラゴン討伐の話が魔人共の耳に入り、我々の戦力を削りに来たと考えているのか？」

「……可能性の一つと考えています……それと……」

「何か他に気になることでも？」

「勇者の存在を魔人が知っていたのかもしれません」

「ふむ、何故そう思う？」

男は勇者たちと同時期に召喚した、一人の少年の話をした。

あれの消息は、魔人の目撃情報と共に消えた。

オークに殺されたのか、魔人に殺されたのか正確なところは分かっていないが、後者なら魔人に他にも召喚された者がいると漏らしてから殺された可能性もある。

「あの運搬しか能のなかった餓鬼《ガキ》か……あの時は魔人の目くらましになると思っていたが、裏目に出たということか」

「……はい」

あくまで可能性だが、ここ一〇年近くドラゴンを討伐するレベルの冒険者は出てきていない。帝国にドラゴンを狩った経験のある凄腕《すごうで》の冒険者はいるが、あれは他国に出向くことはないことが分かっている。

だから今回のドラゴン討伐の噂と、異世界人の召喚の件とを繋《つな》げて考えても不思議ではないと思った。

「……とりあえずプレケスで調査を行え。ドラゴンに関する情報がどのように流れていたかを調べ上げ、その原因となった者にはそれ相応の責任を果たしてもらおうではないか」

男が返事をしようとしたその時、突然扉が開いて中に入ってくる者がいた。

この部屋の所在は王城でも一部の者しか知らないはずだ。

男が顔を向けると、顔を真っ赤にした初老の男——宮廷魔導師の長がいた。

「何用だ？」

明らかに王の機嫌は悪い。当たり前だ。

だが初老の男は興奮しているのか、それに気付かず王に近寄り一礼すると、

「剣が目覚めましたのじゃ」

と告げた。

それを聞いた王からは、先ほどまであった不機嫌な雰囲気が消えた。

「それは本当か？」

「この目で確認しましたのじゃ」

「ふむ、なら後で私も確認に行こう」

「よろしくお願いしますのじゃ」

初老の男は深々と頭を下げた。

剣……真の勇者のための世界で一振りしかない聖剣。普段は王城の剣の間と呼ばれる一室に保管されていて、そこには王家の血筋の者と勇者しか入ることが出来ない。

なら何故初老の男がそれを知っているのかといえば、剣の間の扉に嵌《は》め込まれた宝玉のお陰だろう。

あれが青から赤に変化した時、剣が目覚める＝勇者が覚醒《かくせい》するという言い伝えが残っていた。

「ふむ、……なら勇者共が帰還次第、誰がそうなのかを極秘で調べるがよい」

勇者の存在は味方の士気を上げるにはうってつけだと思ったが、王はその存在を隠したいようだ。

きっと王には何か考えがあるのだろう。

男は頭を深々と下げると、静かにその場から消えていった。

第5章

マルテを出発してちょうど一〇日目の朝。俺たちは戻ってくることが出来た。影馬車のお陰だな。

徐々に大きくなってくるマルテを見ると、港の方に大きな建造物があった。

「ねえ、あれって」

「ああ、船だよな」

ミアの言いたいことは分かる。船だね、あれ。

予定よりも一日早く到着したのか、それともさらに早く来たのか。少なくとも前通った時は……夜で見つからないようにかなり速度を上げていたから見る余裕はなかったな。

やがて俺たちがマルテの入り口まで来ると、そこには右に左にと忙しくウロウロする身なりの良い一人の中年男がいた。

その男は俺たちに気付くと、こちらに駆けて来た。走って疲れたのか、息を切らして辛《つら》そうだ。

「どうしたんだ？」

そんな男に、サークが不思議そうに尋ねた。

「ふ、船が到着したので。町に戻られていなかったので、待っていたのです」

息も切れ切れで辛そうなのに、男はサークの問い掛けに答えた。

「予定よりも早く到着したのか？」

「は、はい。それで出港の準備は出来ていますが、どう致しましょう？」

話によると、定期船は二日前に到着していたそうだ。

ちょうど俺たちがマルテの前を通り過ぎた翌日に到着したということか。

それとトウマたちは既に乗船しているとのことだ。

「ソラさん、どうしますか？　疲れているようなら宿で一泊してもいいと思います」

サハナのその言葉に男は顔を引き攣らせた。

「あー、俺は大丈夫だけど、皆は？」

あんな顔を見せられると断るのが可哀想だ。

他の皆も俺と同じ意見だったようで、男はホッとしていた。

「ではすぐにご案内致します！」

俺たちは男に先導されて、マルテへの入場手続きを済ませるとその足で港へと向かった。

町に入ったところにはリチャードたち騎士が控えていて、何故か囲まれて歩いた。

そのせいで住民の注目を浴びることになり、居心地が非常に悪かった。

気にしていないのはヒカリとサークとサハナと……セラぐらいだ。

特に中央広場で屋台を出している顔見知りの店主たちは、何事かと視線を送ってきた。

「それではお気を付けて」

男は俺たちが船に乗り込む間、深々と頭を下げていた。

間近で見る船は大きく、迫力があった。

中に入ってまず目に付いたのは木箱の山。両端には階段があり、それを上ると甲板に出られるそうだ。

基本この空間に荷物と人が待機して、甲板にはあまり出ないとのことだ。

ちなみに船を動かすための動力炉は下にあるそうだが、そこに入ることは出来ないそうだ。

そんなに申し訳なさそうに言わなくてもいいんだよ?

たぶん旅の途中で、サハナにこの船がどうやって動いているのかを聞いたのが原因だろうな。

「甲板に出ることは出来るのか?」

「はい、問題ないです。けど、特に何もないですよ」

俺はその言葉を受けて、その前にトウマたちと会って、鑑定で特に変わりないことを確認してから甲板に上がった。

船はまだ出港しないでいたが、ちょうど俺たちが甲板に出たタイミングでゆっくりと動き出した。

「進んでる」

ヒカリは船が動き出すと駆け出した。

転落防止用の柵《さく》があるから大丈夫だと思うが、俺たちもその後に歩いて続く。サークだけは走って追いかけてたけど。

「主、水の上を進む。不思議」

ヒカリはゆっくりだが前に進んでいく船に興奮しているようだ。

逆にミア、クリスは甲板から下を覗《のぞ》き込んで怯《おび》えている。

「風が気持ちいいいさ」

「馬車もこれぐらい静かならいいのにね」

セラは気持ち良さそうにしている。

ルリカ。それは改良しろということか？

俺はキラキラと光る湖面を眺めながら、その視線を前方に向ける。

その先にはアルテアがあり、近付くにつれてはっきり見えてきた。

マルテの塔から見たアルテアは、まるで一枚の絵画のような美しさだったけど、今目の前に迫るアルテアを見て思わず息を呑んだ。

一言で言うと強固な要塞《ようさい》。そんな印象をその外観からは受けた。

「凄《すご》いね」

ミアがその大きな外壁を見上げて言った。

この定期船以外の船では島に近付くことは出来ないという話だったが、何を想定してこんな強固な外壁を造ったのだろうか。

魔人？

一瞬脳裏に浮かんだ。

でも魔人なら空を飛ぶことが出来るし、それはないか。

「どうだ。驚いたか！」

俺たちが驚いているのを見て、サークが胸を張っている。

「別にサークが凄い訳じゃない」

「まったくです。勘違いも甚だしいですよ、お兄様」

辛辣《しんらつ》な言葉を受けて、その元気はすぐに失せていたけど。今回はヒカリの一言もあったからなのか、普段よりもダメージが大きく見える。

「そろそろ到着です」

まるでサハナの言葉を待っていたかのように、目の前の外壁が左右に割れていく。

船はそれに合わせるように速度を落とし、ゆっくりと中に入っていく。

そして船が完全に停止すると、背後で外壁が閉まる音が聞こえてきた。

港には数人の人がいるだけだったが、素早く渡し板を用意して荷物を運び出している。その殆《ほとん》どが空箱だということだから、それほど人数はいらないそうだ。屈強な男たちが箱を軽々と運んでいる。

それに次の出港は早くても一〇日以上後になるとサハナは言っていたから、急ぐ必要もないのかもしれない。

しかし……。

俺は思わず空を見上げた。

正確にはアルテアの上空を覆い尽くすように広がる樹の枝葉だ。

「不思議です」

クリスも同じように樹を見上げ、そして街へと視線を移した。

そう、アルテアの街は上空を枝葉に遮られているのに、日の光がしっかり射し込んでいる。

まるで枝葉が光だけを通しているみたいだ。

何よりこの樹を眺めていると、心が不思議と落ち着く。

「それで、この後はどうすればいいんだ？」

少なくとも宿を取る必要はある。

あとはこの街に保護されている奴隷に関する情報と、月桂樹の実は……サハナがお姉さんに聞いてくれるということだから、頼らせてもらおう。

「……私たちも一度家に帰らないといけませんし、知り合いの宿、というか泊まれるところを紹介するので、ソラさんたちはゆっくり休んでください」

サハナの家に帰るという言葉に、サークがビクリと肩を震わせていた。

その後俺たちは船から降りると、サハナの案内のもとアルテアの街を歩いた。

アルテアの街は城が中央に位置し、そこから円形に広がっているそうだ。また今俺たちがいる場所が一番高所になり、中央に行くほど低くなっている。

だから今俺たちは緩やかな坂道を下っている。

建物は聖都メッサやマジョリカと同じように西洋風のものが多い。

ただメッサやマジョリカは整然とした街並みだったが、ここアルテアは街の中央から離れるほどごちゃごちゃとしている。

これは限られた土地で生活をしないといけないアルテア特有の事情も関係しているそうだ。

そこには奴隷を保護して人口が増加しているというのもあるみたいだ。

アルテアは奴隷を保護しているけど、決してこの街での生活を強制していない。奴隷生活で心に傷を負ったならそれが癒えるまでケアをするし、無一文で外に放り出せば生活に困るから、仕事を斡旋《あっせん》してある程度のお金が貯まれば出て行っていいとも言っている。

それなのに殆どの人がそのままアルテアで生活をすることを選ぶから人口が増える一方だそうだ。きっと居心地がいいに違いない。

一つの建物に入ると、室内にいた女性がサハナに話し掛けようとしたが、俺たちの存在に気付いて困惑した表情を浮かべた。

「あら、サハナ……ちゃんじゃないかい。久しぶりだね。それに……」

「こちらは私たちがお世話になった方たちです」

サハナがそう言うとその女性は途端に笑顔になった。

「そうなのかい？　部屋は空いているし、ゆっくりしていっておくれ」

「ではソラさん。明日また伺います。それとウルフの素材をいただいてもいいですか？」

「ビッグボアはどうする？」

サークが狩ったものは、今もアイテムボックスの中だ。

「そちらはまた今度持って帰らせてもらいます。すみませんが、その間預かってもらっても大丈夫ですか？」

「ああ、大丈夫だよ」

どうせアイテムボックスに入れておくだけだし。

俺はウルフの素材をサークとサハナに渡すと、二人は明日の朝また来ることを告げて出て行った。

ちなみにここは一階が食堂、二階が宿屋として利用するための部屋。三階より上はアルテアの住人が部屋を借りて住んでいるとのことだ。

昔は宿屋をやっていたのだが、ここ十何年と外から来る人が殆どいないためこのような形になったとのことだ。

それでも宿屋を完全に廃止しないのは、俺たちのような者が稀《まれ》にだが訪れるからみたいだ。

ちなみにラクテアの町長もここに泊まったことがあると、女将さんが教えてくれた。

お昼を食堂で食べた俺たちは、女将さんに商業ギルドの場所を聞いて向かうことにした。

ただ街を歩く注意点として、外壁に近い区域には行かない方がいいと忠告された。

別に治安が悪いとかではなく、慣れない人が歩くと迷子になるからだそうだ。

商業ギルドは宿屋の前の道を下った先の右手側にある。

迷うことなく到着した俺たちは、早速中に入ったが閑散としていた。

うん、誰もいない。

カウンターの上にベルのようなものがあるからそれを鳴らすと、気の抜けたような返事の後に髪の毛がボサボサの女の人が姿を現した。

「はーい、何の用ですかー」

眠そうな声だ。

その女の人は目を擦《こす》りながら顔を上げ、俺たちの顔を見て固まった。

「えっ、あの、その、どちら様ですか？」

そして凄く取り乱している。

滅多に外から人が来ることがないということだから、知り合いが訪ねてきたと思ったのかもしれない。

俺はギルドカードを見せて、用件を伝えた。

「あ、ああ。ソラさんですね。は、はい、連絡を受けています。ただお探しの方はいないようです」

それを聞いたルリカたち三人の顔に落胆の色が見えた。

「す、すみません。ただ、その、エルド共和国出身で保護された方は何人かいました。こちらがそのリストになります」

慌てたギルド職員が、一枚の用紙を見せてきた。

ボースハイル帝国との戦争で行方不明になったと説明したから、そのこともあって調べてくれたのかな？

不思議に思いながら、ルリカたち三人にその用紙を手渡した。

三人も突然のことに戸惑っていたけど、その用紙を手に持つと食い入るように見ている。

三人の視線が上から下にゆっくり移動していき、やがてセラの動きが止まった。

「知り合いでもいたのか？」

俺の問い掛けにセラが頷《うなず》いた。

「この子だけど、何処《どこ》にいるか分かるさ？」

セラが用紙の一点を指しながらギルド職員に聞いた。

ギルド職員は名簿を確認し、

「分かります。一応確認ですが、どのような関係ですか？」

と尋ねてきた。

「子供の頃の友達さ。一緒の町に住んでいたさ」

「……分かりました。こちらがその方の住まいになります」

ギルド職員は少しの間考えていたが、やがて建物の名前と場所をメモした用紙を渡してきた。

「ただ、少し分かりにくいかもしれません。それと外から来た人との接触を好まない人もいますので、道を尋ねる時は注意してください」

俺たちはそれを聞いてどうするか悩んだけど、とりあえず街中を歩いて向かい、無理なら戻ろうということでメモに記された場所を目指した。

商業ギルドを出たら、さらに坂を下っていく。

坂を下った先には城を囲む防壁があり、正面には立派な門があって門番の姿もある。

門番は俺たちを見て警戒したような気がする。たぶん、見慣れない者だからだろう。

俺たちは右手に折れると防壁をぐるりと回ってちょうど門と反対側の裏手まで歩いた。

「この道を上ったところに広場があって、その近くの家にいるみたいね」

ルリカを先頭に、俺たちは坂を上っていく。

しばらくすると広場が見えてきて、たくさんの声が聞こえてきた。

見ればそこは子供たちの遊び場になっているようで、元気よく遊んでいる？　うん、遊んでいるな。きっとあの木の枝を使ったチャンバラも遊びに違いない。結構本格的に振り回しているような気がするけど。

ルリカたちに聞いたら、あれぐらい普通だって言われた。

「メモだと……こっちかな？」

進んだ先は住宅街になっていて、似たような家が立ち並ぶ。何処を歩いているか分からなくなりそうな景観だけど、ＭＡＰを呼び出せば位置が確認出来るし、道が分からなくなったらあの大樹を目印に歩けば帰ることが出来る。

そんなことを考えていたら、再び子供たちの騒ぐような声が聞こえてきた。

それは白い外壁の、少し大きな家の中からだった。

そしてどうやら目的地は、その家のようだ。

ルリカがドアのノッカーを打ちつけたが返事がない。今度は強めにもう一度打ちつけたら、中からドタドタとした足音が聞こえてきた。

「はい、どちら様です、か？」

出てきたのは一人の小柄な獣人の少女だった。

後で聞いたらクリスよりも一歳年下とのことだ。

その獣人の少女は俺たちを見て首を傾《かし》げていたが、ルリカ、クリスと順に見て、最後にセラを見たところで動きを止めた。

「嘘。もしかして……セラお姉ちゃん？」

「久しぶりさ、ティア」

セラが答えるとその少女は驚いていたが、セラに抱き着いて泣き出してしまった。


「落ち着いたさ」

「う、うん。ごめん」

俺たちは今、ティアのいた建物の中にいる。

あのあと泣き声を聞きつけた人たちが集まってきて大変だったけど、事情を説明すると家の中に案内してくれた。

現在この一室には、ティアを含めたエルド共和国出身の四人と俺の五人がいる。

ミアとヒカリは子供たちの世話をするということで席を外している。俺も四人で積もる話があると思ったから出て行こうとしたけど、何故《なぜ》か止められた。

この家は奴隷として保護された子たちや、親が働きに行っている間、子供たちを預かってお世話をしているところだそうだ。

ティアも保護された時にこちらに引き取られ、そのままここで生活することになったと話してくれた。

そのティアは熊の獣人らしいけど、俺の想像する熊のイメージとは違って物静かな子だった。

「こうしてセラお姉ちゃんたちと、また会えるとは思いませんでした」

ティアは捕まった当初は小柄で体が弱いこともあって、戦闘訓練に耐えられず別のところに送られた。それはボースハイル帝国の村の一つで、農作業から裁縫仕事、とにかく色々な雑用をさせられたらしい。

戦闘訓練のように痛い思いをすることはなくなったけど、それでも忙しくて何度も倒れたことがあって、その度に怒られたと苦しげに話した。

セラたちも今までの経緯を話し、現在エリスを探す旅をしていると話した。

「そっか。お姉ちゃんたち四人は仲が良かったですからね」

そんなティアの言葉にルリカとクリスが申し訳なさそうな顔をした。

「いいんです。小さい頃はルリカさんとクリスさんとはあまり接点がありませんでしたから。セラお姉ちゃんは近所だったから、時々話す機会があったんです。けど……」

「どうしたのさ？」

「セラお姉ちゃんから聞いていた二人の印象がちょっと違ったから驚いています」

「ああ、それはボクも最初思ったさ」

セラはそれを聞いて笑っている。

「それで……そちらがセラお姉ちゃんの元主人のソラさん、なんですね」

「そうさ。ルリカとクリスと会った時にボクの話を聞いていたらしくてさ。聖王国でボクのことを助け出してくれたのさ」

その後も四人の話は日が暮れるまで続いた。

たぶん家の女主人が顔を出さなければ、まだ続いていたに違いない。

「セラお姉ちゃん。また会えますか？」

「また会いにくるさ」

今回エリスに会えないのは残念だったけど、セラたちが知り合いと再会を果たせたことは素直に嬉《うれ》しく思った。

あとでそのことをミアとヒカリに話したら、二人も「良かった」と笑顔を浮かべていた。

◇サハナ視点・2

戻ってきました。

思えばこれほど長い間お父様とユイニお姉様と離れ離れで過ごしたのはこれが初めてです。何も言わずにお城を抜け出して、二人とも怒っているでしょうか？　きっと大丈夫だとは思いますが、やはり顔を合わせる時は緊張します。

お城に戻ったら案の定、騒がしくなりました。

それを見てお兄様は顔を真っ青にしていますが、こうなることを想像していなかったということですよね？

この国の行く末が少し……いえ、かなり心配になります。お父様もユイニお姉様もいるから大丈夫だと思いますが、これからも私がしっかりしないといけません。

私たちは親衛隊の方たちに連れられて、まずお父様に会いました。

お父様はアルテアを飛び出したことを怒ることなく、楽しそうに笑いながら、お兄様の話を聞いています。

ウルフを仕留めたことを伝えると、大層喜びました。

私たちも魔物とはそれなりに戦ったことがありますが、人型《オーク》の魔物としか戦ったことがなかったですからね。

だから本当は、ウルフと戦うことになった時は緊張していました。

私たちは自分たちが討ち取ったウルフの素材を渡して、それを今日の夕食に調理してもらうことになりました。

だけどせっかくですから、私が料理して驚かせたいですね。

「うむ、二人が無事で何よりじゃ。わしからは特に言うことはない。早くユイニに顔を見せてあげるのがよいじゃろう」

私たちはお父様の言葉に従い、ユイニお姉様に会いに行くことにしました。

多忙なユイニお姉様のことです。きっと執務室にいるはずです。

私たちが移動を開始すると、何人かの親衛隊の方がついてきます。

普段なら煩わしいので断っていますが、仕方ありませんね。

お兄様は不満を隠そうともしませんが、自業自得ですよ。きっとこれは数日間続きそうですが
……ソラさんたちと会う時もついてこられたらどうしましょう。

一応お城に招待する予定ですし、私たちのことも話すことになると思いますが、きっと私たちの正体を知ったら驚くに違いありません。

けど、それでクリス様に距離を取られたら悲しいです。

クリス様がエルフであることも、一応隠しておきましょう。お兄様も知らないし、話していいかはクリス様に確認を取ってからの方がいいでしょう。

「あ、ユイニ姉ちゃん」

サークの弾んだ声が聞こえました。

視線の先には、今まさに廊下の角から姿を現したユイニお姉様がいました。

ユイニお姉様もその声で私たちに気付いたようで、笑顔で手を振っています。

そして急ぎこちらに向かってきますが、その動きは優雅で女の私から見ても見惚《みと》れてしまいます。

「もう、二人とも心配したんですよ。あまり心配させないでください」

私たちがユイニお姉様の前まで移動すると、目尻に涙を溜《た》めていました。

「……ユイニ姉ちゃん、ごめん」

「ごめんなさい、ユイニお姉様」

私たちが謝ると、ユイニお姉様は私たち二人を包み込むように腕を回してきました。

その安心しきった表情を見て……痛い、痛い、痛い。

そうでした。お姉様は力が強い上に感情的になると力を制御出来なくなるのでした。く、苦しいですがここは甘んじて受け入れましょう。心配させたわけですから。

たぶんユイニお姉様の力は、お兄様よりも数倍強いです。

以前アルフリーデがため息交じりに、誤って机を破壊してしまったと言っていました。

どういう状況でそうなったか聞きましたが、結局教えてくれませんでしたけど。


お風呂《ふろ》に浸《つ》かり旅の疲れを癒やした私は、夕食の手伝いに調理場に行きました。

私も料理すると言ったら料理長が止めようとしましたが、このウルフだけは自分の手で料理したいと思い頭を下げて頼みました。

私の誠心誠意のお願いが伝わったのか、料理長の監視の下、料理をしました。

ここはやはり一番の得意料理である野菜炒《いた》めを作ることにしましょう。事前にソラさんから調味料を分けてもらっていますしね。

ただウルフの肉も使いたいから、そちらはステーキにしましょう。

ナイフを持っただけで大袈裟《おおげさ》です。

野菜をカットしている時にそんなまじまじと見られると落ち着きません。

火を使う時は注意してくださいね。そのぐらい分かっています。

これは何かって？　コンソメ味を出す調味料ですよ。

その後完成した料理を味見した料理長は、驚いて固まっていましたが失礼過ぎると思います。

ま、まあ、今まで一度も料理をしたことがなかったから仕方ないのかもしれませんが。

天才？　いえいえ、それほどでも。

「サ、サハナ様。い、いつの間に料理が出来るようになったのですか！　それに野菜に味がしっかり付いていて美味《おい》しいです。それにこのステーキの焼き加減、最高に素晴らしいです」

と料理長は心底驚いていましたね。

「これをサハナが作ったのか？　うむ、美味しいのう」

「サハナちゃん、凄《すご》いです。美味しいですよ」

お父様とユイニお姉様が美味しいと言ってくれた時は、本当に嬉しかったです。

料理を食べたあとは、私たちが見聞きしたことを二人に話しました。

ソラさんたちのこと、トウマさんたちのこと。

お父様はそれを聞いて難しい顔をしましたが、それは一瞬のことですぐにいつもの表情に戻りました。

ユイニお姉様には危ないことをしないでくださいね、と心配されました。

「それでお姉様に、一つお願いがあるんです」

私はシエル様のことを話し、月桂樹の実が手に入らないか聞きました。

「精霊が苦しんでおるのか」

「はい」

私の話に最初に反応したのはお父様でした。

「……効くか分からぬが、サークとサハナが世話になったようじゃしのう。ユイニよ、一つ都合をつけてくれぬかのう」

「分かりました」

お父様の言葉を受けて、お姉様が手配してくれることになりました。

それを聞いた私はホッとしました。

ただお父様の優れない表情が少し気になります。

「それと出来れば直接礼が言いたいのう。一度城に招待するのもよかろう。その時にその精霊に月桂樹の実を与えてはどうかのう。しかし……」

元々お城へは招待したいと思っていたので、その言葉は渡りに舟です。

「ふふ、そうですね。サーク君が好きになった子に会うのは楽しみですね」

「ふむ、そうじゃのう」

お父様とユイニお姉様からそう言われたお兄様は、珍しく顔を真っ赤にしています。

「サハナちゃんはどうなの？　良い人が見つかりましたか？」

ユイニお姉様が目をキラキラさせながら私に聞いてきました。

矛先がこちらに向くとは思いませんでした。

お兄様、そのニヤケ面は何ですか？

私が睨《にら》むとそっぽを向きましたが遅いですよ？

「な、サハナにはまだ早かろう。のう？　のう？」

「お父様、大丈夫です。私にはそのような方はいません。それに……」

「それになんじゃ？」

「まずはユイニお姉様が先だと私は思いますよ？」

私が笑顔で答えたら、二人が……いえ、三人が狼狽《うろた》えています。

お父様とお兄様は「許さん！」「誰だよ、それは！」と騒ぐし、ユイニお姉様は顔を真っ赤にしています。

ユイニお姉様の色恋話は全く聞いたことがありません。

原因はお父様だって、アルフリーデが呆《あき》れ顔《がお》で言っていたのを覚えています。

ソラさんは色々と出来て優良物件のような気もしますが、クリス様とミアさんがいますからね。

こうして久しぶりの四人だけの楽しい食事は終了しました。

お父様からソラさんたちをお城に招待する許可も取れましたし、明日早速会いに行ってみましょう。

探し人が無事見つかったかどうかも気になりますからね。

◇◇◇

サハナは俺たちが朝食を終えて女将さんと談笑していた時に現れると、家族が挨拶《あいさつ》をしたいということで俺たちはサハナについていくことになった。

月桂樹の実の件もあるから、俺たちに断る理由はない。

俺たちが門の前に移動すると昨日見たのと同じ門番がいたが、彼らは少し緊張した面持ちで丁寧な対応をしてきた。そこで腕輪型の通行証を渡された。

門を通って中に入ると、城へと続く一歩道が真っ直ぐ延びていた。

その道の両脇には建物が並び、道沿いに立つ建物は兵士たちの詰め所になっていて、奥の家は城で働く人たちの住まいになっているそうだ。

そこを抜けると目の前に見えるのは水に囲まれた島だ。その島の上には城と大樹がある。

まるでマルテからアルテアを見た時と似た光景がそこにはあった。

違うのはその島に渡るための石橋が架かっていることか。

石橋を渡り、改めて目の前に立つ城を見上げた。

立派なのは間違いないのだが、城の後方に聳《そび》え立《た》つ大樹にどうしても目がいってしまう。

大樹と比べるとどうしても小さく見える。

「さあ、皆さん。こちらです」

立ち止まった俺たちを促すように、サハナが声を掛けてきた。

城の前には、武装した騎士のような人たちがいた。

彼らの装備は外の門番と明らかに違っている。また見た目も違う。

外にいた門番は人種《ひとしゅ》と獣人だったけど、彼らは竜人だった。見た目は人種と変わらないけど、鎧《よろい》の隙間から肌に鱗《うろこ》のようなものが見える者がいた。

「これはサハナ様。彼らがそうですか？」

「ええ、問題ありませんね？」

「はい、連絡は受けております」

やり取りが終わると、門番が扉を開けた。

そこを通れば広いエントランスがあり、正面には大きな扉が。左右には上に行くための階段があった。

そのエントランスにも武装した人たちが控えていた。

彼らはサハナを見ると近寄ろうとしたが、それをサハナは手で制していた。

「まずはこちらです」

サハナの先導のもと右手側の階段を上っていく。

しかしサハナ様、か。サハナが竜人であることは知っていたけど、それだけじゃないかもしれない。

よくよく考えればサハナの姉は月桂樹の実という、アルテアでも貴重な資源を扱うことが出来るほどなのだから、彼女の家族はかなりの身分なのかもしれない。

「あ、ソラさん。仮面を取ってもらってもいいですか？　事情は聞きましたが、ここなら大丈夫です」

俺は少し考えたが、サハナの言葉に従い仮面を取った。

二階、三階と上がり、ある部屋の前で立ち止まるとコンコンとサハナがノックした。

すると扉が中から開き、メイドさんが顔を出した。どうも彼女も竜人のようだ。

「サハナ様……。ユイニ様はまだ作業中ですが……」

「お姉様に会いに来ました。中でお待ちしてもよいですか？　作業の邪魔は致しません」

「……はい、大丈夫なようです」

部屋に通されると、机に向かう一人の女性がいた。下を向いていて顔は見えないが、サハナがお姉様と呼んでいたからたぶん女性だろう。

やがて仕事が一段落したのか、女性が顔を上げてこちらに視線を向けた。

その顔は整っていて、絵画のモデルを依頼されてもおかしくないほどに美しく、思わず息を呑《の》むほどだった。

ただそれ以上に気になったのは、耳の上の側頭部から横に伸びているサンゴのような形をしているもの。角か？

「初めまして皆さん。ルフレ竜王国第一王女のユイニと申します」

戸惑う俺をよそに、その女性……ユイニは立ち上がり、そう言葉を発した。

一つ一つの所作が優雅で、ミアと同じぐらいの年齢に見えるが落ち着いた大人の雰囲気がある。

ユイニの瞳は左右で色が違うオッドアイで、見詰められると不思議と落ち着いた。

ん？　けど今何て言った？　第一王女？

「サハナちゃん、もしかして話していないのですか？」

俺たちの反応を見たユイニは、サハナが自分たちのことを詳しく話していないことを察したのか、改めて説明してくれた。

「お父様も皆さんにお礼をしたいと言っていましたので、呼びに行かせますね。その間少しお待ちください」

「あ、あの、ユイニ様。お父様というのはもしかして？」

「はい、竜王になります。ただそんなに緊張しなくて大丈夫ですよ。それと私のことはユイニと呼んでください」

　クリスがおずおずと尋ねると、ユイニは柔らかい笑みを浮かべながら安心させるように言ってきた。

　その言葉に幾分か気が楽になり、俺たちはもてなしを受けながら竜王を待つことになった。

　たださすがにコンコンとノックする音が響いた時は緊張した。

　部屋に入ってきたのは一人の老人で、

「ふむ、待たせてしまったのう。ふむふむ、なるほどのう」

　俺たちの顔を順に見て空いている席に座った。

「わしが竜王国の王であるアルザハークじゃ。竜王なんて呼ばれておる。此度はサークとサハナの二人が色々と迷惑を掛けたようで、すまんかったのう」

　と自己紹介を済ませると謝罪してきた。

　一国の王というよりも好々爺《こうこうや》といった感じだ。

「話はサハナから聞いておる。それで、その子が精霊か……」

　アルザハークの赤い瞳が細められ、その視線は俺のフードへと注がれている。

　シエルもその視線に気付いたようだが、一度フードが震えただけでそれ以上の反応がない。

　アルザハークにはシエルが見えているのだと思いながら、俺はシエルをフードから取り出すとテーブルの上に寝かせた。

「……確かに元気がないようですね」

声の方を向くと、ユイニがシエルをまじまじと見ている。

「ユイニお姉様、見えるのですか？」

「白い兎のような子ですよね？　耳が垂れていて、元気が感じられません」

サハナにはエリアナの瞳を渡しているからシエルが見えるが、ユイニの言動からユイニは普通にシエルのことが見えるようだ。

「ユイニ、では月桂樹の実を」

アルザハークの言葉に、ユイニは頷《うなず》き木箱を差し出してきた。

中も見ると橙色《だいだいいろ》の三日月の形をしたものが入っていた。


【月桂樹の実】万能薬。食べてよし、飲んでよし。未成熟品。＊＊＊の劣化品。


鑑定して表示されたものがこれだが……下の二つの単語が気になる。

月桂樹の実は手に入りにくいと言っていたし、これしかなかったということか？

「シエル、食べられるか？」

俺は月桂樹の実をシエルの口先に持っていった。

普段のシエルならこの大きさのものは一口で食べてしまうが……シエルは口を開けようとしたけど、小さく開いただけですぐ閉じてしまった。

「月桂樹の実ですが、これは液体にしても効果は変わりませんか？」

一応飲んでよしと鑑定で分かっているが、聞いてみた。

「はい、効果は変わらないと思います」

俺はユイニの言葉を受けて、錬金術を使って飲み物を作った。鑑定で確認したが、名前が【月桂樹の果実液】と変わっただけで下の説明文は変わっていない。

俺はシエルを抱えながらそれをゆっくりと飲ませていく。


ゆっくりだが確実に果実飲料の中身は減っていき、やがて空になった。

俺はシエルを再びテーブルの上に寝かせると様子を待った。

しばらくすると垂れていた耳が徐々に起き上がり、今まで閉じていた目がゆっくり開いた。

そしてシエルは宙に浮かび上がったが、それは長く続かず再びテーブルの上に戻った。

それでも少しだけ状態が改善されたというのが、俺には分かった。

裏を返せば、完全に治っていないということになるのだが……。

「ふむ、やはりのう」

それを見ていたアルザハークが口を開いた。

「その精霊じゃが。まだ完全には治っていないようじゃ」

「それは月桂樹の実では治らないということですか？」

「……月桂樹の実じゃが、実は本来のものではないのじゃ」

鑑定で「未成熟品。＊＊＊の劣化品」とあったがそれと関係しているのか？

「本来の月桂樹の実は成熟すると月の光を受けてキラキラと輝くのじゃが、そこまで成長する物が今は採れないのじゃ」

アルザハークの話によると、それは長い年月をかけて徐々に成熟するものが採れなくなっていき、一年ほど前から完全に採れなくなってしまったらしい。それまでも成熟するのは年に一個が二個と言っていた。

一応今の月桂樹の実でも回復薬などの効果を底上げは出来るが、成熟したものと比べるとその伸び率は少ないとのことだった。

また未成熟品でも、出荷出来るほど育つ物も年々減ってきているという話だ。

「あの、そんなことを俺たちに話しても大丈夫なのですか？」

月桂樹の実といえば竜王国の特産品だ。そんな重大な秘密を話すなんて裏があると勘ぐってしまう。

「そう警戒せんでもよい。お主らはこのことをわざわざ口外するような者たちではないじゃろう？」

そう言われては頷かざるを得ない。

「その、竜王様。一つ質問してもよいですか？」

「ふむ、エルフのお嬢ちゃんか。よいぞ」

クリスはその返答に驚き、俺は思わずサハナを見た。

サハナは目で「言っていません」と訴えてきていた。

「ふぉふぉ。わしの目は特別でのう。例えばお主が異世界人ということも分かっておるよ」

鑑定は別に俺の専売特許ではないし、どんなに対策を立てても見破られることはある。実際、サハナにはクリスがエルフだということが分かってしまったわけだし。

逆に異世界人という言葉に、ユイニとサハナが驚いていた。

「それで、何じゃい？」

「月桂樹の実が成熟しない原因は分かっているのでしょうか？」

クリスの質問に、ユイニとサハナもアルザハークを見た。

「……実は分かっておるし対処方法も知っておる。じゃが、その原因を取り除くことが出来ないのじゃ」

「お父様。それは本当なのですか？」

ユイニの言葉に、アルザハークは頷いた。

アルザハークの説明によると、月桂樹の実が生る樹が弱っているという話だった。

それを治すには魔力を注いでやる必要があるそうだが、それはとある種族にしか出来ないということだった。

「お父様、そこまで分かっているのでしたら……」

「それが無理なのじゃよ。その種族とは……エルフでのう。条件が厳しいのじゃ」

それは月桂樹の実の生る樹に魔力を注ぐ時、一息にやる必要があるということだった。

「お嬢ちゃんの魔力量は確かに年の割に普通のエルフに比べても高いようじゃ。じゃがわしが見たところそれでは全然足りぬのじゃ。それにこの方法にはリスクもあってのう」

「リスクとは何ですか？」

クリスが再度尋ねた。

「一度魔力を注げば強制的に魔力を吸われてしまうことがあるのじゃ。じゃから足りないとその者は運が悪いと死ぬことになるのじゃ。本来ならそれに耐えうるだけの魔力を持った者か、複数人のエルフに頼むのじゃが、今の世界でその数のエルフを集めるのは難しいからのう」

確かに俺が知る限りエルフはクリスとセリスの二人にしか会ったことがない。

「その複数人とはどれぐらいいれば大丈夫なんですか？」

俺が尋ねたら、

「結局はその者が保有する魔力量次第じゃからのう。例えばエルフのお嬢ちゃんの魔力量は、わしが見たところ一五〇〇ぐらいかのう？　前回の樹の状態から考えるに、少なくとも同程度の魔力の者が六人は必要かのう」

その言葉に俺たちはアルザハークが無理と言った理由が分かった。

さらにアルザハークが言うには、エルフでも一〇〇〇を超す魔力を有しているのは珍しいとのことだ。

「それを考えると、お主の魔力量は多いようじゃ。ふむふむ、だいたい八〇〇といったところかのう？」

アルザハークは俺を見ながら言った。

それを聞いて俺は咄嗟《とっさ》に自分のステータスを頭に思い浮かべた。

今の俺のステータスは補正込みでMPも魔力もだいたいその数値に近い。

ただアルザハークの言う魔力とはMPのことを指していると思っている。

魔力を注いで減るのはMPだから。

ちなみにこの場で一番魔力が高いのはユイニで、彼女は二〇〇〇近くあるそうだ。さすがは竜王の娘といったところか？

他に方法がないか聞いたが、アルザハークはこれ以外の方法を知らないと言った。

俺はその話を聞きながら、色々なことを考えていた。

例えば月桂樹の実を複数シエルに与えたらどうなるかや、月桂樹の実自体の効果を上げる方法がないか……錬金術や創造で作れないか。あとはエルフの魔力しか受け付けないというが、魔力付与を使って何か出来ないか等々。

「あとはそうじゃのう。今は月桂樹の実があれしか用意出来ないのじゃが、またしばらくすれば収穫することが出来るはずじゃ。その子用にいくつか取っておくことを約束しよう。一つでは無理じゃったが複数個を使えば効果が出るかもしれぬしのう。あとは錬金術ギルドに月桂樹の実の効果を増幅出来るよう研究を頼むのもありかのう」

アルザハークの言葉に、俺はドキリとした。

まさに俺が今考えていたことを言われたからだ。たまたまだと思うけど。

「それと城への滞在許可を出すから、よければこの子たちに外の世界の話をしてくれぬかのう。見ての通りこの国から出たことのない子たちじゃ、そうしてくれるとわしも嬉《うれ》しいのう」

それを聞いたサハナは物凄《ものすご》く喜んでいた。ユイニも興味があるのかチラチラ見てきた。

その後、俺たちはユイニとサハナに城の中を案内してもらった。

もちろん入ることが出来ない場所もあったけど。

「ねえ、サハナ。何で王族だってこと黙っていたのよ」

「そうさ。驚いたさ」

「うん、びっくり」

最後俺たちが泊まる部屋に案内され、ユイニたちと別れる時にルリカたちがサハナに尋ねていた。

「正直に言っても信じてもらえないと思っていました。お兄様があの調子ですから」

それを聞いた三人は納得顔で頷いていた。

確かにあの無鉄砲さは王族としてどうかと思うけど、あのぐらいの年齢の子なら仕方ないと思う。むしろサハナが早熟過ぎるような気がする。サークを反面教師にした結果かもだけど。


「シエルちゃん、どれがいいかな？」

テーブルの上に並べられたのは複数の料理。それを前に、シエルは吟味している。

やがてシエルが指定したのはベーコン料理だった。

俺がそれ以外の料理をアイテムボックスに戻していると、ルリカがベーコンを小さくカットしていた。

いつものシエルなら拳大《こぶし》の大きさのベーコンでも一口で食べられるけど、今のシエルにはまだ難しいみたいだからだ。

「はい、シエルちゃん。あーん」

ルリカとヒカリが甲斐甲斐《かいがい》しくベーコンを食べさせている。

シエルはそれをゆっくり咀嚼《そしゃく》している。

「ご飯が食べられるようになって良かったね」

「そうだな。ただまだ本調子じゃないし、時間の経過でまた悪くなるかもしれないから注意は必要だな」

実際トウマたちは時間の経過と共に症状がまた出たと言っていたから、シエルのこの状態も一時的なことかもしれない。

調子が悪くなるごとに月桂樹の実を与え続けるのは現実的ではないし、やはり完治させる方法を探すしかない。

またこれはシエルだけでなく、トウマたちにも言えることだ。

アルザハークは月桂樹の実が次に採れた時、トウマたちにも与えてくれると言っていた。

ただ数に限りがあるから全員にではなく、何人かに与えて様子を見るみたいだ。

また奴隷紋については城の中にある図書館で調べられるかもとも言っていた。

アルザハークが言うには、この城の図書館には過去から現在まで、世界中の本が集まっているとのことだ。

「じゃがわしはあまり本を読むことが好きじゃないからのう。何があるかは分からぬのじゃ」

と笑いながら言われたけど。

それを聞いて図書館で調べるのはありだと思った。奴隷紋のことが詳しく分かれば、それを除去する方法の手掛かりが掴《つか》めるかもしれない。

それは同時にシエルの回復にも繋《つな》がるはずだ。

他には珍しい魔法書とかもあると聞いて、クリスが興味を示していた。

翌朝。俺たちは昨日の夕食と同じようにユイニたちと一緒に食事を摂った。

「それでは一度街の方に戻るのですか？」

「はい、お世話になった宿の人に挨拶《あいさつ》もしておきたいし、少し街中を歩きたいと思って」

昨日はそのまま城に泊まることになったからね。突然いなくなって心配しているかもしれないし。

俺の言葉にユイニは分かりましたと頷《うなず》いた。

サークとサハナの二人はついてくるとか言うと思ったが、無断で城を飛び出したから色々やることがあるそうだ。

サークが昨日の話の席にいなかったのはそのような理由もあったそうだ。

ただサハナ曰《いわ》く、

「お兄様はよく口を滑らせるので、あまり重要なことは伝えない方がいいのです」

と言っていた。

俺たちは食事を済ませると、宿に戻って女将さんにお礼の挨拶をすると、アルテアの街を歩いた。

「主」

街を歩いていると、クイクイ、とヒカリが袖《そで》を引いてきた。

「ヒカリ、どうしたんだ？」

「屋台がない」

ヒカリは大通りを歩きながらキョロキョロとしている。

ヒカリの言う通り、アルテアに来て屋台を見ていない。

それどころか人の気配が少ないような気がする。

気配察知を使っても、家の数に対して人の反応が少ない。

それが街中の一画だけなら他の場所に行っていると思うけど、至るところでそうなのだ。

街中で聞こえるのは子供の声で、大人を殆《ほとん》ど見掛けない。

そんな中で一番気になるのは、この街の中には農地が一切ないということ。

マルテではアルテアから運ばれてきた多くの積み荷を目にしているし、アルテアから食料が運び込まれているとも聞いた。

「何処《どこ》で農業をやっているんだろうな」

俺の言葉に、皆も首を捻《ひね》るばかりだった。


「こちらが図書館になります」

昼食後。ユイニとサハナに案内されてやってきた図書館は、とにかく凄《すご》いの一言に尽きた。

昨日も一度案内だけされたけど、主に場所の説明だったため入り口辺りを見ただけだった。

実際の図書館の中は広く、書架もたくさんある。

マギアス魔法学園の図書館にも本はたくさんあったけど、ここを見た後だったら霞《かす》んでいたと思う。

たぶん一人でこの中の本を全て読めと言われたら、毎日通い詰めても二、三年は、いや、それ以上かかりそうだ。

「奴隷紋……魔法関係か、名前から察するに奴隷に関する歴史書？　とりあえずその辺りから調べていくのが良いと思います」

俺たちはどの本棚に何の本が収められているかの説明を受けて、早速本を読むことにした。

一時間ほど黙々と本を読んでいたが、ヒカリ、ルリカ、セラの三人はもう限界のようだ。

お腹が一杯な上、室内も静まり返っているから眠気に襲われている。

そこへ静寂を破る者が現れた。

「ヒカリ、良かったら模擬戦をしないか！」

ドタドタという足音を響かせて館内に入ってきたのはサークだ。

「お兄様。図書館でそのような音を響かせるのはどうかと思います」

「そうよ、サーク君。以前教えたと思いますけど？」

「ユイニ姉ちゃん!?　何でここに……」

サークは驚いているようだったが、ヒカリの姿を認めると嬉しそうにした。

それを見たユイニは「あらあらまあまあ」と頬に手を添えて呟《つぶや》いていた。

当のヒカリは、

「うるさい」

と一蹴していたけど。

もちろんそんな反応をされたサークは涙目になっていた。

サークは結局そのまま本を持ってきて席に着き、真面目に……本は読んでないな。

本は開いているがチラチラとヒカリを盗み見している。

本人はバレていないと思っているだろうけど、ヒカリは気付いているぞ？

サハナなんてそれを見て呆《あき》れ顔《がお》を隠しもしない。

そして三〇分もするとサークは当初の目的を思い出したのか。

「な、なあ。ヒカリ、鍛錬所に行かないか？　今の時間なら親衛隊……この国で一番強い人たちが稽古《けいこ》しているんと思うしさ」

その言葉にヒカリが反応を示した。

強い人に興味もあるのだろうけど、ヒカリも読書はあまり好きじゃないからな。

他にも若干二名ほど興味を持った者がいるようだ。

「ふふ、ならお姉ちゃんも行こうかな。サーク君の稽古する姿を久しぶりに見てみたいし！」

それを聞いたサークはあからさまに顔を引き攣らせていたが、楽しそうに手を合わせるユイニには何も言えないようで、結局皆で行くことになった。

サハナはそれを見てため息を吐《つ》いていた。

鍛錬所は一階の、あのエントランスにあった扉の奥にあるということで一階まで移動した。

扉を開いて中に入ると、模擬刀を打ちつける激しい音が聞こえてきた。

複数同時に模擬戦をしているようで、四組が戦っている。

どうやらこの鍛錬所の奥にもまだ部屋があるようで、正面には扉がある。

「これはサーク様。今日はどのようなご用ですか？」

サークが先頭を切って室内に入ると、音もなく近付き尋ねる人がいた。

その人は緑色の瞳で、瞳と同じ色をした髪の毛が腰まで伸びている。ほっそりとした出立《いでた》ちで頼りなさそうにも見えるけど隙が一切ない。首と手首に鱗《うろこ》があるから竜人だと思うけど、マスクで口元が隠れているから性別が分からない。声質もマスクのせいでくぐもって聞こえたからね。

「アルフリーデ。僕たちも鍛錬に参加したいんだ！」

サークの言葉を受けて、アルフリーデと呼ばれた竜人は俺たちの方を見て、ユイニのところで視線が止まってため息を吐いたように見えた。マスクで見えなかったけど何となくそう感じた。

サークの声が室内に響いたせいか、模擬戦をしていた人たちは手を止め、こちらに注目している。

そしてその視線がある一点に吸い込まれるように注がれると、

「俺、今日は本気でやる。だからお前も手加減するなよ?」「今日は安心して負傷出来る。いや、むしろ負傷しよう」「この傷、まだ治ってないんだよな」「俺、隊長に挑もうと思うんだ」

と声が聞こえてくる。

「ふふ、私は滅多にここに来ないのですが、皆さんの頑張っている姿を見るのは好きなんです。私も出来れば参加したいのですが、体を動かすのはどうも苦手で」

ユイニがそう言って微笑《ほほえ》むと、止まっていた模擬戦が再び始まった。その動きは先ほど見たものよりも激しく一撃一撃が鋭くなった、ような気がする。

「はあ、やっぱりこうなってしまいました」

サハナは模擬戦の様子を見て諦めたような表情を浮かべた。

サハナの説明によると、ユイニはお淑やかで、美人、仕事も出来る。

それに聖母のように優しく、時々模擬戦で負傷した人たちに神聖魔法を使って治療することもあるそうだ。

そのためユイニの人気は、このお城で働く人たちの間では断トツに高いとのことだ。

「サハナちゃんは本当にユイニのことが好きなんですね」

手放しで褒めるサハナにクリスが言うと、我に返ったのか頬を染めていた。

「分かりますよ。私にもお姉ちゃんがいましたから」

クリスはそう言って笑ったけど、何処か寂しそうだった。

アルフリーデは楽しそうに観戦しているユイニを見て諦めたのか、模擬戦を一度止めて皆を集めた。その際ヒカリたちのことを紹介していた。

俺は参加するつもりがなかったが、何故《なぜ》かサークから戦いを挑まれて戦うことになった。

本当は断りたかったけど、名指しで指名されて、ユイニをはじめ皆の視線が俺に集中したため断ることが出来なかった。

こうして始まった模擬戦は、まあ、手古摺《てこず》りはしたけど俺が勝利した。サークは確かに日に日に強くなっているけど、俺も成長している。何度も戦っていると戦いの癖みたいのも分かってきたからね。

サークは負けて悔しそうにしていたけど、見ていた人たちは驚きの声を上げていた。

「サーク様、かなり上達しましたね。動きが段違いに良くなっていましたよ」

特にアルフリーデが褒めると、「本当か？」と嬉《うれ》しそうに喜んだ。

「なら次はヒカリ、勝負だ！」

そのままの勢いでヒカリに挑戦したサークは、それはもう、可哀想なほどボロボロにされた。

そういえば旅の途中で模擬戦をしていた時、後半になるにつれて実戦さながらの模擬戦をしていたな。何度か俺やミアが神聖魔法で治療した。

どうやらその時の感覚で二人は戦っていたようだが、対人戦においては、ヒカリは強いからな。

そして相手が本気だと、それに合わせて容赦なく戦う。加減が下手《へた》ともいう。

「上達したけどまだまだ」

と倒れたサークに声を掛け、何が悪かったかをいつものように説明している。

端的な物言いだから伝わっているかは分からないが、色々話し掛けられてサークは嬉しそうに聞いていた。

そんな一戦を見て、親衛隊員たちの顔色も変わった。

女の子が参加するということで少し空気が緩んでいたが、それがなくなった。

最終的な結果は、仲間の中ではヒカリ、ルリカ、セラの順で勝率が高かった。セラのレベルが一番高いのに、ヒカリとルリカが勝《まさ》っているのは対人戦の経験の差だろう。

アルフリーデ曰く、三人とも今から親衛隊に入っても通用するだけの実力があるとのことだ。

そして今、俺の目の前には不満そうな親衛隊の面々の顔がある。

「ヒール」

と俺が唱えると、小さな声で礼を言って肩を落として歩いていった。

いや、そんな恨めしい目を向けられても困る。文句ならサハナとアルフリーデに言ってくれ。

模擬戦はとにかく激しく、負傷者が多く出た。

ユイニの声援。サークの成長。ヒカリたちの参戦。色々な要素が重なった結果だが、これではユイニ一人で治療するのは大変だ。

そこで、俺とミアも神聖魔法が使えるということで治療することになったわけだ。

そのため俺という三分の一に当たった者は絶望し、肩を落として去っていく。

三分の二に当たった者たちは、それはもうデレデレしながら治療を受けている。一応本人たちは隠しているようだけど、頬が緩みっぱなしだ。

背後でその様子を見ているアルフリーデの目が妖しく光っているが……うん、何が起こるか分からないけど、頑張ってもらいたいものだ。

◇◇◇

城に滞在して三日が過ぎた。

奴隷紋に関する本はあったけど、治療に繋《つな》がるようなものではなかった。

「何か手掛かりはあったかのう」

突然現れたアルザハークに驚いたが、俺は気を取り直して答えた。

「残念ですがありません。奴隷紋についての歴史が載っているぐらいでした。ただそれとは別に興味深い本はありました」

俺は錬金術関係の本をアルザハークに見せた。

そこには錬金術で色々なものを作ったことが書かれていて、その中には俺が創造で作ったものも掲載されていた。

それは何百年も前のものだったから、今の世に残っていないのは何故だろうと思っていたが、作り方を見て納得した。

例えば俺はフルポーションを作るのに、創造のスキルを使って回復、マナ、スタミナポーションを各一本ずつに、魔石を消費して作成する。

けど錬金術で作るには、回復、マナ、スタミナポーションを各五本用意して作るとあった。

これなら単体で使用した方が明らかに安上がりだ。

他にも一時的に魔力を増やすポーションや、各種ポーションの上位版などが掲載されていたが、これらもお店では見掛けたことがないものばかりだ。

これは単純に作れる人が、あまりいなかったからなのかもしれないと思っている。

殴り書きで、「作れなかったよー」「嘘つき」「俺の腕が悪いのか⁉」「どうすれば出来るんだ～」と罵詈雑言《ばりぞうごん》と嘆きの言葉が並んでいた。

「一つ、竜王様にお聞きしたいことがあるのですが、いいですか？」

「ふむ、何かのう」

「ここ数日街や城の中を見て回りましたが、人の姿が少ないような気がしました。それにマルテでは食料がアルテアから送られてくると言ってましたが、農業をやるような場所もありませんでした。何処で食料を生産しているんですか？」

答えてくれるか分からなかったが、気になったから聞いてみた。

「ふむ、そうじゃのう。少年たちには一度見に行ってもらおうと思っていたし、教えてもいいかのう。ただし、一つだけ条件があるのじゃ」

「他言無用ということですか？」

「……それもあるがのう。わしの頼みは、ユイニを一緒に連れていって欲しいということじゃ」

その言葉に俺が戸惑っていると、アルザハークは一から教えてくれた。

この城の地下にはダンジョンが存在し、その中で農業をやっていること。また月桂樹の実はそのダンジョンの七階で採ることが出来ること等々。

「危なくないですか？」

脳裏を過《よぎ》ったのはマジョリカでのモンスターパレードだ。

「その心配はないのう。ここのダンジョンは龍神様《りゅうじん》が造ったとされるダンジョンでのう、この世に存在する他のダンジョンとは少し違うのじゃよ。そのため内部は管理されておってのう。強い魔物も……たまに上位種が出るぐらいかのう？　その辺りの詳しい話はユイニたちに聞くと良かろう」

「けど何だって俺たちに？」

「いつかは一度ユイニにも行ってもらおうと思っていたのじゃがな……、あとは親心というやつじゃよ。あの子の楽しそうなあんな姿を見るのは久しぶりでのう。じゃから一緒に行ってくれると嬉しいのじゃよ」

アルザハークはそう言うと、視線を横に向けた。

それを追えばユイニがいて、ミアとクリスと何やら楽しそうに話している。

ユイニは普段は仕事をしていていないけど、休憩時間にはこちらに顔を出して話している。

その時分かったのだが、ユイニは何とシエルに触れることが出来る。

それを最初見た時は驚いたものだ。ルリカとサハナが「何で、何で」と騒いだのは記憶に新しい。

特にルリカが羨《うらや》ましがった。

俺が前に視線を戻せば、その様子を優し気に見ているアルザハークの姿があった。

俺にユイニへ伝えてくれと言って、アルザハークは図書館から立ち去っていった。

俺は本を閉じて三人のもとに向かい、アルザハークから頼まれたことをユイニに話した。

「えっ、お父様が？　それとダンジョンにですか？」

最初驚き、次に嬉しそうな表情を浮かべたが、最後は顔を曇らせ悩んでいるようだった。

「もしかして都合が悪いのか？」

「……その、私は目立つので、皆さんに迷惑をかけるかもしれません」

ユイニのその言葉に、俺たちの目はユイニの瞳と角に向けられた。

ユイニが外にあまり出ないのは、忙しいというのもあるが、周囲の人に気を遣わせたり注目を集めるからだと言った。親衛隊の人たちとはそれなりに接しているため、あれでもかなりましになった方だとのことだ。昔は壊れ物に触れるような扱いだったらしい。

「街の方からダンジョンに働きに来てくれている人たちの中には、私を見ると突然祈り出したりする人もいるのですよ」

とのことだった。

「あ、ならユイニ。これを使ってみてはどうですか？」

そう言うと、クリスはセクトの首飾りを外した。

すると今まで金髪だった髪と瞳が銀色になり、丸みを帯びていた耳も尖《とが》った形になった。

その変化にユイニは目を丸くして驚いていた。

「これはセクトの首飾りといって、見た目を変化させる効果があります。ただ、角が見えなくなるようになるかは分からないので、使ってみないと分かりませんが……」

確かにクリスの言う通りかもしれない。

クリスの場合は髪の毛と瞳の色と、耳の形だが、それは元々あったものの見方を変えただけだ。それでも試してみようと思ったのは、ユイニの嬉しそうな表情を見たからかもしれない。

「使い方ですが……」

クリスが一生懸命ユイニにセクトの首飾りの使い方を説明している。

ユイニはそれを真剣に聞き、色々試しているようだけどなかなか上手《うま》くいかないようだ。

クリスがすんなり扱えたのは、元々変化《へんげ》の魔法を使っていたからなのかもしれない。

「ふふ、少し練習が必要そうね」

「なら俺たちは二人の邪魔をしないように、本でも読むか」

俺は錬金術の本の続きに目を通しながら、悪戦苦闘しながらも楽し気なユイニの声を聞いていた。


今日は大樹の下でお昼を食べることになった。

シエルがどうも大樹を気にしていると、クリスが教えてくれたからだ。

当のシエルは食欲がないのか、大樹の根元でお昼寝中だ。その安心しきった寝顔に、ルリカの頬は緩みっぱなしだ。

月桂樹の実を与えた当初に比べると、食欲が落ちてきているような気がするし心配だ。

料理の方は城の厨房《ちゆうぼう》を借りて、ミアたちがお弁当を作った。

現在ユイニの外見はサンゴのようなあの角は消え、髪の毛と瞳の色は金色に変わっている。

「お弁当を食べたらクリスたちの知り合いに会いに行くのですよね?」

ユイニが緊張した面持ちで聞いてきた。

ユイニが緊張しているのは、防壁の外に出るからと、本当に上手いこと変化出来ているか不安だからだろう。

「大丈夫です、しっかり変身出来ていますから。ただ角は見えなくなっているだけで実際はあるので、触れられると分かってしまいますし、狭いところを通る時とか引っ掛けないように気を付けてください」

クリスの言葉にユイニはコクリと頷《うなず》いた。

昨日は休憩が終わって仕事に戻り、夜になって再びクリスのもとを訪れて練習したそうだ。

「それより本当にユイニ姉ちゃんもダンジョンに行くのか？」

サークはユイニがダンジョンに行くと聞いて、物凄《ものすご》く心配している。

「ふふ、大丈夫ですよ。それに私も一度は行ってみたかったのですよ。お父様は許してくれませんでしたし、書類上では食料の動きは把握していますが、どのように作っているかは知りませんからね。この機会に是非見てみたいです」

ユイニの言葉からは楽しみにしていることが伝わってきた。

その様子を見て、サークもそれ以上反対することが出来なくなったようだ。

「サークとサハナは行ったことある？」

「ああ、僕たちは四階まで行ったことがある。そこでオークと戦ったこともあるんだぜ！」

ヒカリの質問に、サークは少し得意げに言った。

確かにオークは魔物としては強い部類に入るけど、今の俺たちなら強敵というほどではない。

俺たちがマジョリカのダンジョンで戦っていたことを、サークは知らないのかな？

「たぶん、碌《ろく》に話を聞いていなかったんでしょうね」

とサハナが呆《あき》れ気味に言った。サハナが知っているということは、誰かが話したということか。

ちなみにその先の五階にはウルフなどの魔物が出るとのことだ。

それでサハナたちは森でウルフと遭遇していた時に、戦ったことがないから緊張していたのかな？


「それじゃお土産《みやげ》も持ったし、行くさ」

食事が終わると、セラが勢い良く立ち上がった。

やはりティアと会うのは嬉《うれ》しいようだ。

ちなみにお土産とはビッグボアの肉だ。

俺たち九人は門を通り外に出ると、防壁に沿って歩いた。道中ユイニはキョロキョロと辺りを見回していた。

「あ、セラお姉ちゃん！」

坂を上り広場まで到着すると、そこには子供たちと遊ぶティアの姿があった。

ティアは俺たちに気付くと、手を振ってきた。

「久しぶりさ」

「はい、えっと」

ティアはユイニ、サーク、サハナの三人に目を向けた。

「ボクたちの友達さ。それよりも一人で面倒見てるさ？」

「はい、いつもは他の子もいるんですが、体調を崩してしまって……」

広場で遊んでいる子供の数はざっと見ても三〇人を超えている。

「ならボクたちも手伝うさ。マジョリカでは子供の相手をしたこともあったから任せるさ」

「ティア、私たちのことを紹介してよ。それとソラはそっちで休んでていいよ」

ルリカの言葉に俺は素直に従った。

前に少しだけ子供たちと会ったけど、俺だけ警戒されていたようなんだよな。ティアは苦笑して、この仮面が原因かもって言っていたけど。

城の中では仮面を外す様にしているけど、街に出るということで今は仮面をしている。

俺がベンチに座って楽し気に交流している一行を眺めていると、ティアがこちらに一人でやってきた。

ティアは俺の隣に、少し間を空けて座ると、大きく一息吐《つ》いた。

やはりあの数の子供を一人で面倒見るのは大変だったようだ。体力いるからね。しかも小さな子は予想外の行動を取るから気が休まる暇がない。

「クリスさんが休んだ方がいいって言ってくれて。それとルリカさんが、ソラさんが一人寂しくしているから相手してやって欲しいって」

ルリカなりの気遣いかな？

子供たちを見ると、それぞれのグループに分かれて遊び始めている。

ヒカリやサークたちは元気な子と追いかけっこを始めているし、逆にミアやユイニは小さな子の相手をしている。

ミアは手慣れた感じで抱きかかえているけど、ユイニは少しおっかなびっくりといった感じだ。

残った子たちもクリス、サハナ組と、ルリカ、セラ組に分かれて輪を作って話を聞いている。何を話しているかは分からないが、子供たちは真剣に聞いているように見える。

「けどティアは凄《すご》いな。俺も子供の相手をしたことがあったけど、大変だよな」

「……そんなことはないです」

ティアの表情は浮かない。

「何か心配ごとでもあるのか？」

「近頃大人の人たちが忙しいみたいで、大丈夫かな、と思っているんです。お仕事が大変なのは分かっていますけど、寂しがる子が多くて。やっぱりお父さんやお母さんと一緒にいたいと思う子が多いんです。私もそういう時があったから分かるんです」

とティアが近頃のご近所事情を話してきた。

ただ出荷時期が重なると忙しくなるのはよくあることだから、ともティアは教えてくれた。

その後夕方まで遊び、別れる時にセラがティアにお土産を渡していた。

セラたちが狩った魔物の肉と聞いてティアは驚いていた。

そしてお礼を言う子供たちと別れると、俺たちは城へと戻った。

閑話・6

「一つ聞いてもよろしいですか？」

わしが顔を上げると、険しい顔のアルフリーデと目が合った。

わしが頷くと、彼女は聞いてきた。

「なぜ、今になってユイニをダンジョンへ行かせようと思ったのですか？」

「……あの者たちにダンジョンへ行ってもらうための、理由が必要じゃろう？」

わしは正直驚いた。

まさかハイエルフをこの目で再び見ることになるとは。

イグニスからは姉を探すエルフの少女が異世界人と聖女と共にこの地に訪れるということしか聞いていなかったから。

ハイエルフ……あの者の力を色濃く継承する者だ。

その魔力量は普通のエルフとは比べ物にならない。

あの若さであの魔力量を持っているのは、本人の努力もあるがハイエルフだからだろう。

それでもやはり一人では絶対的に足りない。

わしが精霊樹の状態をこの竜眼で確認した時、保有していた魔力量は二〇〇〇を少し超すぐらいだった。

今のところ月桂樹の実が成熟しないというだけで、他に影響は出ていないが、このまま減っていくとアルテアは国を維持出来なくなる。

もっともそこまで酷い状態に陥ったら……考えるのはよそう。

確かに過去、月桂樹の実が採れなくなったことは何度もあった。

その都度多くのエルフに力を貸してもらって大樹……精霊樹に魔力を注いでもらった。

しかし今の世ではそれが難しい。

エルフの数は年々減っていき、エルフ狩りの噂も耳にしていた。

それをとある国が主導していたことを掴《つか》んだのは今から五〇年ほど前だったが、残念ながらその時にはわしが動くことは出来なかった。

下手《へた》に動いて干渉すると……あの時の悲劇が脳裏に蘇《よみがえ》った。

「せめてわしが精霊樹に魔力を注ぐことが出来ればよかったのじゃがな……昔のわしならもしかしたら出来たかもしれぬがのう」

ただ一つだけ、皆に嘘を言った。

保有する魔力量が足りなくても、あのハイエルフの少女なら精霊樹を救うことが出来る可能性はある。

それは命を捧《ささ》げるという方法だ。これは普通のエルフには出来ない方法だ。

……昔なら、もっと非情になれたかもしれない。

この世界の、この地のためならハイエルフ一人の命が失われても良いと思ったはずだ。

「何ですか？」

「いや、何でもないのう」

しかしわしは知ってしまった。温もりというものを。

あやつが怒るのはある意味仕方がなかったのかもしれない。

守る者が増えて、わしは弱くなったのかもしれないな。

「もう少し耐えてもらうしかないかのう。あの少女が成長するまでは、持つと思うしのう」

それにダンジョンに行ってもらおうと思ったのは、ハイエルフの少女が精霊樹の核に近付くことで、何かが起きるかもしれないという期待もある。

あとダンジョン内は精霊樹の影響がより強くなると思うから、あの精霊の苦しみが和らぐかもしれないという考えもあった。


「あの少年少女たちはどうするのですか？　奴隷紋でしたか？　あれは本当に治るものなのですか？」

その問題もあったか。

「エリクサーなら治すことは可能じゃろう。ただあれは禁呪の一種じゃ。奴隷紋を施された者の多くは死んだ」

「多くはということは、生き残った者がいるということですか？」

「……一時的ではあるがのう」

奴隷紋……この世界が荒れていて、大小国家が乱立していた遥《はる》か昔。敵対国家の民を従属させるために編み出された魔法だ。その副作用で人造魔人が生まれた。

その絶対的な力に魅了されて奴隷紋による兵士を作ろうとしたその国は、結局滅びた。奴隷紋を施された者の生存率が極めて低かったからだ。

その後、生まれたのが奴隷の首輪だ。従属魔法というものもあるが、あれを使える者は殆《ほとん》どいないし、奴隷紋とはまた別物だからな。

「うむ……アルフリーデはサークたちから話を聞いたかのう？」

「ええ、スミレという少女のことですよね？」

二人の話によれば、彼女の背中に羽が生えたと言っていた。

ただそれは一瞬のことで、すぐに消えたそうだ。

サハナにあの後詳しく聞いたが、あの異世界人の少年が契約している精霊が痣《あざ》のような奴隷紋を吸収したからだということだった。

その反動で現在あの精霊は弱っているみたいだ。

月桂樹の実を欲したのは、奴隷紋のある少年少女たちが、月桂樹の実を食べて一時的に体調が持ち直したと聞いたからだという。

その考えは正しい、かもしれない。

月桂樹の実は元々回復薬などの効果を上げることが出来るものではあるし、精霊とは間違いなく相性が良いのだから、人に効いたのなら精霊を回復させられる可能性は高かった。

残念ながらそれは叶《かな》わなかったが、あの月桂樹の実は未成熟品だから仕方ないとその時は思った。

なら成熟したものなら助けられるだろうか？

あの精霊からは懐かしさを感じるから、個人的にも助けたいと思っている。

そうなるとまた精霊樹の問題に戻ってくるのか……。

わしは思わず頭を抱えた。

「とりあえず月桂樹の実に関する問題は後にしましょう。エレージア王国からの要請ですがどうしますか？」

見かねたアルフリーデが話題を変えてきた。

「魔王討伐、か……」

「はい」

「そうじゃのう。……首に黒い痣を持つ少年少女を保護して、国が混乱しているから難しい。とでも連絡しておいてくれぬかのう」

「もっと直接的に言わなくてもいいのですか？」

「下手に突《つつ》くと面倒なことになるからのう。そうじゃ、獣王には秘密裏にこのことを伝えておいてくれぬかのう」

わしがそう頼むと、アルフリーデは頷《うなず》いて部屋から出て行った。

第6章

その日の朝、俺たちは鍛練所に集合していた。

「本当にユイニ様も行くのですか？」

アルフリーデの問い掛けに、

「これなら私って分からないでしょう？」

とユイニが変身した姿でくるりと回った。

その楽しそうな様子を見たアルフリーデはこれ以上何を言っても無駄だと思ったのか、一人の親衛隊員を呼んだ。

「ドゥティーナ。案内及び、ユイニ様たちの護衛をしなさい。大丈夫だと思いますが、何かあったら守るように」

「は、はい。お、任せください」

緊張しているのが傍《はた》から見てもよく分かる。ガチガチだ。

「ドゥティーナです。ティーナとお呼びください。新人ですが、こ、この身をもって皆様をお守りします！」

気合の入った挨拶《あいさつ》に、俺たちもそれぞれ自己紹介をした。

「あ、そうです。私のことはユニと呼んでください。その、一応変身していますから」

確かに名前から身バレすることもあるか。言い間違えないように注意しないとだ。

ちなみにサークとサハナは、既にダンジョンで働く人たちと言葉を交わしたことがあるためそのままで大丈夫とのことだ。

俺たちは先頭を歩くドゥティーナの後に続いて、鍛練所の奥の扉を通り抜けた。

そこには下に向かう階段があり、その傍らには台座があった。

「ソラ様たちは初めてですので、その台座に手を置いてください」

俺は言われるまま台座に手を置くと、台座が光り輝いた。

「それで登録完了です。台座は各階の階段の脇に同じようにあります。ソラ様。もう一度台座に手を置いてみてください」

俺がもう一度台座に手を置くと、ステータスパネルのような透明な板が目の前に出現した。

そのパネルには、何処《どこ》の階に移動しますか？　という文字と一階という文字が表示されていた。

「これは登録する度に移動出来る階が増えていきます。戻る時も同じように移動可能です。例えば二階の台座で一階を選択すれば、ここに戻ってくることが出来ます」

それを聞いてマジョリカのダンジョンよりも親切設計だと思った。

そう思ったのは俺だけではないようだ。

「それでは行きましょう」

階段を下りてまず目に付いたのは建物だ。

そして建物の向こう側には農場が広がっているのが見えた。

ダンジョンはマジョリカダンジョンでいうところのフィールド型と同じようで、見上げれば空が広がっていて広大な空間になっている。青空には小さな雲が浮かんでいるのも見える。

「階段近くにそれぞれ倉庫と居住区があります。ただ中は広いので、他にもあります。またここの階の中央には樹が生えています。正確に言うと各階の中央に、が正しいです。これは説明するよりも実際見てもらった方が早いと思います」

ここのダンジョン。アルテアダンジョンでいいか。

アルテアダンジョンの一階では、畑を使った農作物の栽培が行われているそうだ。

ちなみに階段の位置は固定のため、真っ直ぐ進めば次の階段があると言っていた。

「この階の広さですが、歩いて移動すると三日以上はかかります。だから荷物の運び出しや移動の際は馬車を利用しています」

「ここは下に行くほど狭くなっているんだよな」

サークの説明によると、マジョリカのダンジョンと違い、ここは下の階に進むほど階の広さが狭くなっていくとのことだ。

「それではどうしますか？　移動用の馬車は用意しておきましたが」

きっとドゥティーナは一応聞いてきたのだろう。

歩きと馬車の選択があれば、ダンジョン七階を目指すなら馬車の方が速いからね。

けど俺の答えは決まっている。

「俺は歩いて見ていくよ。他の皆は馬車で移動するといい」

予想外の答えだったようで、ドゥティーナが固まった。ミアたちはやっぱりかといった顔で見てくるし、サークなんか「馬鹿かこいつ」みたいな目を向けてきた。

俺は気にせずステータスパネルを確認した。

盗賊討伐や、呪われた土の浄化の時は馬車を利用したが、やはりここはウォーキングのレベルを上げるためにも歩きたい。

「あ、あの！　なら私も歩いて行きたいです」

するとユイニまで歩くと言い出した。

それには俺も驚いた。

「ユ、ユイニ様もですか⁉」

「ね、姉ちゃん本気か！」

「本気です。それとティーナ、私のことはユニと呼んでください。サーク君もお姉ちゃん禁止です。私もサーク君のことは、ここではサーク……と呼びますから」

サーク様と呼ぶか迷ったようだが、きっと俺たちが普通に呼び捨てにしているからそっちに合わせることにしたのだろう。

「は、はい。ユニ様」

「違います。ユニ、です」

サークとドゥティーナの心配は分かる。事務仕事が多くて、ユイニはあまり体を動かさないと言っていたし、実際長時間歩くのは慣れていない者には大変だ。

俺もスキルの恩恵がなければ、きっと馬車を選択していたと思う。

最終的にユイニの希望が通り（二人ではユイニを止めることが出来ず）、俺たちは歩いて行くことになった。

一応馬車は途中からでも乗ることが出来るから、無理をしないということを約束していた。

「サハナはあまり驚いていないね」

ルリカが歩きながらサハナに尋ねていた。

確かに皆が驚いたり、慌てたりしている中で、サハナだけは一人冷静に俺たちを見ていた。

「もしかしたらユイニお姉様ならそう言うかな、と思っていました。私が皆さんと国内を旅して回ったことを羨《うらや》ましそうに聞いていましたから」

それを聞いた俺がユイニを見れば、ミアやクリスと楽しそうに話しながら歩いている。

「まあ、最悪歩けなくなったらソラさんに背負ってもらえばいいと思っています」

「確かにソラならそれは可能だけどさ。それをするとミアやクリスが嫉妬《しっと》すると思うけどな」

サハナの言葉に、ルリカがそんなことを言っている。

それは言い過ぎだと思うよ？

「辛《つら》くなったら影もいるから大丈夫さ。馬車乗り場から離れていても、ソラなら馬車も出せるさ」

それはセラの言う通りだ。

影馬車は作業している人たちに驚かれるかもしれないけど。

俺たちがのんびり和気あいあいと歩いていると、作業をしている人の姿がちらほら見えてきた。

情報は伝わっているようで、俺たちの姿を見ても特に驚くわけでもなく、むしろ手を振ってくる者もいた。

また、ユイニの希望で農地の見学をすることになった。

ユイニはその説明に耳を傾け、疑問に思ったことを次々と質問していた。

その態度に農夫たちも気を良くして、丁寧に答えていた。

俺もロキアで受けた説明と比べながらその話を聞いていた。

その中で分かったことはいくつもある。

例えばこのダンジョン。気候は温暖で、種を蒔《ま》けばどんな野菜も栽培することが出来るとのことだ。

ダンジョンの外と同じように時間が経過し、朝と夜を繰り返す。

雨も降るが、これは五日に一回と周期が決まっているそうだ。

そのためその雨水を溜《た》める池がいくつも作られていて、そこから野菜に撒《ま》く水を確保していると教えてくれた。

また作業は交代制で、一度ダンジョンに入ると数日間はこの中で過ごすそうだ。

別に強制されているわけではなく、毎日家に戻るのが面倒だという人が多かったのと、設備もしっかりしているから快適に過ごせるらしい。

ただ妻や子供のいる人たちの中には、日帰りで戻る人もいるそうだが、今はそれがなかなか出来ないと嘆いていた。

「収穫時期で忙しいとかですか？」

「いや、作物の成長が遅いみたいでな。それで複数の野菜の栽培が重なって忙しいんだ。収穫時期も重なったりするしな。こういうことは昔も時々あったんだけどよ、近頃多いんだ」

俺が尋ねたら、そんなことを言っていた。

ティアが言っていた大人が忙しいというのは、これが原因だったのかもしれない。

働いているのは男だけでなく、女の人ももちろんいた。

ちなみに一階は野菜類の栽培を行い、二階は穀物の生産。ここで生産された穀物は、食用と三階で育てている家畜の餌になるそうだ。


ダンジョン一階に入って二日目の夕方。俺たちは中間地点まで到着した。

何故《なぜ》ここが中間地点だと分かるかというと、地面から天井まで伸びた大きな樹の幹が目の前にあるからだ。

ドゥティーナの話では、これはあの城の傍らに立つ大樹そのもののことで、ダンジョンの各階を突き破って地上まで届いているそうだ。

「ソラ、ご飯出来たよ」

ミアのその声に、フードの中で休んでいたシエルがヒカリのもとに飛んでいった。

そう、ダンジョンに入ってシエルにも変化が現れた。

昨日はそうでもなかったが、今日は朝から少し違った。

このところ一日一食にまた戻っていたのに、今日は朝食を少しだけ摂ったのだ。

また、昼間はヒカリの頭に乗って、短い時間だが飛んだりしていた。

本来の食欲とはいかないが、それでもシエルが食事を一緒に食べると雰囲気が変わる。

最初何が起こっているか分からなかったサークとドゥティーナも、サハナから一時的にエリアナの瞳《ひとみ》を借りて精霊がいることを知った。

サークはヒカリと仲良しのシエルに嫉妬し、ドゥティーナは感動して祈っていた。

本当は人数分エリアナの瞳を用意出来ればいいけど、素材がないから作れないんだよな。

夕食が終わったら皆それぞれ談笑して過ごすが、やはり一日中歩いているから早く寝る。

俺はというと大樹に背を預けながら、影を呼び出して同調を使ったり転移を使ったりしてスキルの熟練度を上げている。

あとは創造のリストを確認して、何を作ろうかと考えていた。

「ソラ、寝ないのですか？」

するとクリスがやってきて、俺の隣に座った。

正確には少し間を空けてだけど、そこにはシエルが大樹に身を寄せて休んでいる。

「大樹が気になるようでさ。横になっていたら行きたいってシエルが言ってきたんだ」

実際はジェスチャーで示してきたわけだけど。

「少し元気になったみたいですね。実は私の精霊たちも、ダンジョンに入ってから元気が有り余っているみたいなんです。不思議な場所ですね。あと、地上ではあまり分からなかったんですが、この樹を見ていると何故か心が落ち着くんです」

クリスはそう言って大樹を見上げた。

大樹。確かに不思議な樹だ。ダンジョンを突き抜けていくとかね。

アルザハークは大樹を見て、どれぐらい魔力が必要かを話していた。また俺とクリスの魔力量も分かったみたいだ。

……俺にも人物鑑定があるのに、そこまで詳しくは分からない。

けど習得スキルのリストの中には、他に鑑定関係のものは存在しない。

俺にも同じように見ることが出来るスキルがあればと思うが……。

「どうしたんですか？」

思わずため息を吐《つ》いたらクリスに心配された。

俺は少し考え、クリスに相談することにした。思えば出会った当初も、色々とクリスにスキルについて聞いたことがあった。

懐かしさを覚えながら俺がスキルについて相談すると、

「鑑定は謎が多いですし、使える人は稀《まれ》ですからね。鑑定や人物鑑定以外ですと、相手がどんなスキルを使えるか分かる能力《スキル》鑑定なんてものがあるみたいですが……あとは解析系の魔法とかですかね？　けど解析で鑑定出来るとは書いてなかったような気もしますし……」

とクリスは色々教えてくれた。

俺はそれを聞きながら解析スキルがあるかリストの中から探した。

確かにこれは魔法の一種みたいだ。必要スキルポイントは2になっている。

NEW

【解析Ｌｖ１】

効果はより細かいことまで調べることが出来る、とある。

ポイント的に上位スキルだし習得してみるか？

他にはそれらしいスキルはないし……。

——習得！


「ソラ、大丈夫ですか？」

「あ、ああ。大丈夫だよ」

「あの、参考になりましたか？」

「うん、ありがとう。助かったよ」

俺はそう言って試しに大樹に解析魔法を使った。

鑑定を使った時は、

【大樹】太古から存在する樹。


と表示されるだけだった。

解析を使うと、

【大樹】太古から存在する樹。


だった……何も違いがない。

スキルのレベルが低いから？

「ソラ、本当に大丈夫ですか？　顔色が悪いですよ」

動揺が顔に出ているのか？

仮面を着けてないからまる分かりなのかもしれない。

確かにここに来ての効果なしは、ダメージがデカい。

俺は解析をクリスに使った。


【名前「クリス」　職業「冒険者」　Lv「37」　種族「ハイエルフ」　状態「――」】


人物鑑定と変わらない……。

違うのは解析のレベルが1なのに人物鑑定MAXと同じ情報を入手出来ているという点だ。

……重複というか取り損？

そんなことが頭に浮かび……その時俺の頭の中にあるメッセージが流れた。


『人物鑑定を使用しますか？』


俺はそのメッセージに対して『はい』と念じた。

瞬間、俺は盛大に噴き出した。

「ソ、ソラ。本当に大丈夫なんですか？」

「あ、ああ。ダイジョウブだよ。ホントウだよ」

俺は平静を装って答えたけど、クリスは心配そうにしている。

俺は深呼吸を繰り返し、心の中に広がった動揺をどうにか押し留めた。

そして鑑定で大樹を見ながら解析の魔法を使用した。

【精霊樹《エリアナの》】　＊＊＊が生み出した樹。魔力値　2197／10000

鑑定だけの時とはやはり表記が変わった。

アルザハークの言っていたこの魔力値がＭＡＸまで貯まると月桂樹の実が成熟するまで育つということだろうか？

しかし名前がエリアナとなっている。精霊を見ることが出来る魔道具にも同じ名前がついているけど、何か関係があるのだろうか？

俺が安堵《あんど》のため息を吐くと、クリスにも良い結果が出たことが伝わったのかホッとしたみたいだった。

「良かったです。けどソラ、何であんな顔していたんですか？　心配しましたよ？」

それも束の間、クリスは頬を膨らませて言ってきた。

その可愛《かわい》らしい顔に思わず笑みが浮かんだが、目が怒っていたからすぐに表情を引き締めて理由を話した。

「実は解析の魔法を習得したんだけどさ。最初は効果が鑑定と変わらなかったから同じ効果のスキルかと思ってさ。ほら、今だとスキルを覚えるためにはたくさん歩かないといけないからさ。無駄なスキル取ったかもって思ったんだ」

俺が理由を話すと、クリスは納得してくれた。

理解が早くて助かります。

クリスたちには俺が色々とスキルを習得しているから、ウォーキングスキルのことも伝えてある。

だから俺が歩きたいという我儘《わがまま》も聞いてもらえている。

けどそこからが大変で、探求心の強いクリスに質問責めを受け、最後は五月蠅《うるさ》かったのかシエルに二人揃《そろ》って怒られた。

「私はそろそろ休みますけど、ソラも早く休んだ方がいいですよ」

俺はクリスの後ろ姿を見送り、小さく息を吐き出した。

実はクリスに話していないことがある。というか、これはきっと墓まで持っていく案件だろうな。

人物鑑定と解析を組み合わせて使うと、生命力、魔力、気力、職業、スキルの他に、身体という項目があった。

問題はその身体の項目で、身長、体重、スリーサイズが表示された。

レベルが低いからか、身長以外＊＊＊と表示されていて数値は分からなかったけど……本当だよ？

その後二日かけてダンジョンを歩き、二階に到着した。

さすがに最終日になると疲れが溜《た》まっていたのか、ユイニとサーク、サハナの三人は口数が少なくなっていたけど、最後まで音を上げることはなかった。

◇◇◇

ユイニの仕事の関係で二日ほど休みを挟み、ダンジョン二階を進むことになった。

また俺が歩きたいと伝えたら、さすがに三人ほど顔を引き攣らせていた。

それを見たルリカが、俺以外は馬車で行こうと提案してくれた。

ここのダンジョンは魔物が出る訳でもないし、盗賊が出る訳でもない。なら単独で動いても問題ないと判断したみたいだ。

「……私も主と歩く」

けど、皆が馬車に乗り込む中、最後まで待っていたヒカリがそう言って俺の方に駆けてきた。

それにはさすがにミアたちも驚いている。

「無理だよ、ヒカリちゃん。私たちと行こう？」

ミアが手招きしたが、ヒカリは首を左右に振る。

「主を一人にすると危ない」

その一言で皆が考え込んでしまった。

酷いと思ったけど、無茶なことを色々してきた自覚があるから何も言えない。

「分かった。ソラ、ヒカリちゃんのこと頼んだよ」

「ミア、そこはヒカリちゃんに頼むところだよ」

ミアの言葉にルリカが一言物申すと、「それもそうね」と頷《うなず》いていた。

「ヒ、ヒカリが歩くなら僕も歩く！」

そのやり取りを見ていたサークが馬車から飛び降りようとしたが、サハナがそれを阻止していた。

鈍い大きな音がしたけど大丈夫か？

「それではこの階の人たちには、黒髪の二人組が後から来ると伝えておきます。何か気になることがあれば質問してください」

ドゥティーナが馬に指示を出すと、馬車は結構な速度で走っていった。

けど、あれなら影馬車の方が速いな。

「それじゃ俺たちも行くか？」

「うん」

俺たちは一面に広がる穀物を眺めながらゆっくり歩き始めた。

今日は収穫をしているのか、ひっきりなしに馬車が行き来している。

御者をしている人たちは俺たちに気付けば手を挙げてきたから、俺たちも手を振って応えた。

「これじゃ話は聞けそうもないな」

「うん、一生懸命頑張ってる」

結局この日は、夜中も歩き続けた。

さすがにヒカリが俺と同じように歩くことは出来ないから、途中から背負って歩くことになった。

夜だし影に背負ってもらおうとしたら、ヒカリから俺がいいと言われたからだ。

「こうしてヒカリを背負うのも、二人っきりで歩くのも久しぶりだな」

「うん、最初は主と二人……ううん、シエルもいた」

「そうだな。その後ミアとセラが加わって、クリスとルリカと合流したんだよな」

「うん、皆優しい」

確かに妹のように可愛がられているからな。

「また皆で楽しく旅したい」

きっとその中には、シエルも含まれているんだろう。

ヒカリのためにも……違うな。俺もやっぱりシエルが元気一杯空を駆ける姿を早く見たいと思う。

「？　何かおかしかった？」

「いや、ヒカリとシエルにはたくさん振り回されたな、って思って」

特に食事が絡むと、手に負えない。

「うん、また……シエルと屋台巡り……した……い」

背中からヒカリの寝息が聞こえてきた。

どうやら限界だったようだ。


「主、おはよう」

「お、目が覚めたか？」

「うん、美味《おい》しそうな匂いがした」

ヒカリは頷きながらお腹《なか》を押さえていた。

「シエルもご飯食べる？」

ヒカリが尋ねると、シエルが頷いた。

ちょっと前までは拳《こぶし》大の肉もカットしないと食べられなかったのに、今日は一口でパクリと食べている。

やはりダンジョン内では調子が良いみたいだな。量は食べられないみたいだけど。

二人と一匹で食事を済ませたらいよいよ出発だ。

「ん？　主、これって」

「今気付いたのか？」

食べるのに夢中で気付かないとか、ヒカリならあり得るのか？

「主、この子やっぱり元気ない？」

ヒカリが幹を触りながら聞いてきた。

ヒカリの頭に乗ったシエルもコクコク頷いている。

「そうだな。竜王様も言ってたけど、調子が悪いみたいだな。ヒカリにも分かるのか？」

「……なんとなく。元気ないシエルと同じような気がした」

俺は鑑定と解析で数値として目で見ているから分かるが、ヒカリは本能的に感じているようだった。凄《すご》いな。

俺もヒカリと同じように幹に手を触れてみると、魔力の流れのようなものを感じるが弱々しい？

上の階で密かに魔力付与を試したが、拒絶されたように弾《はじ》かれたんだよな。

俺は精霊樹にここでも解析を使った。

【精霊樹《エリアナの》】　＊＊＊が生み出した樹。魔力値　2201／10000

魔力値が少し上がっているな。

「主、行かない？」

「そうだな。ヒカリ、足は大丈夫か？」

「うん」

「疲れたら無理せず言うんだぞ？」

「うん。けど大丈夫。あの頃と違ってパワーアップしてる」

その言い方がおかしく、俺は思わず笑ってしまった。

結局この日も夜になったらヒカリを背負って歩くことになったが、夜明け前に無事三階には到着することが出来た。

◇◇◇

「こんなところで寝て。ここまで来たなら部屋まで戻ってきなさいよ」

目を開ければ、そこには呆《あき》れ顔《がお》のルリカがいた。

ルリカの後ろには同じくミアたちの姿もある。

俺たちが現在いるのは三階への階段前。ちょうど登録台のところだ。

「ルリカ姉、おはよう」

「ヒカリちゃん大丈夫だった？」

「うん、主の背中温かかった」

ヒカリは目を擦《こす》りながら立ち上がると、小さく欠伸《あくび》をした。

「それでソラ、何でこんなところで寝ていたの？」

「ああ、一度は戻ろうと思ったんだけど、シエルに引き止められたんだ」

ミアの質問に俺は昨夜のシエルとのやり取りを話した。

そのシエルは、安らかな寝顔だ。

ここも一応ダンジョン内だから、心地よいのかもしれない。

「それでは皆さん、今日はどうしますか？　休みを入れますか？」

ドゥティーナが俺とヒカリの方を見て聞いてきた。

「俺は大丈夫だよ。ヒカリは？」

「うん、大丈夫」

「無理しちゃ駄目だからね」

ミアの言葉に俺たちは頷いた。

アルテアダンジョンの三階は家畜を育てているということで、階段を下りると動物たちの鳴き声が聞こえてきた。

「それでソラさん、今日はどうしますか？」

ドゥティーナの向ける視線の先には、馬車がある。

もちろん俺の答えは変わらない。

ヒカリも歩くと言ってきたが、今回は馬車へと強制連行された。

代わりに俺の監視……もとい、一緒に行くことになったのは、ミアとクリスの二人だった。

さすがの俺でも二人を同時に背負うことは出来ないから、ドゥティーナに、俺たちも途中で馬車を使わせてもらうことにした。

もちろん影馬車だ。

どんなものかは実際に見せて納得してもらった。

ドゥティーナは驚いていたが、ユイニは興味深そうにベタベタと影を触っていた。

「今度私も乗せてくださいね」と頼まれた。

ちなみに今日はサークとサハナの二人はお留守番のようで姿が見えない。

二人は四階まで登録を済ませてあるので、今回は別のことをするそうだ。

俺たちは三階を歩きながら、昨日どんなことをしたのかについて話をした。

俺はヒカリとダンジョンを歩いていたから、主にミアやクリスが何をしたのかを教えてくれた。

昨日は四人でティアのところを訪れて、子供たちの相手をしたそうだ。

その時、ティアにエルド共和国に戻るか聞いたけど、ここに残るつもりだと言われたという。

最初は竜王国に連れてこられて、ティアは不安だったそうだ。

だけど街の人たちが温かく迎え入れてくれて、彼女の境遇を知って一緒に泣いてくれたと言った。

「大変だったね」

奴隷生活で心が擦り減っていたティアにとって、その何気ない一言が救いになったそうだ。

「だから私は恩返しがしたいんです」

晴れやかなティアの顔を見て、クリスたちも「それなら仕方ないね」と納得したみたいだった。

きっと何処《どこ》にいても、元気でいてくれるならそれが一番だと思ったんだろうな。

日が暮れて寝る時間になったら、影を呼び出して馬車の用意をした。

二人には馬車で休んでもらい俺はその横を歩いた。

シエルは俺のフードを抜け出し、久しぶりの影の背中を堪能しているようだった。

その後、中間地点の精霊樹のところまで到着すると、そこで俺も一休みすることにした。

シエルも幹に体を預け、しばらくすると眠ってしまった。

俺も今日はそのまま眠ることにして、夜明け前に目が覚めた。

まだ時間が早いから、誰も起きていない。

【精霊樹《エリアナの》】 ＊＊＊が生み出した樹。魔力値　2201／10000

数値は変わっていない。昨日の今日だし、すぐに変化しないといったところかな？　けど何で増えたのかという謎は残る。

このまま上昇していってくれたら助かるんだけどな。

俺はその魔力値を見ながら、レベルが5まで上がった同調と変換のスキルを確認した。

他のスキルもレベルが上がることで新しい効果が追加されることがあるが、この二つのスキルも5に上がって出来ることが増えていた。

同調なら、例えば魔力の質を一時的に同調者と合わせることが出来、変換は魔力の質を一時的に他の人のものへと変えることが出来るというものだ。

これなら精霊樹に、クリス以外の者でも魔力を流すことが出来るようになると思う。

それで精霊樹が復活して、月桂樹の実の成熟品が手に入れば、シエルを救えるはずだ。

ただしこれにも色々制限がある。

例えば長時間魔力を変えることが出来なかったり、同時に同調、変換出来るのは二人だけという人数制限があったり。

これはスキルを使用して魔力を合わせるのに、直接手を繋《つな》ぐ……掌《てのひら》をしっかり合わせる必要があるためだ。右手に一人、左手に一人といった感じだ。

俺たちの中で魔力の多い俺、クリス、ユイニの三人の魔力の合計量は、四〇〇〇を超えている。

これに魔力（ＭＰ）を一時的に増やせるＭＰ増加ポーションを使えば、もしかしたら八〇〇〇に届くかもしれない。

……ユイニよりもアルザハークの方が魔力量は多いような気がするが、一度ユイニにアルザハークへの面会を頼んでみるかな。

まずはそのためにもＭＰ増加ポーションを創造で作る必要があるが、その前にもう一つ別のアイテムを作らないといけない。

今回俺が作ったアイテムは二つ。

【ＥＸ《エクストラ》マナポーション】ＭＰ回復効果大。一定時間ＭＰ回復速度アップ。
必要素材――マナポーション×５。魔石。

これは既存のマナポーションの上位互換品かな？

最大ＭＰ……魔力量の多い人向けのアイテムだと思う。少ない人ならマナポーションで十分だからね。ただ一応どれぐらい回復するかは使って調べる必要がある。

【ＭＰ増加ポーション】一時的に最大ＭＰ量を増やす。注・副作用あり。
必要素材――フルポーション×５。ＥＸマナポーション×５。魔石。

これはどれぐらい増えるか調べる必要があるけど、不穏な一文があるな。副作用とか……解析を使ったら分かったりするのかな？

試しに使用したら、倦怠感《けんたいかん》が……ＭＰやＳＰが枯渇した時の状態が一日続くとある。

これって結構辛《つら》くないか？

他にも解析でＭＰの回復量とＭＰの増加量を調べてみたが、どれぐらいの効果が出るのかは分からなかった。

その後起きてきたミアたちと朝食を済ませると、四階を目指して歩き出した。

結局日が暮れる前に無事階段まで到着することが出来、俺たちは登録を済ませて、今日は一度ダンジョンを出ることにした。

◇◇◇

翌朝ユイニにアルザハークに会えないか確認をしてもらったら、その日のうちに会うことが出来た。

俺の提案に驚いていたけど、アルザハークには手を貸すことが出来ないと断られてしまった。

思わず言葉が出そうになったけど、その苦悩に満ちた表情を見て何も言えなくなった。

何か事情があるということは、さすがの俺にも分かったからだ。

その日は一日休息日になっていたから、その後久しぶりにトウマたちに会いに行った。

今更ながら解析を使えば、奴隷紋に関する何かが分かるかも？　と思ったけど残念ながら無理だった。

ただ軽度の凶暴化の症状が何人かに出ていたから、リカバリーを使って回復しておいた。

近況を聞いたが、今はゆっくり休むように優しく言われたそうだ。

その言葉を聞いて、思わず涙が出たと言っていた。

育った環境が環境だったから、仲間以外から優しい言葉をかけられたことがなかったそうで嬉《うれ》しかったみたいだ。

そして次の日。四階へと移動した。

ただダンジョンに入る前に、忙しそうに働く集団がいた。

「お、兄ちゃんたちはダンジョンか？」

俺に話し掛けてきたのは、一階で説明をしてくれた農夫だった。

「はい、四階に行く予定です」

「四階は魔物が出るって話だしな。気を付けてな」

「今日は荷物の運び出しですか？」

鍛練所内にはたくさんの木箱が並べられていて、親衛隊の人たちも交ざって外へとそれを運び出している。

「ああ、定期船に積む作業だ。これが終わったら一段落だな。ただまた作物の種蒔《たねま》きをしないとだけどな」

そう言って農夫は作業に戻っていった。

忙しいと言っていたけど、充実した顔をしているな。


四階からは魔物が出るということだが、サークたちは今回も留守番をすることになった。

サークはついていくと我が儘《わまま》を言ってドゥティーナを困らせていたが、アルフリーデがやってきて連行されていった。

四階は森を中心とした階で、出る魔物はオークだけらしい。たまに上位種が出るそうだが、それもここ数十年は目撃されていないとのことだ。

ここではオークを狩る他、森の中で木の実や果実、薬草類の採取を行っているそうだ。

ここの階からは魔物と戦うための訓練を受けた者たちだけが活動している。その中には竜人の戦士たちも交じっていて、さらには親衛隊も交代で参加しているとのことだ。

ドゥティーナもオークに備えてか、今までは腰に剣だけを差した軽装だったが、この階からは鎧《よろい》を着て槍《やり》を持っている。

また魔物が出るということで、この階からはドゥティーナ以外に四人の親衛隊も同行してきた。

「この階を抜けるには、オークと戦闘になるかもしれません。オークたちの行動範囲ですが……」

基本オークたちはフィールドの中央から五階への階段側に集落を作っているそうだ。

だから木の実や薬草の採取は入り口側で行っているみたいだ。

またこの階でも階段へ続く道があって、馬車で通れるように整備もされている。

そしてその整備された道は他にもいくつか作られている。

それは木の実や採取した薬草類を運び出すために新たに作ったそうだ。

一時間ほど歩いたら、森の中に大きな建物が見えてきた。

「あれは砦《とりで》の一つです。あのようなものがいくつかあって、そこを拠点に活動しています。この辺りはオークと戦うためというよりも、採取したものを保管したり、食料などの物資を前線に運ぶための中継地点になっています」

ドゥティーナの説明を受けて、少し砦の中を見せてもらった。

ドゥティーナは砦と言っているけど、前線から離れているからか、宿舎といった感じだ。

特徴といえば防壁がしっかり造られていて、万が一のオークの襲撃にも耐えられそうだというところか？

「そういえば気になったんだが、この階にも……あの大樹があるんだよな？　魔物は攻撃したりしないのか？」

「……魔物は攻撃しません。いえ、そもそも魔物はあの大樹に近寄らないのです。だから緊急事態の時は大樹のもとに避難するように初めて四階に来た時に教わりました」

その後、俺たちは精霊樹のある中間地点まで移動して、そこでお昼を食べることにした。

「シエルちゃん、そんなに食べて大丈夫なの？」

やはりダンジョン内では元気が出るようで、シエルは珍しくお代わりを要求してきた。

その様子を見ながら、下の階に行くほどシエルの体調はダンジョン内限定だが良くなってきている気がする。

ここのダンジョン内で暮らし続ければ……なんて考えが脳裏に浮かんだけど、それが出来ないのは分かり切っている。

これがエリスを見つけた後だったならそれも可能だけど、その目的を達成していないから、立ち止まることは出来ないし、シエルと離れ離れになるのも嫌だ。

出発前に精霊樹の状態を確認したら、

【精霊樹《エリアナの》】　＊＊＊が生み出した樹。魔力値　２２５８／１００００

と魔力値が50近く増えている。

「ソラどうしたの？」

「何でもない。それじゃ出発しようか」

理由は分からないし、まずは先に進むことにしよう。

結局五階の階段に到着するまで、オークとの戦闘は一度もなかった。

どうやらユイニが通るということで、事前に通り道周辺にいたオークを狩っていたようだ。

そしてそれは五階でも同様で、今回はサークとサハナも同行したのだが、四階と同じように魔物と戦うことがなかったためサークは不満顔だった。

「ヒカリ、良かったら模擬戦をしないか？」

昼過ぎぐらいに階段まで到着したからか、サークがヒカリを誘うと、ルリカとセラもそれについていった。どうやら二人も体を動かしたかったようだ。

ちなみに五階で精霊樹を解析した結果は、

【精霊樹《エリアナの》】　＊＊＊が生み出した樹。魔力値　2263／10000

だった。

後で聞いた話では、ユイニが来るということで魔物を予め《あらかじ》狩っていたのは確からしいが、近頃魔物の数自体が減っているということだった。

閑話・7

「まだ連絡がないのか！」

私の目の前でイラつきを隠そうともしないのはボースハイル帝国の皇帝だ。

奴《やつ》は三十代前半とこの中では一番若く、強い野心を持っている。ただ経験が少ないからか、感情を上手《うま》くコントロールすることが出来ていない。

それをエレージア王国の国王である私を含む、五人の各国の王や代表は静かに見守る。

イラつく理由は分からなくもない。

現在私たちは魔王討伐に関する話し合いのため集まっている。

さすがに直接集まることは難しいから、貴重な魔道具の映像通信を使っての話し合いだ。

これは貴重な魔道具で、失われた技術で作られたものだ。

便利ではあるが、難点は魔石の消費量が激しいということ。

もっともそれはホストになった国が負担することになる。

そして今回そのホストになっているのは帝国だ。

自己顕示欲の強い若造だからか、わざわざ立候補してくれた。こうなる可能性があったから譲ってやったのだ。もちろん煽《あお》ってホストになるように仕向けたのは私だが。

私の頭の中には、既に魔王討伐後の青写真が描かれている。

だからライバルとなり得る国の国力を消耗させておく必要がある。

この辺りは黒い森への侵攻に支障が出ない程度にする必要があるから匙《さじ》加減が難しい。

「……これ以上待つのも時間の無駄だ。時間は有限なのだからな。私たちだけで話を進めようじゃないか」

龍神《りゅうじん》の末裔《まつえい》なんて名乗っているが、所詮《しょせん》は劣等種族に過ぎない。

そんな劣等種のために貴重な時間をこれ以上使う必要もないだろう。

私の発言を聞いた皇帝は同意し、話し合いが開始された。

まず聖王国だが、教皇はかなり追い詰められているのか魔王討伐に協力的だった。

そもそも歴代の聖女は魔王討伐に必ず参加していたという記録が残っている。

それを自らの失態で……それも魔人に踊らされて失ったわけだから、最早魔王を討伐出来なければその地位を失うことになるだろう。

私からしたら、そんな失態を犯したのならさっさと身を引くべきだと思うし、未《いま》だその地位に縋《すが》りついている姿は滑稽《こっけい》に見えた。

派閥が色々あるようだが、今だと誰も教皇になりたいとは思わないのかもしれない。

まあ、その方が御しやすいから私は困らない。せいぜい神聖魔法の使い手を、魔王討伐の名目でたくさん派遣させて利用させてもらおう。

魔王を討伐した暁には、神聖魔法の使い手を派遣してくれた教皇のお陰だと声明を出すと約束したら喜んでいたな。

エーファ魔導国家に関しては、プレケスの領主が率先して領地の騎士団や冒険者を派遣するということで話がまとまったそうだ。

現在の魔導国家の代表は平凡な人物らしいが、それを支える側近たちの能力が高い。

確かマジョリカ領主の妻が側近の一人で、何かとマジョリカをライバル視しているプレケスの領主が、私たちに彼女を排除するための協力を要請してきたわけだ。

私たちがそれを受けた事実は存在しない、がな。

逆に今回あの業突く張りのプレケスの領主が率先して協力したのは、ドラゴン素材の件や排除要請の件をチラつかせた結果だろう。

「うちのとこも一応黒い森と接しているからよ。多くは人を出せねえぞ」

品位の欠片《かけら》もない言葉遣いなのはラス獣王国の獣王だ。これだから獣は。

獣王国の方針としては、我が王国の城塞《じょうさい》都市と王都への人員の派遣を考えていると言った。

正直獣人共が領土に入ってくるのは嫌だが……黒い森攻略の最前線となる城塞都市への派遣は助かる。脳筋共だから戦闘能力だけは高いからな。

冒険者ギルドに依頼を出して人員を集めているが、魔人の被害を直接受けたこともあって、なかなか人が集まらないのだ。

ただ王都への派遣は正直言って断りたい。王都が獣臭くなるからな。

しかし王都の派遣だけ断るということは出来ないだろう……万が一の時に肉壁として使うと考えて我慢するしかないか？

「宿の手配などもあるから、派遣する者の名簿を送ってもらっていいか？」

宿の手配をこちらですれば、監視もしやすいからな。

「おお、それは助かるな。至急作成させよう」

馬鹿な奴だ。あんな嬉《うれ》しそうな顔をして。

「私のところは今回兵士の派遣は無理です。理由は皆さんお分かりだと思いますが」

最後に発言したのはエルド共和国の代表だ。

その発言を受けてギロリと皇帝が睨《にら》んだが、共和国の代表は顔色一つ変えず涼しい顔をしている。

「……まあ、仕方ねえよな。自業自得だ」

獣王の発言に皇帝は顔を真っ赤にしたが、事実だから仕方ない。

そもそも帝国は停戦協定が結ばれたあとの戦争奴隷の解放及び返還の約束をしっかり守っていなかったから、両国の関係性は極めて悪い。

場の空気が悪くなってきたな、と他人事《ひとごと》のように思っていたその時、今まで遮断されていた通信機器に新たな参加者が現れた。竜王だ。

「爺《じじい》、今更何しに来た！」

遅れて現れた竜王に皇帝は激高している。

「？　おかしいのう。遅れることはエレージア王国に連絡を入れたんじゃがのう」

何を言っているんだ？

そう思った時に、文官が慌てて駆け寄ってきて一枚のメモを渡してきた。

『奴隷紋を施された少年少女を保護した。竜王』

竜王を盗み見ると、バッチリ目が合った。

私は動揺を押し込めながら、

「連絡の行き違いがあったのか、今文官から連絡を受け取った。確かに遅れる旨の連絡が入っていたようだ」

と皇帝に頭を下げた。

ここは下手《したて》に出た方がいいだろう。

しかし本当か？　ただのはったりか？　それとも情報が漏れた？

かといって確認するわけにはいかない。確認するということは、認めることと同義だからだ。

「まあ、いいだろう。それで竜王国は魔王討伐にどれぐらいの兵力を出せる？」

「……今少しごたごたしていてのう。うちのところからは出せそうもないのう」

「何だと！」

共和国から断られたこともあって、皇帝は怒り心頭だ。

この件に関しては私が口を挟むことは出来ない。下手《へた》に突《つつ》くとこちらに飛び火する危険があるからだ。

「なに、何処《どこ》かの国が戦争など起こしたからのう。奴隷の多くが保護されてわしの国に運び込まれているのじゃ。けどおかしいのう？　停戦条約で戦争奴隷は全て返すことになっていたはずなのじゃが……はてさて、何故《なぜ》このようなことが起こったのかのう」

それは奴隷を保有していた貴族が、一部を返還し、一部は売り払って私腹を肥やしたからだろう。

そしてそれを皇帝は分かっていながら見逃したに違いない。

飴《あめ》と鞭《むち》。それを使って貴族たちを従わせるために。

それを聞いた皇帝は、結局引き下がった。

その後は冒険者ギルドへ提示する報酬や、兵の編成、黒い森への侵攻方法について話をした。

他にも食料品や消耗品といった物資に関する話し合いと、休憩を挟んで結局夜遅くまで会議は続いた。

「近頃黒い森からの魔物の攻撃が激しくなっているとの報告も受けている。次の会議は準備の最終確認になるが、その時に準備が整っていればすぐにでも魔王討伐作戦を実行に移したい」

皇帝の言葉を最後に、会議は終了した。

私はそれを聞きながら、勇者共の準備を急がせる必要があるなと、今後の計画を考えるのだった。

第7章

「今から六階に行きますが、ここでは絶対に私から……あとはユニから離れないでください」

階段を下りる前に、ドゥティーナが念を押してきた。

アルテアダンジョンの六階は湖で出来た階で、中央に通るための道だけが陸地となっている。

今日はいつもよりも早い時間に集合していた。

「ここに出る魔物はリザードマンです。このダンジョンでは、竜人である私たちを襲うことはありません」

だから離れないようにしてくださいということみたいだ。

ちなみにサークとサハナの二人はこの場にはいない。

俺たちが六階に足を踏み入れると、リザードマンたちが一斉に動き出した。

MAPを見ていた俺には、反応が俺たちの方に集まってくるのが分かった。

道の両脇には、水面に鼻から上を出した状態でついてくるリザードマンの姿が、そこかしこにあった。

「なんかフロッグマンを思い出すね」

ルリカの言う通り、確かにマジョリカダンジョンの二五階に生息しているフロッグマンのようだ。

あの浮島を囲んできた時の姿と重なる。

ユイニは不気味なその見た目に、思わずクリスに抱き着いていた。

ドゥティーナの言う通り、リザードマンは攻撃を仕掛けてこないが、一定の距離を保って付かず離れずついてくる。

それがずっと続くためユイニは辛《つら》そうだった。見ないようにしても、どうしても視界に入ってくるから余計に。

「何で皆さんは平気なのですか?」

涙目で聞かれても答えようがない。敢えて言うならフロッグマンで慣れた?

「気にするだけ無駄さ」

「そうそう。攻撃してこないなら無視すればいいのよ」

ルリカはそう言うが、一応何があってもいいように警戒しているのは動きを見れば分かる。

俺も一応シールドを皆に使い、効果が切れたらその都度使っている。

そしてお昼過ぎには、中間地点である精霊樹のところに到着した。

【精霊樹《エリアナの》】 ＊＊＊が生み出した樹。魔力値 2261／10000

解析したら魔力値が少し減っていた。何を基準に上下しているかは謎だ。

遅いお昼ご飯を食べたら、少しの休憩を挟んで出発した。

このペースで行けば今日中に七階まで到達することが出来る。いつもよりも出発の時間を早めた理由はここにある。

その日の夜遅く。俺たちは予定通り七階への登録を済ませることが出来た。

さすがにユイニは歩き疲れたようで、最後は影に運ばれていたけど。


目の前にあるのはＭＰ増加ポーション。解析のレベルは４まで上がったが、調べてもどれぐらいＭＰが増えるかの詳細は分からなかった。

副作用のことを考えるとさすがに二の足を踏む。あれは何度体験してもキツイ。

「やはり試すしかないか……」

「ソラ、どうしたの？」

俺がＭＰ増加ポーションを使うか悩んでいると、ミアが話し掛けてきた。

俺はミアの顔を見て……話すことを決めた。

だってミアの顔は笑顔だけど、「また何か隠しているの？」と言っているように見えたから。うん、目が怖かった。

「副作用ね……それってなくすことは出来ないの？」

俺はミアのその言葉を聞いて考えた。

それは考えたことがなかった。

創造にはないな。改良？　だったら錬金術になるのか？

俺は考えながら、今の状況を整理する。

精霊樹の魔力値は、昨日見た時点で２２６１／１００００だった。必要な魔力が７７３９になる。

ちなみに俺とクリス、ユイニの魔力は、７９０・１５５０・２０６９になっている。

合計は4409だから3330足りない。

ただ精霊樹の魔力値は日々変動するから、ある程度の余裕は持っておきたい。

MP増加ポーションが単純にMPを2倍増やしてくれるなら目標数値に足りるが、俺の場合で考えると職業補正で上がった分がどう関わってくるかも気になる。増えるのは素のステータスのみという可能性もあるからだ。

この辺りは実際にポーションを飲むしか確かめようがない。

……話が脱線したな。

……月桂樹の実を使ったら副作用がなくなったりしないかな？

試す価値はあるかもしれないけど、貴重品なんだよな。

とりあえず動けなくなるにしても、どうせなら七階で試してみようかな？

そこで動けなくなっても、シエルにとっては過ごしやすいと思うし。

決して副作用が怖くて、先延ばしにしたんじゃないよ？


「私は七階に入る許可が出ていませんので、ここまでになります」

翌日、ドゥティーナはそう言って、出荷の手伝いに向かった。

今まで俺たちに同行したのは、親衛隊になって日が浅いドゥティーナに色々と経験を積ませるためだったそうだ。

ダンジョン七階は、見通しの良い草原だった。他の階と同じように歩くための道が真っ直ぐ延びている。

その道の先には精霊樹があり、入り口からでもはっきり見えた。

精霊樹までは、だいたい歩いて六時間ほどで到着出来た。歩数にして五万歩といったところか？

普通に考えればかなりのハイペースだけど、元の世界の人たちに比べるとかなり体力があるからね。本当にウォーキングスキルの恩恵があって良かったと思う。

この階の精霊樹は今までの階と違い、幹だけでなく枝も伸びていた。

「あれが月桂樹の実か？」

高さ三メートルぐらいの位置にある枝の先端に、黄色の実が一つ生っている。

一本の枝に対して実が生るのは一つだけで、枝の数だけ必ず生るとは限らないそうだ。

特に今は途中で成長が止まるものが多いそうだ。

月桂樹の実は熟してくると色が黄色から橙色《だいだいいろ》に変化して、橙色に近付くと徐々に重くなっていき、最終的に重さで枝の位置が下がってくるそうだ。

ちょうど取りやすい位置まで下がってきたら採り頃らしいけど、それよりも早く採ることも可能だそうだ。

その場合、月桂樹の実本来の効果は得られないとのことだ。

「近頃は、ある程度育つと、それ以降は何日待ってもそれ以上育たなくなってしまい、仕方なく早めに収穫しているみたいなんです」

とユイニが近頃の月桂樹の実の育成状況を教えてくれた。

また、橙色になるまで育つと、一〇日以内に収穫しないと実が駄目になってしまうそうだ。

ちなみに月桂樹の実は育つまで二〇日から三〇日かかるという。

「もう少し待った方が良さそうだな」

実は橙色に近くなっているが、手を伸ばしても届かない位置にある。

「一度戻る？　それとも残る？」

「ちょっと試したいことがあるからここで過ごしても大丈夫かな？　シエルも元気そうだしさ」

月桂樹の実の近くに飛び上がったシエルがいる。

いきなり齧《かじ》り付くなんてことしないよな？

そんなことを思っていたら、シエルは飛ぶのをやめて精霊樹に寄り添うように寝始めた。

その幸せそうな寝顔を見て、ヒカリとルリカも横になった。

俺は一度精霊樹の今の状態を確認した。

【精霊樹《エリアナの》】　＊＊＊が生み出した樹。魔力値　2265／10000

魔力値が増えているな。

俺も精霊樹の近くに腰を下ろすと、アイテムボックスからMP増加ポーションを取り出した。

「本当にそれを使うのですか？」

ミアから話を聞いたのか、クリスが心配そうに言ってきた。

「効果の確認は必要だしね。得られた効果によってまた何かを考える必要もあるからさ」

俺はアイテムボックスから他にも料理や食材などを取り出して、それをクリスに渡した。

動けなくはならないと思うけど、副作用次第では体を動かすのも辛くなるかもだからね。

俺は全ての準備を整えると、ＭＰ増加ポーションを一気に飲んだ。

ポーションが体の中に入ってくると、体が熱くなってきた。

ステータスパネルを見れば、ＭＰの数値が徐々に上がっていっている。

時間にして一分もかかっていないが、数値は……ＭＰ５９０／８８５（＋２００）。

職業補正分は変わりなく、素のステータスが一・五倍か。

「ソラ、何ともないの？」

「ああ、体がちょっと熱くなっているけど、大きな変化はないよ」

ＭＰ増加ポーションの効果は、だいたい一〇分ぐらい続いた。

そして効果が切れてＭＰの最大値が元に戻った瞬間、倦怠感《けんたいかん》に襲われた。

俺がたまらず横になると、ユイニが慌てたがミアから事情を聞いて落ち着きを取り戻した。

一応ユイニにも事前に説明してあったけど、それを忘れるほどの取り乱しようだった。

突然倒れたらそれは驚くか。

ミアも最初は驚いていたけど、何度か見ているし、ミア自身も何度か経験しているからな。

俺が体を動かして仰向けになると、俺の胸に、シエルがちょこんと乗ってきた。

「心配してくれてるのか？」

俺の問いにシエルはコクリと頷《うなず》き、俺の胸の上で寝始めた。

心なしか、少しだけ体が楽になったような気がするが、気のせいだろうか？

「悪いけど一眠りさせてもらうよ」

俺は一言断り、目を閉じることにした。

「ソラ、目を覚ましたの？」

俺が目を開けると、すぐ目の前に俺の顔を覗《のぞ》き込むミアの顔があった。

「体の方はどうなの？」

「変わりないよ」

周囲は暗くなっていて、ミアとクリス以外は寝ているようだ。

空には月が浮かび、優しい光を灯している。ダンジョンが生み出しているというのは分かっているが、本物にしか見えない。

視線でシエルを探せば、ヒカリとルリカに囲まれて眠っている。

「シエルはやっぱダンジョンだと生き生きしているね。さっきなんて凄《すご》い食欲だったんだから」

ミアの言葉に、クリスもクスクス笑っている。

「それでソラ、効果はどうでしたか？」

俺は答えようとして、寝ながらだと話すのがちょっと辛かったから体を動かして、精霊樹の幹に寄りかかった。

「残念だけどＭＰ増加ポーションを使っても、魔力は足りないみたいだ」

俺の言葉に、二人の表情が曇った。

「せめて俺のウォーキングレベルが上がりやすかったら良かったんだけどな」

現在のウォーキングのレベルは58だけど、もうすぐ59になる。

けど１レベル上がって増えるＭＰは10だ。少なくとも50以上レベルを上げないと必要量に届かない。

そうなると別の条件で精霊樹の魔力値を増やす必要があるのだが、けどその上げ方がそもそも分からない。エルフを探すにしても難しいし。

分かっていたら、アルザハークが既に実行しているはずだしな。

せめて精霊樹の魔力値がこのままある程度回復してくれればと思い、今一度精霊樹に解析を使って現在の魔力値を確認しようとした。

精霊樹を見ようと顔を動かそうとして、その拍子にバランスが崩れて幹から体が離れた。

そのまま地面にぶつかりそうになったところでミアが体を支えてくれたが、俺はその時地面に解析を使っていた。


【アルテアのダンジョンの土】七階の土　栄養値　97／100　魔力値　100／100

そしてこのような解析結果を目撃した。

今まで土を鑑定することなんて殆《ほとん》どなかった。唯一の例外は奴隷紋の影響で汚染された黒く変色した土ぐらいか？

ただそれでも栄養値と魔力値なんて表示はなかったが、あの頃は解析を覚えていなくて鑑定だけだったからか。

ふと俺はあることを思い出し、アイテムボックスからロキアで譲ってもらった土を出して解析してみた。

【ロキアの土】 農業用に作られた土。農作物がよく育つ。栄養値　100／100

ロキアの土には栄養値のみで、魔力値は存在しない。

そうなると魔力値はこのダンジョン特有のものなのかもしれない。

あと土の名称は地名や場所由来でつくのか？　分かりやすくていいけど。

「ソラ、突然どうしたのよ」

ミアの言葉に、俺は今見たことを二人に話した。

「……解析のスキルって凄いですね。けどそうなると、他の階はどうなっているのでしょうか？」

クリスの言う通りそれは確かに気になる。アルテアのダンジョン七階の土ってなっているから、他の階だと一階、二階とかになるのかな？

「ソラ、今すぐ確認したいって顔に書いてあるよ？」

俺が顔に手を添えると、二人が可笑《おか》しそうに笑った。

どうやら俺の性格を読んでのミアの言葉だったらしい。

「とにかくソラは休んでください。私たちもそろそろ寝ようと思っていますから。それから気になるなら私たちが手分けして土をもらってきますよ？」

クリスの言葉に素直に従い、俺は目を閉じてもう一度眠ることにした。

「それじゃソラ、留守番頼んだよ。シエルもソラが無茶しないように見張っていてね」

ルリカの言葉に、任せろといった感じでシエルが耳を振っている。

俺がまともに動けるようになるまでまだ半日以上かかるため、その間ルリカたちはクリスの話を聞いて、一階から三階の土を手分けしてもらってくることになった。

その際一個所からでなく、複数の場所からもらってきてと頼んだ。

一階担当がルリカとセラ、二階がヒカリとミア、三階がクリスとユイニが担当するみたいだ。

俺は六人を見送ると、影とエクスを呼び出した。

多少の無理をすれば動けると思うけど、今の状態で出来ることをする。

それぞれ別方向に移動させて、同調を使う。

俺の意識は今、影に乗り移って視界を共有しているが、この状態で鑑定系のスキルを使ったらどうなるか試してみた。

結果、解析で調べることが出来たが、使った時にMPを多く消費した気がする。鑑定は駄目だった。

今度はステータスパネルを呼び出して、精霊樹を解析し、同調した状態でエクスの見ているもの、地面を解析した。

すると明らかに同調した状態で魔法を使った方がMPの減る量が多い。

また解析が使えるならと他の魔法を試してみたが、残念ながら他の魔法は使えなかった。

もしかしたら同調のレベルが上がれば使えるかもだけど、これは時々試していくことにしよう。

突然影が火を噴いたり、エクスが魔法を使ったら驚くかもしれない……仮に出来るようになったら皆にはしっかり伝えておこう。

驚かせようなんて考えて突然実行に移したら、怒られる未来しかないな。

俺は指示を出して二体のゴーレムを手元に戻すと、エクスを操ってとりあえず体を起こしてもらった。

やることがなくなったから、気怠《けだる》いけど歩こうと思ったのだ。

影とエクスを呼び出したままにしたのは、倒れた時に支えてもらうためだ。

「ああ、少し歩こうと思ってさ。無理はしないから」

ルリカの言い付けを守ってシエルが止めようとしてきたけど、頼んだら仕方ないと言った感じで影の背中に飛び乗って俺を監視するように見てきた。

これじゃ立場が逆だな。

「シエルの方こそ体調はどうなんだ？」

問題ないといった感じで影の背中で飛び跳ねているけど、あくまでダンジョン内ではだからな。

それとやはり下の階に行くほど元気になっている気がする。特にこの階は心地いいみたいだ。

俺は早く外でも同じようにしてやりたいなと思いながら、一歩を踏み出した。

すると俺の体の中で変化が起きた。

倦怠感がなくなったのだ。

俺が歩くのをやめて立ち止まると、再び倦怠感に襲われてバランスを崩したところを、影とエクスに支えられた。

「大丈夫だよ。それより歩くと体調が良くなるみたいなんだ。俺はしばらくの間歩く予定だけどどうする？」

俺が尋ねると、シエルは一緒に行くと言うので、俺たちは七階をくまなく歩くつもりで行動に移した。

ここ七階は、入り口から精霊樹まで道が通っているが、その反対側にも実は道があった。

ただ道なりに進んで突き当たりまで到達しても、そこにあるのは壁で下への階段はなかった。

「ん？　何か気になるところがあるのか？」

シエルは耳を使ってペタペタと壁を叩《たた》いていたが、俺が声を掛けたら戻ってきた。

俺はその後も歩き続け、時々解析を使ってはスキルの熟練度を上げていった。


「ソラ、何しているのさ」

戻ってきたセラが俺を見て言い放った第一声がそれだった。

「いや、歩いていると倦怠感がなくなってさ」

俺が説明すると、それを聞いたルリカとセラは呆《あき》れ果てていた。

その後ヒカリたちも戻ってきたが、俺は時間がくるまで、とにかく歩き続けた。

そして副作用の効果がなくなると、早速俺はもらってきてくれた土の解析を始めた。

【アルテアのダンジョンの土】一階の土　栄養値　33／100　魔力値　72／100
栄養値　10／100　魔力値　39／100
栄養値　89／100　魔力値　0／100

【アルテアのダンジョンの土】二階の土　栄養値　１００／１００　魔力値　１００／１００
栄養値　　９２／１００　魔力値　　５２／１００
栄養値　　１５／１００　魔力値　　９３／１００

【アルテアのダンジョンの土】三階の土　栄養値　９７／１００　魔力値　９９／１００
栄養値　８８／１００　魔力値　８２／１００
栄養値　５５／１００　魔力値　１００／１００

やはり場所によって数値に差がある。

皆の話を聞いて分かったことは、栄養値の低いところは現在作物の栽培をしているところの土や、三階では家畜が食べている牧草が生えているところの土だそうだ。さらに栄養値が高いが魔力値が低いところは、収穫したらすぐに次の野菜を植えている場所だという。

また二階で栄養値と魔力値が１００の土は、今現在穀物を作っていない土とのこと。

そうなると農作物が育つのに必要なのが栄養値で、栄養値が減ると魔力値で補充されるといった関係になるのか？

では失われた魔力値はどのように回復しているのだろうか？

分からないことだらけだな。と思っていたら、解析のレベルが5になっていることに気付いた。

スキルはレベルが上がることでやれることが増える時があるが、解析はどうだろう？

試しに一階からもらってきた土を解析してみたら、栄養値と魔力値の文字が時々点滅していた。

栄養値の文字を選択すると、新しい表示が現れた。

それによると栄養値が高いほど野菜なら成長速度が速くなり、質が良く大きなものが出来る。低いと逆になる。他にも栄養値はここでなら野菜を栽培するごとに減っていくようだ。

また魔力値は栄養値が0になると魔力値が減って、栄養値の数値が回復するという仕組みになっているみたいだ。

ちなみに栄養値と魔力値は何も使用していなければ自然回復していく仕組みになっているとある。

ただし魔力値は0になると回復しなくなるため、栄養値と魔力値の両方が0になると、精霊樹の魔力が使われ回復するということらしい。

ということは精霊樹の魔力がここまで減っているのはそれが原因ということか？

けどここ数日、精霊樹の魔力値を見ていたが、増えているということは精霊樹自体にも回復能力があるんだと思う。

それなら精霊樹の魔力値を減らさない環境を整えたらいいということになるが……。

俺は錬金術のリストを見て、肥料を作れないか探した。

そして確かに作れることは分かったが……。

「なあ、ユイニ。城の図書館に農業関係の本って置いてあるか？」

突然俺がそんなことを言ったから彼女は困惑していた。

俺は今解析で分かったことを話したら、ユイニの表情が変わった。

「一度戻ったら確認してみます。お父様ですか？　たぶん分からないと思うので、管理している者に聞いてみます」

俺がユイニに聞いたのには理由がある。

俺の錬金術で、肥料のようなものが作れることは分かった。

時間はかかるが、その肥料を活用することでダンジョンの土の栄養値や魔力値を回復させ、さらには精霊樹の魔力値を回復させることが出来るかもしれない。

一時はそれで対処可能だが、回復した魔力値は今のままだといつかはまた元に戻る。それは歴史が物語っている。

その時俺がこの地にいるかは分からないし、そもそも俺は長寿の種族じゃないから長い時を生きられない。

なら俺がいなくても大丈夫なようにする方法を考えるべきだ。

「……シエル、一度戻るけどいいか？　それともシエルはここに留まるか？」

俺が尋ねたら、少し考えているようだったけど俺たちと一緒に戻ることを選んだようだ。

◇◇◇

次の日からは忙しい日々が続いた。

夜のうちにダンジョンから出た俺たちは、次の日に備えて休んだ。

ユイニだけはアルザハークと話すために会いに行っていた。

翌日目が覚めたらユイニが話を通してくれていたようで、とりあえず一階から三階の作業者たちに俺が使う土を用意してくれることになった。

その間に俺は四階、五階の土を解析して、栄養値と魔力値を調べた。

仲間たちもクリスとミアは図書館で農業に関する本で調べ物を、ヒカリは俺と一緒に四階、五階を回り、ルリカとセラは土の運び出しの手伝いをしていた。

昼前に俺はルリカたちと合流すると、早速錬金術で栄養価の高い土、肥料を作っていった。

【魔養土】栄養価の高い土。品質・普

作り方は簡単。魔石を砕いて、土に振り掛ける。そこで錬金術を使って魔力を流すことで魔養土が完成する。

品質は魔石の質や、土と魔石との比率で変わるようで、今回は量が必要になるから品質を下げて「普」になるくらいに調整して作っていった。

出来た傍《そば》から魔養土は畑に運ばれていった。

一番効果があるのは土と混ぜるのが良いみたいだけど、農作物が栽培されているところはそれが出来ないから撒《ま》くことになった。それでも一応効果があるみたいだからね。

ただこの作業。とにかく人手が足りない。通常の農作業に加えての作業だからね。

それでもアルザハークからのお願いということで、誰一人文句を言わずにやってくれた。親衛隊やトウマたちも手伝ってくれた。

またアルテアには錬金術を使える者が数人いたが、俺が魔養土の作り方を教えたが作れる者はいなかった。

俺の場合、錬金術のスキルのレベルはＭＡＸだし、もしかしたらそれ相応のレベルが必要なのかもしれない。


魔養土作りの作業が始まって三日後。ユイニたちが肩を落としてやってきた。

「ソラさんのいうような本はありませんでした」

ユイニたちもメイドさんに手伝ってもらって探してくれたと聞いていたからな。

俺も魔法学園の図書館で料理の本は見たことあったけど、農業関係の本は見たことがなかったからな。

農業のことを調べようと思っていなかったから、見逃していただけかもしれないけど。

「ないなら仕方ないよ」

俺はそう言ってあるスキルを習得した。

農業関係の本がなかった場合は取ろうと決めていたのだ。

あとはアルテアの錬金術師たちが魔養土を作れない状態が続いているというのもあった。

NEW
【農業Ｌｖ１】

効果は料理スキルと似ている。農業関係の知識を教えてくれるというものだ。

俺は早速農業スキルを使用して肥料……この場合は腐葉土の作り方を調べた。

必要な材料は主に枝や落ち葉、あとは家畜の糞《ふん》か。

俺はユイニに必要な材料を告げて、三階と四階で集めてもらえるように頼んでもらうことにした。

四階は魔物が出るから、クリスたちが行ってくれることになった。

「それじゃクリス、影とエクスのゴーレムコアを渡しておくよ」

魔力付与はしてあるし、クリスなら上手《うま》いこと活用してくれるはずだ。

「シエルはどうする？」

俺が聞くと俺とクリスたちを交互に見ていたが、結局俺と一緒にいることを選んだようだ。

その動きを見ると、シエルが本調子でないことをつい忘れてしまう。

けどダンジョンから何日も離れると元気がなくなるから、俺も城の部屋には戻らずダンジョン内で寝泊まりするようにした。

一緒に寝泊まりする農夫たちには、

「あんな可愛《かわい》い子たちのもとに戻らないなんて信じられないよ」

と何度も言われたけど。

俺は錬金術が一段落したら、魔養土を運ぶ手伝いをしながら精霊樹のもとを訪れた。

【精霊樹《エリアナの》】　＊＊＊が生み出した樹。魔力値　2417／10000

順調に上がっている。

それは嬉《うれ》しいけど、作業をしてくれる人々の様子が気になる。

その殆《ほとん》どの人が泊まり込みで働いていて、もう何日も家に帰っていない。

疲れも溜《た》まっているようだしね。

俺たちも七階に行きたいし、ユイニに相談することにしよう。

それに肥料作りは俺がいなくても出来るように、教えないといけないからね。

◇◇◇

昼過ぎにダンジョンの七階に入り、精霊樹のもとに辿《たど》り着《つ》いた時には夜になっていた。

月桂樹の実は橙色《だいだいいろ》になって手の届く位置まで下がっていたが、月明かりを受けても輝かない。

「成熟は……してないみたいだな」

これは鑑定でも調べたから間違いない。


【月桂樹の実】万能薬。食べてよし、飲んでよし。未成熟品。＊＊＊の劣化品。成長限界。


解析を覚えたせいか、成長限界の文字が追加されている。

これ以上待っても成熟しないと考えた方がいいな。

月桂樹の実はだいたい五〇ほど生っていたから、手分けしてそれを採った。

「こちらはソラさんたちで使ってください」

その内一〇個をユイニが渡してきた。

俺はお礼を言って、どうするかを考える。

「このまま複数の月桂樹の実をシエルに与えても完治するとは思えないんだよな」

「月桂樹の実自体の効果が向上しないと駄目だと思います。錬金術でそのようなものは作れないのですか?」

クリスの言葉に錬金術や創造を調べるが、月桂樹の実自体を強化することは出来そうにない。複数個を一つに濃縮するようなことも出来ないみたいだ。

「……錬金術で試したいものがあるんだけど、一個使ってもいいかな?」

「何に使うのですか?」

「MP増加ポーションと合成してみようと思うんだ」

どんな効果が表れるかは分からないけど、効果が二倍になれば精霊樹に注ぐための魔力が確保出来るようになる。

許可が下りたから、俺は早速錬金術を実践することにした。

まずは月桂樹の実を液体にする。MP増加ポーションを右手に、月桂樹の果実液の瓶を左手に持って、魔力を流しながら錬金術を発動させた。


【MP増加ポーション改】一時的にMP量を増やす。

通常のMP増加ポーションとの違いは……副作用の文字が消えている。増える量に言及がないから、また使ってみるしかないかな?

「良いものが出来たのですか？」

「ああ、ＭＰ増加ポーションに月桂樹の実を合わせてみたんだけど、副作用が出ないものが完成した」

明日また錬金術で魔養土を作る予定だからその時にでも飲んでみよう。


翌日会った農夫の皆さんは、一日休んだからか元気になっていた。

ただこの場には普段見掛けない人たちがいた。

「何でティアたちがいるんだ？」

「ああ、実は時々ティアとは会ってたのさ。それでその時に相談されたのさ」

セラが言うには、面倒を見ている子供たちが親と過ごせる時間が少なくて寂しがっていると相談を受け、セラがそれをユイニに話したみたいだ。

それでダンジョンに入る許可を得られるようアルザハークや農夫の代表者と話した結果。子供たちにも手伝ってもらったらという話になったようだ。

力仕事など一緒の仕事は出来ないけど、ご飯を一緒に食べる時間を作ることは出来るだろうとのことだった。

それだけでもきっと嬉しいだろうな。

子供たちの仕事は、主に肥料作りになった。

俺が担当に任命された農夫や子供たちに作り方を教える。

教えるなんて偉そうなことを言っているけど、スキルが教えてくれる知識をそのまま話しているだけだ。

ただ錬金術と違うのは、手順を踏めば誰でも作ることが可能だということだ。

それを昼までやると、他の階で働いていた人たちが一階に戻ってきて家族揃《そろ》って食事をしていた。

一時の家族の団欒《だんらん》が終われば再び働き始めた。

子供たちも次の仕事に就き、初めて馬車に乗る子も多く喜んでいた。

魔養土を土に混ぜるのは力仕事だから、子供たちには種蒔《たねま》きをしてもらうことになったようだ。

他にも大きな籠《かご》を背負って収穫した野菜を運ぶ子もいる。

初めての作業で大変なはずなのに、皆嫌な顔一つせずに頑張っている。それに近くにいる大人たちも、そんな子供たちを気に掛けているのもよく分かった。

これは負けてられないな。

俺はＭＰ増加ポーション改を飲むと、ステータスパネルの数値を見た。

増える量に変化はなし、か。それでも副作用がなくなっただけでも違う。

俺はアイテムボックスの中に入っている魔石の残り数を考えながら、とにかく魔養土作りに勤しむことにした。


子供たちが手伝い初めて一〇日が過ぎた。

所詮《しょせん》は子供の力、なんてことはなく、大人たちの負担はかなり減った。

それどころかダンジョンに泊まることに興味を持ったようで、寝泊まりする猛者《もさ》も現れた。

一人が始めると真似する子が続き、それには親たちも苦笑していた。

ただ親と一緒に過ごせるというのもあったのだろうけど、大きな部屋で友達たちと寝泊まりするのが楽しいようだった。

俺は一日一回、精霊樹の魔力値を確認していたが、最後に見た時は【３４５９／１００００】まで増えていた。

それでもＭＰ増加ポーションを使ってもまだ届かない。

クリスとユイニには一度ＭＰ増加ポーション改を使ってもらい、解析で調べてみたが、現在の俺たちの合計は６５２８だった。二人に職業補正はないみたいだ。

「ならもうひと踏ん張りね」

ルリカの言葉に、俺たちは頷《うなず》いた。


それからさらに五日が過ぎた時、ついに精霊樹の魔力値が３６００に到達していた。

それを見た俺たちは、アルザハークに報告して精霊樹に魔力を注ぐことを告げた。

その方法を黙って聞いていたアルザハークは心配していたけど、俺たちの意思が変わらないことを悟って「気を付けるんじゃぞ」と言って送り出してくれた。

俺たちは精霊樹の前まで来たら、すぐには魔力を注がず休憩することにした。

決行するのは夜になってからだ。

ダンジョンに入ったのが昼頃だったから、あと一時間もしないうちに日が暮れるだろう。

俺はその前にステータスの確認をすることにした。

名前「藤宮そら」　職業「魔導士」　種族「異世界人」　レベルなし
HP600／600　MP600／600（＋200）　SP600／600
筋力…590（＋0）　体力…590（＋0）　素早…590（＋0）
魔力…590（＋200）　器用…590（＋0）　幸運…590（＋0）

スキル「ウォーキングLv59」
効果「どんなに歩いても疲れない（一歩歩くごとに経験値1取得）」
経験値カウンター　1227398／1510000
スキルポイント　2

習得スキル
【鑑定LvMAX】【鑑定阻害Lv6】【身体強化LvMAX】【魔力操作LvMAX】【生活魔法LvMAX】【気配察知LvMAX】【剣術LvMAX】【空間魔法LvMAX】【並列思考LvMAX】【自然回復向上LvMAX】【気配遮断LvMAX】【錬金術LvMAX】【料理LvMAX】【投擲《とうてき》・射撃LvMAX】【火魔法LvMAX】【水魔法LvMAX】【念話LvMAX】【暗視LvMAX】【剣技Lv9】【状態異常耐性Lv8】【土魔法LvMAX】【風魔法LvMAX】【偽装Lv9】【土木・建築LvMAX】【盾術LvMAX】【挑発LvMAX】【罠《わな》Lv8】【登山Lv7】【盾技Lv5】【同調Lv5】【変換Lv6】【MP消費軽減Lv5】【農

業Lv3】
上位スキル
【人物鑑定LvMAX】【魔力察知LvMAX】【付与術LvMAX】【創造Lv9】【魔力付与Lv7】【隠密Lv7】【光魔法Lv4】【解析Lv5】
契約スキル
【神聖魔法Lv6】
スクロールスキル
【転移Lv6】
称号
【精霊と契約を交わせし者】

最終確認だ。
精霊樹に魔力を注ぐのはクリス、俺とユイニはそれを補助する形だ。
最初にMP増加ポーション改を飲んでMPを増加させる。
次に同調と変換を使って、俺とユイニの魔力の質をエルフに……クリスに合わせる。

そこまで準備が整ったらクリスに魔力を注いでもらうことになる。

一応何度か同調と変換の練習はしたから大丈夫だと思うが、やはりいざ本番になると緊張感が高まってきた。

◇◇◇

日が暮れて、ダンジョン内に月明かりが灯る。

前回採取してから半月ほど経《た》っていたが、月桂樹の実はまだ成長途中のようで黄色に近い色だし、実の大きさもまだ小さい。

「それじゃ準備をするか」

俺の言葉に緊張した様子のクリスとユイニが頷いた。

シエルは俺のフードから出てヒカリの頭の上に移動した。

邪魔にならないようにと、気を遣われたのかな？

【精霊樹《エリアナの》】　＊＊＊が生み出した樹。魔力値　3614／10000

精霊樹の魔力値は問題ないな。

俺がＭＰ増加ポーションを飲むと、二人もそれに続いた。

さらにＥＸマナポーションも飲んだ。

俺は二人に人物鑑定と解析を使ってＭＰが最大値まで上がったのを確認する。

「それじゃいくぞ」

俺はクリスとユイニと手を繋《つな》ぐと、同調と変換を使って俺とユイニの魔力をクリスの魔力に合わせた。

俺は魔力察知を使って同一の魔力になっているのを確認すると、

「クリス、頼んだ」

と声を掛けた。

クリスは大きく一息吐《つ》くと、月桂樹の実の幹に空いた方の手を添えた。

それを見たユイニの手は震えていたが、

「大丈夫。俺に任せて」

と声を掛けたら落ち着いたみたいだ。

「いきます」

クリスは開始の声を上げ、魔力を注いでいく。

魔力察知で探るとクリスの魔力が減っていく。

減った分だけ魔力操作を使って俺とユイニの魔力をクリスのもとに送っていく。

俺が解析で精霊樹を見ると、俺たちの魔力が減った分だけ精霊樹の魔力値が物凄《ものすご》い速度で上がっていくのが分かった。

魔力値が９０００を超えた時、精霊樹が光を放ち始めた。

そして魔力値が１００００に到達した時、精霊樹は完全に光に包まれた。

その光はやがて魔力を注ぐために幹に手を添えていたクリスの方へと伸びてきて、俺とユイニも光に包まれた。

その光に包まれた時、何か温かいものが体の中に流れてきて、『ありがと～』というような声が聞こえたような気がしたが……気のせいかな？

この時俺たちには分からなかったが、地上部に出ていた精霊樹の葉っぱがキラキラと輝いて夜空を照らしていたのを、アルテアの街の人をはじめ、マルテなどの住人たちも目撃したそうだ。

しばらく精霊樹は光を放っていたが、徐々にその光は収まっていき、完全に元の状態に戻った。

それと同時にクリスの手が精霊樹の幹から離れると、体が傾いた。

俺が慌ててクリスの体を支えると、今度はユイニが繋いでいた手で引っ張られたのか俺の方に倒れてきたから、手を離し受け止めた。

それを見たルリカとセラが駆け寄ってきた。

「クリス、大丈夫さ？」

「ユイニも調子はどう？」

二人が尋ねると、意識はあるようで小さく頷いていた。

「主、実が！」

そしてヒカリの声に顔を上げると、先ほどまで小さかった実が大きく育ち、手が届く位置まで下がっていた。

さらには月明かりを受けてキラキラと輝いていた。

【月桂樹の実】万能薬。食べてよし、飲んでよし。成熟品。＊＊＊の劣化品。


月桂樹の実を鑑定したら、未成熟品の文字が成熟品になっていた。

ただ一つ、劣化品という文字はそのまま残っている。

「はい、シエル」

ヒカリは月桂樹の実を採ると、それをシエルの方に差し出した。

シエルはそれをパクリと食べると、地面に落下してプルプル震え出した。

皆がその様子を心配そうに見つめる。

だがシエルは突然上を向くと目を大きく見開き、俺の方に向き直ると耳を激しく地面に打ちつけ始めた。

ユイニは突然のその激しい動きに驚いていた。

何故《なぜ》ならダンジョン内で過ごしている時は確かに元気になっていたが、これほどの激しい動きを見せるのは初めてだったからだ。

ちなみにシエルのその仕草は、『お腹が減った。ご飯！』という要求の合図だということをユイニに教えたら困惑していた。

「いつも通りのシエル！」

「そうさ。これでこそシエルさ」

「やっぱいいよね。あの動き。シエルちゃんが戻ってきたって気がする」

ヒカリ、セラ、ルリカはその動きを見て頬を綻《ほころ》ばせていた。

ミアとクリスはやれやれといった感じでその様子を見ていたけど、口元には笑みが浮かんでいた。

俺たちも夕飯はまだだったので、せっかくだからここで食べることにした。

俺が完成した料理を配り、シエルの前にたくさん並べていく。

「あ、あの。こんなに食べるのですか？」

その量にユイニは頬を引き攣らせている。

確かに普通だったら多いが、今のシエルならいける気がした。食べられなかったら回収すればいいだけだしね。

俺はある程度の料理を出したら、熱い視線を送ってくるシエルに頷いてみせた。

それが合図だった。

シエルがパクリパクリと、料理を次々と平らげていく。

まるで今まで食べられなかった分を取り戻すように。

ヒカリもそれに触発されたのか、競い合うように食べている。

「ヒカリちゃん。食べ過ぎるとお腹が痛くなるからね」

とミアが注意している。

……俺たちはとりあえず料理を食べ終えたが、シエルの食事は継続中だ。

さすがに最初の頃の勢いはなくなり、今は味わって食べているように見える。

ユイニはただただ目を丸くしてそれを見ていた。


翌朝目を覚ますと、シエルが精霊樹の方から飛んできた。

お腹が減っているのか、食事を要求してきた。

「皆が起きてからな」

俺の言葉にシエルは少し考える素振りを見せると、精霊樹の方へと戻っていった。

俺はその元気な様子を見て思わず頬が緩んだが、まだシエルが完治したのか分からないため油断は出来ないと思った。

確かに今のシエルは奴隷紋を吸収する前に戻っていると思う。

けど元々ダンジョン内では元気が戻っていたこともあって、ダンジョンを出てから何日か様子を見ないと分からないと思っている。

相変わらずシエルには鑑定が効かないし、解析を使っても見ることが出来ないからだ。

ただミアとユイニは大丈夫だと思うと言っていた。理由は分からないけど、何となくそんな気がすると。

その後起きてきた皆と朝食を食べた俺たちは、ダンジョンを出ることにした。

「シエル、どうしたんだ?」

出発の準備が出来たから歩き出そうとしたが、シエルは宙に浮いたまま動かない。

シエルは階段とは反対の方を向いたまま微動だにしない。

けど皆が待っているのを見て、やがて俺たちのもとに飛んできた。

そしてダンジョンから出た俺たちは、そこで一度解散することにした。

ユイニはアルザハークへの報告のため、出迎えにきたアルフリーデと共に行き、俺たちは昼食を食べ終わると部屋で休むことになった。

後で迎えに来ると、アルフリーデから言付かったからだ。

◇◇◇

そろそろ日が落ちるといった頃になって、部屋のドアがノックされた。

出るとそこにはドゥティーナがいて、彼女に連れられて今まで入ったことのない部屋の前まで移動した。巨人が通れるほどの大きな扉の表面は、繊細な彫刻でデザインされていた。

ドゥティーナが言うには、ここは玉座の間とのことだ。

ドゥティーナが扉の両端に立つ者に頷《うなず》くと、その大きな扉がゆっくりと開いていった。

玉座の間に入ると、まず目に入ったのは左右に立ち並ぶ親衛隊員の姿だ。

鍛練所で何度か見た時と違い、完全装備といった出で立ちで立っている。

俺たちが前に進むと、人が座るにしては大きな椅子が一つあり、そこにアルザハークが座っていた。

その右側にはユイニが、左側にはアルフリーデが立っていた。

「ユイニや、アルフリーデより報告を受けておる。此度は大樹を始め、他にも色々と尽力してくれたようじゃ。ありがとう」

アルザハークはそう言うと座りながらだが頭を下げた。

それを見た親衛隊員からざわめきの声が上がったが、アルフリーデが手に持つ槍《やり》の石突で床を叩《たた》くと静かになった。

玉座の間でそのような振る舞いをしていいのかと思ったが、アルザハークは何も言わない。

「それで、じゃ。何か褒美を与えたいと思っておるのじゃが……お主たちの探し人かは分からぬが、わしが知るエルフの情報を教えようと思うてのう」

その言葉に、クリスたちが息を呑《の》むのが分かった。

俺たちとしてはシエルを救うために動いていたわけだが、それは嬉《うれ》しい報酬だ。

だが俺はそれを聞いて逆に首を傾《かし》げたくなった。

「ふむ、それで良さそうじゃのう。ユイニ、ではこれを……ユイニ？」

「あ、はい」

ユイニはアルザハークから何かを受け取ると、俺のところまで来てそれを渡してきたから……受け取ったが思わずユイニの顔を見た。

ユイニは困ったような表情を浮かべながら、一礼すると元の位置まで戻っていった。

俺の手の中には、ユイニから渡された小さな箱があった。

「その中に入っておるのは通行証のようなものじゃ」

「通行証、ですか？」

俺以外の面々も戸惑っているのが伝わってきた。

「それは黒い森で魔力を流すことで、ある場所に導いてくれるものじゃ。その先には町があり、そこにはエルフが住んでおるのじゃ。あとは黒い森で迷わないようにしてくれる加護付きじゃよ」

「そ、それは本当でしょうか？」

クリスが一歩前に出て尋ねると、親衛隊が反応した。

「よいよい、それに本当じゃよ。恩人に嘘は言わぬし、そんなことをしたら、わしは間違いなく娘たちに嫌われてしまうからのう。それは死よりも恐ろしいことじゃ！　じゃから、まあ、安心してよい。そして今夜は宴会を開こうと思うのじゃ。是非皆も参加して欲しいのじゃ」

アルザハークの言葉が終わり、俺たちは玉座の間を退出した。

◇ユイニ視点

「お父様、本気ですか？　黒い森ですよ？　あそこは凶悪な魔物が多く生息しているということですし、何よりあの魔人が支配する領域ですよね？　エルフがいる町があるとはいえ、危険過ぎると思います」

私はソラさんと親衛隊の面々が玉座の間から退出するのを待って口を開きました。

つい強い口調になってしまったのは、黒い森は危険な場所というイメージが私の中にあるからです。

「ふむ、そうじゃのう。ユイニには話してもよいかのう」

お父様がアルフリーデの方を見ると、彼女は頷きました。

お父様が話してくれたのは、お母様のことでした。

今まで何度尋ねても教えてくれなかった話です。

お母様が神聖魔法の使い手だったことは知っていましたが、聖女だったことはこの時初めて私は知りました。

お母様が魔王討伐に赴き、帰らなかった理由も教えてくれました。

さらには今代の魔王のことも。

何故魔王のことを知っているかは、教えてくれませんでしたけど。

ただ誰にも話しては駄目だと釘《くぎ》を刺されました。

「そんな……それではソラさんたちは……ここに引き止めることは出来ないんですか？」

「それが無理なのは、ユイニの方が分かっておるじゃろう？」

確かに私はソラさんたちの旅の目的を聞いています。

クリスたちの想《おも》いも分かります。

それを私が止めることは無理だとも。

既にお父様がソラさんたちにそこに繋《つな》がる道を指し示してしまったのですから。

けど……。

「そんなのあんまりです……」

「じゃから確かめたいのじゃよ。あの少年にはこの国を救ってもらったという恩があるしのう。可能なら力になりたいと思っておる。だからわしに可能性を示してくれたなら、その時は……」

お父様はそう言って立ち上がると、玉座の間から出て行ってしまいました。

いつも大きく感じていたその背中は、この時ばかりは小さく見えました。

「アルフリーデは知っていたのですか？」

「ええ」

アルフリーデは何でもないことのように答えます。

そのいつも通りの反応に思わずカッとなってアルフリーデを睨《にら》んで、その顔を見て、私は間違っていることを悟りました。

だってアルフリーデにとっても、お母様は大切な人だったのですから。

「今はアルザハーク様のことを信じて待ちましょう」

アルフリーデの言葉に、私はただ頷くことしか出来ませんでした。

エピローグ

「ふむ、来たかのう」

　俺がダンジョンの七階の精霊樹の前まで行くと、そこには精霊樹を優しく見詰めるアルザハークがいた。

　何か誰かと喋《しゃべ》っているようにも見えたけど、他には誰もいないよな？　見えない何か？　あ、精霊とかかな？

「……約束通り一人……じゃないのう」

　アルザハークは俺を見て、いや、シエルを見て苦笑していた。

　俺が今この場にいるのは、あの時ユイニからここに来るように伝言を受け取ったからだ。

　もちろんユイニではなくて、アルザハークが来ることも知っていた。

　何でも内密に話したいということだったから、誰も連れてきていない。

　俺が素直に応じたのは、俺も聞きたいことがあったからだ。

「一つ、聞いてもいいですか？」

「うむ。ここに呼び出された理由かのう？」

「それもありますが、何故《なぜ》エルフがいる場所を知っているのに、精霊樹がこのような状態になるまで放っておいたのですか？」

完全に予想外な質問だったようで、アルザハークは虚を突かれたようだったが、すぐにその理由を教えてくれた。

「それはわしが知っているのがただのエルフの居場所じゃからじゃよ」

「ただのエルフ?」

「うむ、お主は見たのじゃろう?　クリスというあの娘が何者かを」

クリスはエルフだ。けど、ただのエルフじゃない。

「ハイエルフが条件だということですか?」

「その通りじゃ。少なくともハイエルフが一人は必要じゃ。じゃからわしには為《な》す術がなかったのじゃよ。まあ、知っておればどうにかして連れてこれたかもしれぬが……今は時期が悪いのじゃ」

アルザハークは、各国が魔王討伐に動き出していることを教えてくれた。

「じゃから今から黒い森に行くのは危険かもしれぬがのう。ただ、すぐにということはないはずじゃ。失敗は許されない作戦じゃからのう」

「分かりました。それで、ここに俺を呼んだ理由を教えてもらってもいいですか?」

「なに、お主の力を知りたいと思ってのう」

「力?」

「そうじゃ。この世界は理不尽に満《み》ち溢《あふ》れておる。運命に呪われておる。じゃからもし仲間を守りたいというのなら、それを打ち破れるという力をわしに示してみせるのじゃ!」

アルザハークが声高に宣言すると、世界から色が消えた。

さらにアルザハークの体が歪《ゆが》んだと思ったら……目の前には一体の竜が出現した。

大きさはあのギガンテスよりも大きい。俺は思わず見上げ、解析を使っていた。

【名前「アルザハーク」　職業「＊＊」　Ｌｖ「計測不可」　種族「龍＊」　状態「――」】


レベルが計測不能とかどうなっているんだよ。

さらに頭の中には次々とメッセージが流れてきた。

超越者。堕ちた者。統べる者。隠匿者。堕＊……。

また生命力や魔力、気力の数値は分からなかったが、＊＊＊＊＊と五つ並んでいたから、＊の数だけ桁があると考えると万に到達しているのかもしれない。

アルザハークが何を言いたいか分からないが、目の前の竜からは確かな殺気が放たれている。

問答無用で攻撃してこないのは、俺を待っているからか？

けど剣を抜き戦う理由が俺にはない。

「お主になくても、相手は容赦なくお主を攻撃するのじゃ！」

アルザハークが反転すると、遅れて尻尾《しっぽ》が俺目掛けて飛んできた。

俺は素早く飛《と》び退《の》いてそれを躱《かわ》した。

さっきのは……心を読んだ？

「そうじゃ。お主の考えはお見通しじゃ。そんなことで、お主は仲間を守れるのかのう！」

再びの攻撃に、俺はアイテムボックスから盾を取り出し受け止めた。

強い衝撃に体が浮いて吹き飛ばされた。

どうにか空中でバランスを取って着地した。

「どうした？　相手は手加減してくれぬぞ！　お主の剣先が鈍れば、仲間が命を落とすかもしれんのじゃぞ！」

その言葉で思い出されるのは黒衣の男たちとの戦い。

「そうじゃ、お主が今生きているのは運が良かっただけじゃ。あの娘も、死んでいたかもしれんのう」

俺はその言葉を聞いて、剣を抜き、攻撃を仕掛けた。

確かにその通りだ。

戦わないといけない時はある。

けど……。

「悩むな少年。立ち止まったらそこで終わりじゃ」

まるで竜王の言葉に導かれるように、俺の体が動く。

けど俺の攻撃は届かない。

まるで読まれているように簡単に躱される。

フェイントを混ぜても駄目。死角を突こうとしても駄目。魔法を使っても駄目。

攻撃が……心が読まれているからだ。

こんな相手とどうやって戦えというんだよ。理不尽過ぎるだろう。

「泣き言を言っても何も変わらぬぞ、少年！」

俺は転がるようにして攻撃を躱すと、素早く立ち上がった。

考えが読まれるなら……。

「む⁉」

俺は急接近すると無防備に剣を振り上げた。

しかしアルザハークは戸惑い、反撃せずに引き下がった。

俺がしたのは実にシンプルなことだ。

考えが読まれているなら、それを逆に利用すればいいだけのこと。

今のは並列思考を使い、それぞれに右側から攻撃、左側から攻撃という考えを持たせたのだ。

そのためアルザハークは混乱したのだろう。

俺はここが攻め時だと思い一気に詰め寄る。

「なかなかの手じゃのう。じゃがな」

さすがというべきか、瞬時にアルザハークは対応してきた。

今までは守り主体だったのが、攻撃主体に切り替えてきた。

というか心を読まずに攻撃してくる方が普通に強い。

たぶん今までは俺に合わせて攻撃してきていたに違いない。

それがなくなったから先制攻撃で仕掛けてきた尻尾攻撃も、体当たりも、爪による斬撃も、どの攻撃にも鋭さが増している。

これでブレスを吐かれたり魔法を使われていたりしたらもう終わっていただろう。それが出来るかは分からないけど。

もっとも今の状態が続けば、間違いなく先に力尽きるのは俺の方だ。

ウォーキングのお陰で色々なスキルを習得し、ステータスも高くなったがそれでもアルザハークに基礎体力で勝てるとは思わない。

けど今の習得スキルで俺はアルザハークに勝てるのか？

それとも新しいスキルを覚えるか？

俺はステータスパネルを呼び出し、そこであることに気付いた。

何故かウォーキングレベルが上がっていて、スキルポイントが3ある。

前日に見た歩数からしたら考えられないことだが、実際にレベルは上がっている。

いずれ取ろうと思っていたし、一か八かだ。

「ほう、勝負に出るというわけじゃ」

俺はMP増加ポーション改とEXマナポーションを飲んだ。

アルザハークは律義にそれを待ってくれていた。

本当に力試しのつもりなんだろうな。

力を示せと言っている以上、ただ一撃を当てるだけでは駄目だと言われそうだ。

なら……。

俺は攻撃を仕掛けながらタイミングを待つ。

そして攻撃を受け止められて吹き飛ばされた瞬間。転移でアルザハークの懐に飛んだ。

さすがにこれにはアルザハークは驚いたようだが、すぐに攻撃を受け止める体勢に入った。

やはり正攻法での攻略は難しい。

俺は瞬時にそう判断すると、頭の中にある言葉を思い浮かべた。

『ユイニが……』

アルザハークは三人の子供を分け隔てなく愛しているけど、特にユイニは過保護に育てられていたそうだ。

今回ユイニがアルザハークの指示を受けてダンジョンに行くと聞いて驚いた、とサハナがクリスに話をしているのを聞いたことがあった。

だからアルザハークの動揺を誘うために、そこを突くことにしたのだ。

「なんじゃと！」

激高するアルザハークに、魔力を籠《こ》めた一撃を食らわすため剣を振り下ろす。

動揺したようだが、体は反応している。

俺はそこで今覚えた魔法を使う。

NEW
【時空魔法Lv1】

効果は俺を中心に、範囲内の者の動きを遅くするというものだ。

レベルが1だから効果時間はほんの数秒だ。それでもその僅《わず》かな時間が勝機となるはずだ。

俺が狙った個所の腕に、力が籠もっていくのがゆっくりと動く中でも分かった。

力を入れて筋肉を固めることで斬撃を受け止めるつもりだ。

本来なら無理だと思うが相手はあの竜王だ。

だから俺は予定通り剣が腕に当たる瞬間。変換で回復させたMPを使って再び転移で飛ぶ。

俺が出現したのは斬り付けようとした腕の向こう側。だから俺の斬撃が当たった場所は、ちょうど竜王が攻撃を止めようとした腕の反対の面。まさに無防備になっている個所だ。

「ぐっ」

とくぐもった声を出してアルザハークが後退した。

だが俺はそれを見て立ち尽くした。

確実に虚を突き、防御出来ていないはずの面に全力で攻撃したのに、全く効いていない。

「ふむ、なかなかの一撃じゃった」

しかしアルザハークは俺を褒めた。

俺が戸惑っていると、アルザハークは斬り付けられた腕の個所を見せた。

よく見ると小さな傷が付いていて、僅かばかり鱗《うろこ》が欠けていた。

「最強の竜種であるわしに傷を付けたのじゃ。むしろわしが驚いたわい。まさか本当にここまでされるとは思ってなかったからのう。ふむ、とりあえず褒美を渡すかのう」

アルザハークはそう言うと口を閉じた。

ゴリッという音が鳴ったと思ったら、それを吐き出した。

ドスンといった大きな音を立てて地面に落ちたのは一本の牙《きば》だ。

俺の背の高さほどある。

しかしそれは俺の前で小さくなっていき、最終的に俺の頭より少し大きい程度になった。

「どう使うかはお主に任せよう。それとこれも渡しておくとしよう」

そう言って渡してきたのは鱗の欠片《かけら》だ。さっき俺が斬り付けたやつのようだ。欠片といっても盾を一つ作れそうなぐらいの大きさはある。

それよりも聞きたいことがあった。

「何でこんなことをしたんですか？」

「ふむ、これから行く黒い森は危険なところじゃ。何せ魔人が支配する領域じゃからのう」

「魔人と戦うかもしれないってことですか？　それとも人類と魔王との戦いに巻き込まれるかもしれないということですか？」

イグニスという面識のある魔人はいるけど、確かに他の魔人がどうなのかは全く分からない。

それこそアドニスはミアを殺そうとしていたほどだ。同じように問答無用で殺しに掛かってくるかもしれない。

実際イグニスと最初に会った時は、普通に俺も殺されそうになったわけだし。

それに先ほどアルザハークは魔王討伐で人類が攻め入る可能性もあると言っていた。

「それは行ってお主が確かめることじゃ。行かないという選択もあると思うがのう。じゃが行くのじゃろう？」

俺の答えは決まっている。

「それを彼女たちが望んでいるなら、もちろん行きますよ。それに黒い森の先に町があるなんて、かなり気になります」

そんなところに町があるなんて、誰が信じるというのだ。

その言葉を聞いたアルザハークは、複雑な表情を浮かべていた。

「ならわしからは何も言わぬ。自分の目で……いや、何でもないのう。それよりもじゃ、さっきのは……ユイニについて何か言ったようじゃが、どういうことか詳しく説明してもらいたいのう」

俺はアルザハークに詰め寄られた。あれはアルザハークを動揺させるための言葉だと何度も説明したが、なかなか信じてもらえなかった。

サハナから聞いてユイニ関係の言葉は効果的だということは分かっていたけど、まさかあそこまで効果があるとは思わなかった。

しかし黒い森か……エレージア王国にいた時に危険なところだと聞いていた場所に、まさか赴くことになるとは思わなかった。

ここまでのステータス

藤宮そら Sora Fujimiya

【職業】魔導士　【種族】異世界人　【レベル】なし

【HP】610/610　【MP】610/610(+200)　【SP】610/610
【筋力】600(+0)　【体力】600(+0)　【素早】600(+0)
【魔力】600(+200)　【器用】600(+0)　【幸運】600(+0)

【スキル】ウォーキング　Lv60
効果:どんなに歩いても疲れない(一歩歩くごとに経験値*取得)
経験値カウンター:107/1570000
スキルポイント:0

習得スキル
【鑑定LvMAX】【鑑定阻害Lv7】【身体強化LvMAX】【魔力操作LvMAX】【生活魔法LvMAX】【気配察知LvMAX】【剣術LvMAX】【空間魔法LvMAX】【並列思考LvMAX】【自然回復向上LvMAX】【気配遮断LvMAX】【錬金術LvMAX】【料理LvMAX】【投擲・射撃LvMAX】【火魔法LvMAX】【水魔法LvMAX】【念話LvMAX】【暗視LvMAX】【剣技LvMAX】【状態異常耐性Lv8】【土魔法LvMAX】【風魔法LvMAX】【偽装Lv9】【土木・建築LvMAX】【盾術LvMAX】【挑発LvMAX】【罠Lv8】【登山Lv7】【盾技Lv5】【同調Lv5】【変換Lv6】【MP消費軽減Lv5】【農業Lv3】

上位スキル
【人物鑑定LvMAX】【魔力察知LvMAX】【付与術LvMAX】【創造Lv9】【魔力付与Lv8】【隠密Lv7】【光魔法Lv4】【解析Lv6】【時空魔法Lv1】

契約スキル
【神聖魔法Lv6】

スクロールスキル
【転移Lv6】

称号
【精霊と契約を交わせし者】

加護
【精霊樹の加護】

あとがき

はじめまして、もしくはお久しぶりです。あるくひとです。

この度は『異世界ウォーキング５　～ルフレ竜王国編～』を手に取っていただき、誠にありがとうございます。

今、本編執筆以上に追い詰められています。改稿作業も悩みに悩みましたが、それ以上です。

今回はあとがきで使用出来るページが一ページしかないということでまとめられません！　そんなわけで、宣伝と感謝の言葉に貴重なこのページを使わせてもらおうと思います。

まずは宣伝を。本書が刊行されている頃には、『マガジンポケット』様で連載されているコミカライズ版『異世界ウォーキング』（著・小川慧《おがわけい》先生）が３巻まで発売されていると思います。そちらもどうかよろしくお願いします。

最後に感謝を。本書執筆にあたり色々と提案・相談してくれた担当のＯ氏。イラストを描いて下さったゆーにっとさん。校正をしてくれた皆さん、今回もありがとうございました。

そして本書を手に取り最後まで読んで下さった読者様、いつもＷＥＢ版を読んで下さる方々、本当にありがとうございます。本編、楽しんでもらえたら嬉《うれ》しいです。

それでは縁があれば、続刊でまた会えればと思います。

あるくひと

カドカワBOOKS

異世界《いせかい》ウォーキング 5
～ルフレ竜王国編《りゅうおうこくへん》～

2023年 8 月10日　初版発行

著者／あるくひと
発行者／山下直久
発行／株式会社KADOKAWA
〒102-8177
東京都千代田区富士見2-13-3
電話／0570-002-301（ナビダイヤル）
編集／カドカワBOOKS編集部
印刷所／大日本印刷
製本所／大日本印刷

ISBN 978-4-04-075094-1 C0093